I0692883

Cuentos argentinos

La sensibilidad y la pobreza

Alberto Julián Pérez

Riseñor Ediciones

Copyright © 2019 Alberto Julián Pérez.

Todos los derechos reservados. Ninguna parte de este libro puede ser reproducida por cualquier medio, gráfico, electrónico o mecánico, incluyendo fotocopias, grabación o por cualquier sistema de almacenamiento y recuperación de información sin el permiso por escrito del editor excepto en el caso de citas breves en artículos y reseñas críticas.

ISBN: 978-0-9860-8392-1 (tapa blanda)
ISBN: 978-0-9860-8393-8 (libro electrónico)

Debido a la naturaleza dinámica de Internet, cualquier dirección web o enlace contenido en este libro puede haber cambiado desde su publicación y puede que ya no sea válido. Las opiniones expresadas en esta obra son exclusivamente del autor y no reflejan necesariamente las opiniones del editor quien, por este medio, renuncia a cualquier responsabilidad sobre ellas.

Las personas que aparecen en las imágenes de archivo proporcionadas por Thinkstock son modelos. Este tipo de imágenes se utilizan únicamente con fines ilustrativos. Ciertas imágenes de archivo © Thinkstock.

Lulu Publishing Services rev. date: 11/23/2019
2da. Edición revisada

Riseñor Ediciones
Lubbock, TX
2019

Cuentos argentinos

La sensibilidad y la pobreza

Alberto Julián Pérez

Riseñor Ediciones

Copyright © 2019 Alberto Julián Pérez.

Todos los derechos reservados. Ninguna parte de este libro puede ser reproducida por cualquier medio, gráfico, electrónico o mecánico, incluyendo fotocopias, grabación o por cualquier sistema de almacenamiento y recuperación de información sin el permiso por escrito del editor excepto en el caso de citas breves en artículos y reseñas críticas.

ISBN: 978-0-9860-8392-1 (tapa blanda)
ISBN: 978-0-9860-8393-8 (libro electrónico)

Debido a la naturaleza dinámica de Internet, cualquier dirección web o enlace contenido en este libro puede haber cambiado desde su publicación y puede que ya no sea válido. Las opiniones expresadas en esta obra son exclusivamente del autor y no reflejan necesariamente las opiniones del editor quien, por este medio, renuncia a cualquier responsabilidad sobre ellas.

Las personas que aparecen en las imágenes de archivo proporcionadas por Thinkstock son modelos. Este tipo de imágenes se utilizan únicamente con fines ilustrativos. Ciertas imágenes de archivo © Thinkstock.

Lulu Publishing Services rev. date: 11/23/2019
2da. Edición revisada

Riseñor Ediciones
Lubbock, TX
2019

La nueva Argentina

El empresario rico y la hermosa modelo

Patricio Torres Agüero vivía con su mujer Verónica Vacareza en un amplio departamento del exclusivo Puerto Madero, en Juana Manso y Azucena Villaflor. Era dueño de una empresa financiera y, además, herencia de familia, una estancia en Carmen de Areco, no muy lejos de la Capital. Era un hombre de mundo, un miembro de la alta burguesía porteña. Estaba próximo a cumplir cuarenta años. Había viajado por Europa y Estados Unidos. Había salido con muchas mujeres hermosas de Buenos Aires. Le gustaban los coches deportivos y los caballos de salto. Los sábados era infaltable en el Club Hípico. Su mujer, quién lo ignoraba, era una belleza. Era modelo exclusiva de Christian Dior. Tenía veintiséis años. Alta, espigada, de pelo castaño, era admirada en todo Buenos Aires. Tenían una relación excelente. Ella era maravillosa en la cama. Sabemos lo que eso significa para un hombre como Patricio: vanidoso, inteligente, mimado por la fortuna. Él se jactaba de provenir de una antigua familia criolla y no de inmigrantes aventureros, judíos o italianos, como muchos de los que estaban en el mundo de las finanzas. Había alquilado su estancia a una firma ganadera internacional. De la antigua élite conservaba, por nostalgia, su afición a los caballos. Era seductor y mujeriego, y prefería las argentinas de origen italiano a las chicas de buen apellido de la oligarquía de Barrio Norte. Eran simplemente más hermosas, y sabían convencer de mil maneras, con su charla, su sonrisa y sus habilidades eróticas. Sobre todo cuando se encontraban con un hombre como él, que lo tenía todo, y al que todas las mujeres jóvenes y atractivas querían hacer pasar por su cama.

A Verónica no le preocupaba su fama de seductor. Se había conquistado al hombre más deseado de Buenos Aires. Las otras modelos la envidiaban, y las que no eran modelos veían a Patricio como el hombre inalcanzable. Ella era más vanidosa que él, se pasaba el día en el gimnasio, el salón de belleza y las pasarelas. Se hacía traer toda su ropa de París. Era el estilo de vida que se podía permitir una mujer casada con un financista de éxito, que gozaba de la confianza de la clase política y tenía un excelente crédito internacional.

Estaba dedicada a su profesión y aparecía con frecuencia en las revistas de modas. Cuidaba obsesivamente su figura y no quería, por un buen tiempo, tener hijos. Le arruinarían las curvas exquisitas de su cuerpo. No se imaginaba la flaccidez en el vientre, las ojeras, la lactancia. Puerto Madero era el lugar ideal para ellos, y eran bien queridos y reconocidos por los residentes. Allí vivían políticos, inversionistas, estrellas del fútbol, modelos, vedettes. Era un estilo de vida diferente, nuevo, internacional. Verónica, debemos admitir, era una mujer algo infantil, aniñada. Su marido la consentía y ella esperaba estar rodeada siempre de admiradores y sirvientes. Deseaba, como muchas modelos, mejorar el mundo: le gustaban las flores, los niños, los animales. Quería involucrarse en proyectos de beneficencia y trabajos de caridad.

Tenían una sirvienta o, como es correcto decir, una empleada doméstica, que los atendía con solicitud. Irupé trabajaba seis horas al día en lugar de ocho, gracias a Patricio, que sabía que Irupé era una joven madre, con niños que atender, y le redujo, sin bajarle el sueldo, sus horas de trabajo. Tenía veintiocho años y, dada su condición, poseía una buena figura. No era bonita o, en todo caso, no se arreglaba como las jóvenes que querían ser bonitas, pero era atractiva y dulce. Tenía dos hijos: una adolescente de doce años y un varón de nueve. Se había casado muy joven y vivía con su marido, que era guardia de seguridad de un supermercado, en la Villa 31 de Retiro.

Un día, Verónica, que tenía bastante tiempo libre, le preguntó sobre la situación de los niños en la Villa, si tenían escuelas y había comedores para los más pobres. Irupé le dijo que sí, estaban bien organizados, había varias escuelas y comedores, pero la ayuda nunca alcanzaba porque la necesidad era grande. La invitó, si quería, a ir un día con ella. Verónica no había estado jamás dentro de una villa miseria, como la mayoría de los argentinos de clase media o alta, y sentía curiosidad. Aceptó. Fueron en su coche, un BMW con vidrios polarizados. Las condujo Braulio, el chofer de Patricio, que era además el guardaespaldas de la familia. Braulio era un conocido karateca de Buenos Aires. Estacionó el auto a la entrada de la villa y ella quedó en llamarlo si algo ocurría. Por supuesto que no hubo ningún problema. Irupé llevó a Verónica a recorrer el barrio. Visitaron la capilla, el comedor infantil, la escuelita, el dispensario médico. Verónica, muy amablemente, saludaba a todos los que Irupé le presentaba. La trataron con mucho respeto.

Verónica les cayó bien a todos. Era una chica bella y carismática, y su interés en la gente era genuino. Se sintió un poco incómoda por la suciedad de algunos callejones y el mal olor que salía de las aguas servidas, pero lo soportó sin decir nada. Saludó al cura y a las madres del comedor. Se había aclarado el color del pelo no hacía mucho, y su cabello rubio atraía a los chicos, que la querían tocar. Además, tenía cara de muñeca. Se había puesto un abrigo, para que su figura no llamara la atención. Un chico le gritó "Evita" y los demás se rieron. Verónica los saludó, divertida por la situación.

Cuando esa tarde regresó a su casa, Verónica se puso a pensar en lo que había visto. La visita la había afectado profundamente. Una cosa era escuchar hablar de la pobreza, y otra, muy distinta, era verle la cara. Los rostros de los niños pobres la habían golpeado y, en medio de sus privilegios, se sentía mal. Por la noche habló con su marido que, preocupado, le preguntó por qué había ido allá. Le dijo que iba a hablar con Irupé, debería haberlo consultado a él antes. Verónica se lo prohibió, le aseguró que Irupé era una persona buena y compasiva y que ella no se había dado cuenta hasta ese momento de lo mucho que valía. Patricio le preguntó si había conocido su casa. Dijo que no y que más adelante lo haría.

Días después Irupé la invitó a tomar mate cocido con facturas con sus hijos en su casa. Fueron a buscar a los chicos a la escuela de la villa, un edificio de dos plantas que aún no había sido terminado de revocar

5

y pintar. Sus hijos eran lindos, de piel bastante oscura. Le dijo que su marido era un hombre morocho, del Chaco. Su casa era en realidad una casilla. Ocupaba la planta baja de un edificio de cinco casillas, construidas de manera irregular una sobre otra. Se subía a los pisos de arriba por una escalera de caracol de hierro externa, poco sólida. La casilla de Irupé constaba de una pieza bastante grande y baño. El baño no tenía puerta. Una cortina de tela ayudaba a guardar la privacidad. A un costado de la pieza había una pileta de lavar, una heladera vieja y una mesada, sobre la cual había unas hornallas para cocinar. Las hornallas estaban conectadas a un tubo de plástico que salía al exterior, donde tenía una garrafa de gas. En la pared, encima de las hornallas, había un ventiluz que daba a la calle. La puerta de la casilla era de metal. En esa época del año, comienzos del otoño, aún no hacía frío, pero seguramente necesitaría una buena calefacción en el invierno. Cerca de la mesada tenía una mesa grande de fórmica y varias sillas de plástico. En el centro de la pieza había una gran cortina de tela color crema, que pendía del techo. La habían asegurado utilizando un rail. Detrás del cortinado estaban las camas donde dormían todos. Verónica comprendió que la familia entera vivía en ese cuarto, que le servía de cocina, comedor y dormitorio.

Se sentaron a la mesa. Irupé preparó mate cocido y Verónica abrió un paquete gigante de exquisitas facturas, que había comprado en una confitería de Puerto Madero y los niños devoraron con fruición. Irupé le dijo que esa "casa" no era suya aún pero la estaban comprando. Pagaban una cantidad de dinero todos los meses a un puntero político, que era el dueño de la casilla. Dijo que estaban muy cómodos, todo les quedaba céntrico, la gente del barrio los trataba bien. Hacía cinco años que vivían allí. Antes habían vivido en una pensión en Constitución. Ahora estaban mucho mejor.

Verónica le dijo que le gustaría hacer trabajo voluntario en la comunidad. Se ofreció a trabajar en el comedor para chicos los días miércoles. Ese día no tenía ensayo de pasarela, ni sesiones de entrenamiento en Christian Dior. Le agradeció a Irupé la invitación, se despidió de los chicos y regresó a su departamento.

Al día siguiente Irupé habló con las madres que trabajaban en el comedor y aceptaron encantadas. Verónica le avisó a su marido que iba a ir a la villa miseria a hacer trabajo voluntario los días miércoles. Patricio se alarmó bastante, pero al ver que su voluntad era inquebrantable, le pidió que fuera con el chofer, y que este la esperara frente al comedor.

Braulio se metía en la villa con el BMW y lo estacionaba frente al comedor. Los chicos salían a mirar el auto. Un día le preguntaron a Braulio si estaba armado y él les mostró la 9 mm que cargaba en la sobaquera. Los niños la observaron con interés. Estaban acostumbrados a ver gente armada en la villa. Las señoras del comedor trataban a Verónica con cariño y la miraban con admiración. Sabían quién era. Pusieron en la pared del local una tapa de revista en que aparecía ella con un vestido negro muy hermoso. Un día fue al comedor con una falda muy cortita y acampanada, y un chico le dijo que era el Hada Buena. Ella servía la comida y le encantaba ver las caras de alegría de los pibes al ir a sentarse a la mesa con su plato de comida caliente. La comida era bastante buena. El plato más típico era el guiso de carne y papa. El comedor recibía donaciones de los supermercados de Retiro. El puntero peronista del barrio había conseguido una asignación de dinero para el comedor, con la que compraban bebidas gaseosas, que a los niños les encantaban, y otras cosas. Ese dinero ayudaba a mantener todo funcionando normalmente.

Patricio sabía que su mujer era algo exótica, pero sus visitas a la villa lo tenían preocupado. Un día le dijo que celebraba el amor que sentía por los niños, y que esperaba alguna vez tener hijos con ella y formar una familia. Les sería muy fácil criarlos, dada la posición económica ventajosa que tenían. Ella lo miró algo incómoda y le respondió que no era el momento. Amaba a los niños, pero estaba concentrada en su carrera y el día que finalmente tuviera hijos quería estar en su casa para criarlos ella, y no que los atendiera un ama. En unos años más posiblemente estaría preparada, pero en esos momentos quería trabajar. Se proponía ser la modelo más importante de la compañía. Quería conquistar las pasarelas de Europa. Pancho Dotto, que la representaba, le había dicho que esa temporada tendría una serie de desfiles muy importantes en París.

Verónica pasaba cada vez más tiempo fuera y, muchas veces, cuando

Patricio regresaba al departamento, ella no estaba allí. Había ido a un vernissage, o a una recepción, o a una clase de modelaje o de yoga, o estaba en las sesiones de masaje o en el salón de belleza. Últimamente Patricio veía más a Irupé que a su mujer. Patricio era dueño y jefe de su compañía y su horario de trabajo era bastante irregular. Algunos días volvía al departamento por la tarde temprano y otros tenía que estar en reuniones hasta la noche. El mundo de las finanzas no tenía un horario fijo, mandaban los clientes y las situaciones. Era un mundo lleno de conflictos y desafíos, que él amaba.

Patricio siempre había considerado a Irupé una persona interesante. Lo atendía, le preparaba café. Le hablaba con amabilidad y dulzura. Ocasionalmente él le preguntaba cosas sobre ella. Se empezó a interesar en sus hijos, en su familia. Irupé le contó detalles de su infancia. Su madre era paraguaya y su padre correntino. Se había criado en Isidro Casanova, en el Gran Buenos Aires. Su mamá le hablaba en Guaraní cuando era niña. Ella podía hablarlo, pero no se lo había enseñado a sus hijos. Patricio le pidió que le enseñara algunas palabras de Guaraní. Le dijo que árbol se decía "ibirá", arena "ibicuy", madre "sy". Le llamó la atención que madre se dijera "sy", era casi como "sí" en castellano. Patricio le contó sobre su madre. Le dijo que era una persona con mucha autoridad. Él se había criado en las Lomas de San Isidro. Casi no hablaba con ella. De niño estaba poco con él. Lo habían cuidado dos amas, y tenía dos tutoras. Le habían enseñado el inglés, la lengua de los negocios. Irupé lo escuchaba con interés y asentía con la cabeza. Tenía unos ojos negros profundos y, cuando él la miraba, bajaba la vista, avergonzada.

Le preparaba algunos platos populares que a él le gustaban: pastel de choclo, tapa de asado con papas, empanadas. Un día le hizo un plato del que no había oído hablar nunca. Dijo que se llamaba "falso conejo", y no tenía conejo. Era un guiso de carne y arroz con bastante picante. Muy rico. Era un plato andino popular en la villa. Allá había muchas señoras de Perú y Bolivia que cocinaban muy bien.

Patricio se empezó a sentir solo. Tenía mucha presión en su trabajo. El mercado financiero era muy inestable. En Argentina nunca se sabía bien lo que pasaba. Él tenía inversiones en paraísos fiscales por las dudas.

La gente del gobierno quería controlar todo. Había días que estaba muy nervioso e inseguro. Empezó a sentir que no le interesaba a su mujer. Estaba obsesionada con la moda, con el cuerpo, con las apariencias, consigo misma. Todo giraba alrededor de ella. El mundo terminaba en ella. Y ahora había descubierto el dolor y la pobreza. Cada vez pasaba más tiempo en la Villa. Le encantaban los chicos, pero no quería tener chicos, al menos con él. Pensó que quizá no lo quería.

Un día, sin saber bien lo que hacía, abrazó a Irupé. Al principio no la besó. Era su sirvienta. Simplemente la abrazó. Irupé no se resistió. Le puso los brazos alrededor del cuerpo. Fue una escena tierna. La miró y ella no le sacó la vista. Se sintió estúpido. Luego, casi cerrando los ojos, la besó. Fue el beso más tierno que había dado en su vida. Pasaron al dormitorio y la empezó a acariciar. La desvistió. Irupé lo dejó hacer, sin moverse mucho. Sentía vergüenza. Él la acarició lentamente. Fue como un juego. No sabía bien por qué lo hacía. Le besó el vientre. Ella le apoyó una mano en la cabeza y él sintió una paz enorme. Sintió su bondad. Era algo que no había experimentado nunca: bondad. Vivía en un mundo de gente cruel y ambiciosa, donde no existía la bondad. Ella se dejó penetrar, pero sin mostrar pasión. Era casi como hacer el amor con una esposa de muchos años. Muy diferente a lo que pasaba con Verónica en la cama, que se retorcía, gritaba y se desesperaba, o lo fingía, como una puta. Aquí no había ninguna "performance", era una situación humana. Tan humana que se sintió desarmado. A ella, cuando se vino, se le humedecieron los ojos. Le había pasado algo muy lindo. Él se sintió incómodo, ridículo. Pero ya estaba hecho. Se levantó, se vistió y siguió hablando con Irupé como si esa hubiera sido una situación normal, cotidiana.

Esa noche Verónica le dijo que quería empezar una escuela de modelos en la Villa. Había chicas interesantísimas, muy sexis. Le preguntó si quería invertir en el proyecto, eran mujeres distintas. Así podrían ayudar a la gente. Él le dijo que estaba bien, que hiciera lo que quisiera.

La situación con Irupé se repitió varias veces. Ella llegaba por la mañana y hacía las cosas de la casa. Él trataba de volver de la oficina a las dos de la tarde. Verónica a esa hora nunca estaba. Irupé le daba de comer algo ligero, tomaban juntos un vaso de vino y después hacían el amor. Era casi como en un matrimonio. Todo muy tranquilo, sin sobresaltos. Ella le preguntaba por su día de trabajo. Él le contaba y eso lo hacía sentir bien, era mejor que ir al psicólogo.

La relación sexual con Irupé empezó a ir cada vez mejor. Él se venía varias veces y ella también. Después del acto se sentía incómodo. Se preguntó cómo iba a salir de esa situación. Un día le preguntó que qué sentía por él, si lo quería. Irupé bajó la vista y evitó contestar. Le dijo si lo dejaría a su marido por él. Ella le respondió que no. Le preguntó por qué. Le dijo que era su marido, que no lo podía dejar.

A pesar que ella no aceptaba que él le regalara dinero, le dobló el salario. Ella se lo agradeció. Patricio se empezó a sentir celoso. Esa mujer tan simple sabía tan bien lo que quería. Sabía lo que valían las cosas, entendía el lenguaje del amor y de los sentimientos mejor que él. Se sintió pobre. Empezó a sentir curiosidad por Irupé, quería saber más de su vida. Lo convenció a Braulio, su chofer, que lo llevara a la Villa 31 para ver donde vivía. Se vistieron con ropa vieja para pasar por villeros. Dejaron el auto en un estacionamiento en Retiro y se metieron a pie. Braulio, precavido, cargó su 9 mm, por cualquier cosa. Lo guió hasta cerca de la casilla de Irupé. Eran las siete y media de la tarde. Le dijo que el marido volvía a esa hora del trabajo. Dentro de la casilla había luz. A media cuadra había un quiosco en el que vendían comidas. Se sentaron y pidieron dos cervezas. El quiosquero les ofreció salchipapas. Aceptaron, estaban sabrosas. Finalmente pasó un hombre bastante corpulento cerca de ellos. Era moreno, de pelo renegrido. Braulio le dijo que ese era el marido de Irupé. Entró en la casilla. Pagaron y se acercaron. A través del ventiluz Patricio pudo ver dentro. Se habían sentado a la mesa. Irupé estaba sirviendo fideos de una fuente. Los chicos se reían. Los vio felices. Se fueron. Regresaron a Retiro y se subieron al BMW.

Esa noche Patricio hizo el amor con su mujer. Le insistió otra vez que debían tener un hijo juntos. Verónica estaba fastidiada. Le dijo que era un egoísta, que no pensaba en su carrera. Se durmieron. Patricio soñó con Irupé. La vio en un paisaje lacustre, de esteros. Estaba desnuda y lo llamaba desde una especie de isla. Había flores blancas que flotaban en el agua y muchos pájaros que volaban alrededor. Irupé tomó una flor blanca y se la puso en la negra cabellera. Le sonreía y lo llamaba. La veía hermosa. Patricio se despertó sobresaltado. Estaba angustiado. Se dio cuenta que se había enamorado.

La relación con Verónica empezó a ir cada vez peor. Evitaban verse y hablarse. Hacían el amor con muy poca pasión. Patricio se llevaba mejor con Irupé. Volvía contento a su casa a las dos de la tarde para verla. Apenas llegaba se besaban tiernamente, como viejos amantes. Sentía que no podía mantener esa relación oculta mucho más tiempo. Se sentía ridículo, sabía que todos se burlarían de él. Le pidió a Irupé que se divorciara de su marido y se fuera a vivir con él, él le educaría a sus hijos, la iba a cuidar. Irupé, sin dudarlo, le dijo que no podía. Ella estaba casada, bien o mal esa era su vida. Le dijo que si la quería tanto se fuera a vivir a la villa, para estar más cerca de ella. Él le sonrió y le hizo un chiste.

Verónica lo veía indiferente y agresivo, y le preguntó qué era lo que le pasaba. Le pidió que le dijera si ya no la quería. Le respondió que no era eso, pero que a veces sentía que ese matrimonio era incompleto, le faltaban cosas. "¿Qué?", le preguntó su mujer. "Hijos", le respondió Patricio. "Yo no quiero ser madre por ahora", le dijo Verónica. Patricio la miró con rabia y la acusó de narcisista y ella, por primera vez en su vida, lo abofeteó. Por varios días no se hablaron. Al tiempo notó que ella regresaba más tarde por las noches. Verónica se estaba desenganchando de la relación. Un día la descubrió muy acurrucadita en un café con un economista que trabajaba en el Ministerio, y que era reconocido por su trayectoria dentro de la política. Militaba en el PRO y tenía buenas posibilidades de ser candidato a diputado por la capital en las próximas elecciones. Vivía en Puerto Madero, no muy lejos de donde vivían ellos. Finalmente Patricio le propuso que se separaran temporalmente, o de lo contrario el matrimonio acabaría por arruinarse del todo. Les hacía falta pensar las cosas. Alquiló un departamento en una torre de Puerto Madero y le preguntó si quería irse ella a vivir allí por un tiempo o se iba él. Ella prefirió irse y cambiar de sitio.

Patricio continuó con su trabajo y sus actividades. Ahora vivía solo en su departamento de Puerto Madero. Todos los días venía Irupé a atenderlo y hacían el amor. Se sentía cómodo. Empezó a leer otra vez.

Hacía tiempo que no leía novelas. Comenzó *2666* de Bolaño, se la habían recomendado. El libro le fascinó. Poco después Verónica le pidió que le aumentara la cantidad de dinero que le pasaba mensualmente, lo que le daba no le alcanzaba. Tenía que mantener su estilo de vida y necesitaba más dinero. Se dio cuenta que lo estaba chantajeando. Seguro que era el economista que la asesoraba. No le importó. Estaba enamorado de Irupé y se sentía feliz.

Pasaron una temporada excelente. Irupé y él almorzaban todos los días juntos y hacían el amor. Por las noches ella regresaba a su casa en la villa, a atender a su familia. Finalmente, comprendió que se tendría que divorciar de Verónica y que el divorcio le iba a costar caro. Verónica era ambiciosa. Se lo planteó y ella le dijo que por culpa de él su carrera de modelo no había progresado como ella esperaba y que la tendría que compensar. Él lo aceptó, no tenía otra salida, lo que pasaba era su culpa. Por suerte tenía suficiente dinero. Se había casado con la mujer equivocada, perdería parte de la fortuna de su familia. Iniciaron los trámites de divorcio.

Ya no aguantaba vivir en Puerto Madero. Su sensibilidad había cambiado. Sintió que era un barrio de gente frívola, oportunista. Políticos corruptos, vedettes a la caza de empresarios, banqueros enriquecidos con el erario público, jefes de empresas multinacionales, botineras en busca de fortuna, estrellas del deporte que ganaban millones. Le dijo a Verónica que se quedara con el departamento de Puerto Madero como parte del juicio de divorcio. Compró un caserón antiguo en Palermo Hollywood y lo hizo refaccionar. Creyó que en ese barrio bohemio iba a sentirse bien y no se equivocó. La gente allí era más sensible al arte. Ahí vivía la clase media, los descendientes de los españoles e italianos que hicieron de Argentina un país progresista, los hijos de los judíos que ejercían sus profesiones y su comercio. Le encantaba salir a caminar por el barrio y comer afuera. Iba seguido a la Plaza Cortázar. Irupé seguía visitándolo. Lo cuidaba, le cocinaba. Él le dijo que era su amante oficial. Le dejó elegir los muebles nuevos. Ella estaba contenta, la casa le encantaba. Él le aumentó su salario, ya ganaba casi casi como una gerente. Ella le dijo que era demasiado. Él le respondió que tenía que justificar las horas de ausencia de su casa.

El divorcio con Verónica concluyó. Le tendría que pasar una suma mensual elevada como derecho de alimentación, cederle el departamento y darle un porcentaje de las acciones de su empresa. Irupé se volvió una amante mucho más apasionada. Sabía que él estaba solo y eso la estimulaba. De su esposo hablaba poco. Le dijo que iba una vecina a su casa por las tardes para ayudar a los chicos con las tareas de la escuela. Ella le pagaba, sentía que tenía a sus hijos un poco abandonados. Un día le dijo que estaba embarazada y el hijo era de él. Patricio se sintió feliz. Le pidió que se separara y se viniera a vivir a su casa. Ella le explicó que no le podía hacer eso a su marido. Él ya sabía que estaba embarazada y creía que era su hijo.

A medida que progresaba el embarazo Irupé iba cada vez menos a trabajar. Finalmente le dijo que la relación no podía seguir. No iba a venir más a verlo. Quería regresar con su marido y sus hijos, sentía que era lo correcto para ella. Lo dejó.

Patricio se sintió mal, estaba confundido. Un amigo le recomendó visitar a un psicólogo que vivía en Villa Freud. Se refugió en el trabajo. Su psicólogo le dijo que había estado casado con la mujer equivocada. Era un hombre muy dependiente, tenía carencias afectivas que arrastraba desde la infancia, le había hecho mucho daño la relación fría y distante que mantenía con su madre. Necesitaba una relación íntima con una mujer que lo quisiera tiernamente, que fuera maternal, que deseara tener una familia con él.

En la oficina empezó a fijarse en una secretaria, algo gordita pero de un rostro muy bello. Hacía un tiempo que trabajaba en la empresa. La invitó a salir. Cenaron. Descubrieron que tenían mucho en común. Era estudiante de Letras y quería ser escritora. Le encantaban los niños y soñaba con tener una familia y, sobre todo, ser feliz. Se pusieron de novio y la relación fue muy bien. Él ya no quería esperar, estaba cansado de vivir solo. Le propuso casamiento. Hicieron una ceremonia bastante íntima, con los familiares y amigos más cercanos. Al tiempo, Victoria, su esposa, quedó embarazada. Nació una nena muy linda, le pusieron de nombre Silvina.

Un día, cuando iba a su trabajo a Puerto Madero, vio por la calle a Irupé. Llevaba un bebé en brazos, su nuevo bebé. La saludó. El niño tenía la cara de él. Le había puesto de nombre Patricio. La invitó a tomar algo. Estaba embelesado con el niño. Le pidió por favor que fuera a visitarlo, quería verla con frecuencia y estar con su hijo. Ella aceptó trabajar como empleada doméstica en su casa dos días por semana. Iba con el bebé. Cuando su mujer estaba trabajando en la oficina, hacían el amor. Victoria dejaba a Silvina con su mamá.

Una tarde, después del trabajo, estaban Patricio y su esposa en familia, disfrutando y jugando con la beba, cuando oyeron el timbre. Él fue a abrir la puerta y se encontró con Verónica. Venía a visitarlos con su nuevo marido. Los hizo pasar. Ella se disculpó por todos los malos momentos que habían pasado durante el divorcio. Se daba cuenta que ellos no eran personas compatibles, pero reconocía que él era un hombre bueno. Su marido, Ricardo Salvatierra, había dejado el Ministerio de Economía y estaba enteramente dedicado a la política. Se había ido del PRO, etapa suya que consideraba un error. Lo habían mal aconsejado algunos familiares reaccionarios. Se había pasado al Peronismo. Ella militaba con él. Ricardo era candidato a diputado en las próximas elecciones. Verónica continuaba trabajando en la Villa 31, con la academia de modelos. La Academia había sido declarada por el gobierno de "interés cultural". Ella había salido elegida la "modelo del año" del Peronismo y la habían felicitado por su defensa de los pobres. Habían adoptado una parejita de niños recién nacidos de la villa. Eran dos chicos morenitos, de raza indígena. Ella les dijo que estaba ayudando a su marido en la campaña y los invitó a que los apoyaran. Los felicitó por la niña preciosa que tenían.

En ese momento llegó Irupé, que había quedado en venir para servirles la cena. Los invitaron a comer. Irupé los atendió. Mientras servía la cena, ella y Patricio se miraban con ternura. Verónica le preguntó qué era lo más importante que había aprendido durante el tiempo que habían vivido juntos, y Patricio le respondió que se había dado cuenta que el dinero no era lo más importante en la vida.

El guionista

José Luis Martínez había nacido en Lobos, en la campaña bonaerense (el pueblo donde mataron a Juan Moreira y nació el General Perón, decía siempre) a fines de los años ochenta. A los trece años, su padre, que era administrador de un campo, lo envió a casa de su hermana, en Avellaneda, para que hiciera el secundario en Buenos Aires. Desde niño le había gustado leer libros de aventura (prefería los de Salgari a los de Verne), y se aficionó en la adolescencia a las novelas francesas, españolas e hispanoamericanas, que su tía sacaba de la biblioteca. A los quince años comenzó a escribir poemas y narraciones breves. Le mostraba sus textos a sus compañeros del Colegio Nacional. Ninguno parecía impresionado por sus dotes de escritor. No le atraía demasiado el cine, hasta que un amigo del colegio lo invitó un día a ver una película gratuita al auditorio de la UBA. Era *El proceso* de Orson Welles, basado en la novela de Kafka. José Luis quedó deslumbrado por la cinematografía y comprendió que existía un cine-arte independiente que se regía por sus propios valores e ignoraba los dictados del cine comercial de Hollywood.

Se afilió a varios video clubs y el cine se transformó para él en una pasión. No podía dormirse si no veía una o dos películas. Su tía se quejaba de que el sonido de las películas en el televisor de la sala no la dejaba dormir. Era soltera y lo adoraba, pero se levantaba a las seis de la mañana para ir a trabajar y se acostaba temprano. Terminó comprando un segundo televisor con videocasetera, para que él pudiera ver sus películas en su cuarto. José Luis averiguó quiénes eran los directores más influyentes de la historia del cine y comenzó a mirar sus obras en forma sistemática. Vio películas de grandes directores europeos, como Herzog y Rohmer, de directores asiáticos destacados, como el japonés Kurosawa y el indio Satyajit Ray, y de directores hispanoamericanos y españoles. Apreciaba muchísimo la diversidad del cine hispano. Admiraba a Buñuel, a Subiela, a Lombardi, a Torre Nilsson. Se fue formando poco a poco una respetable cultura cinematográfica.

Cuando llegó el momento de escoger una carrera para seguir (su padre le había inculcado la importancia del estudio), pensó en Letras, en Comunicaciones y en Cine, pero le pareció que sería muy difícil ganarse la vida en esas carreras, que requerían conexiones y dinero. Su hermano menor se había quedado haciendo la secundaria en Lobos y su hermano mayor ya estaba en segundo de Veterinaria en La Plata. Su familia era pragmática y quería que sus hijos salieran adelante con una profesión que les trajera cierta tranquilidad económica. Le comunicó a su padre que estudiaría Derecho en la UBA, y este lo felicitó por su elección. Se dijo que si bien su pasión era el cine y la literatura, podía muy bien ejercer la abogacía, que tenía más salida laboral, y dedicarse a leer y ver películas en el tiempo libre. Eso pensó, pero otra cosa fue la experiencia de enfrentarse a los Códigos, que sus profesores exigían que él supiera casi de memoria. Era como tratar de aprenderse la guía telefónica. Las leyes y los códigos, para él, no tenían vida, eran una colección de conceptos abstractos sobre situaciones hipotéticas. Pronto comprendió que el Derecho no era lo suyo. Allá se la hubieran los leguleyos con sus manías. No le quedó más remedio que dejar Abogacía al poco tiempo de haberla empezado.

Su padre se disgustó con él, pero lo entendió. Le pidió que se buscara un trabajo. Consiguió un empleo en una compañía de seguros y se mudó a la Capital. Compartió un departamento con un ex-compañero de estudios de la universidad. Después de un año se dijo que no se podía pasar la vida trabajando en un escritorio, sobreviviendo al autoritarismo de su jefe y a las intrigas de sus compañeros de sección. Era inhumano. Decidió volver a estudiar. Pensó en Letras y en Cine. Luego de visitar varias universidades, optó por la carrera de cine. Habló con su padre y le dijo que quería estudiar en la Universidad del Cine, en San Telmo.

Era privada y algo cara, pero le parecía la mejor escuela de cine de Buenos Aires. Su padre, que era contador y quería que su hijo tuviera una carrera, le dijo que lo ayudaría.

José Luis dejó el empleo en la compañía de seguros, y se buscó un trabajo de mozo en un restaurante por las noches. Se fue a vivir a un monoambiente en Constitución. Durante el día asistía a la universidad, que le encantó desde el comienzo. Sin duda, era lo suyo. Le gustaban particularmente las clases de historia del cine, de dirección cinematográfica y de guión. En la de guión podía unir su pasión por la literatura con su pasión por el cine. Cada vez que tenía que escribir algo se sentía como un gran poeta volcando en sus ejercicios lo mejor de su genio. Sus profesores reconocieron su talento de inmediato y hablaban favorablemente de él.

La nueva carrera le trajo cambios positivos en su vida sentimental. Cuando cursaba abogacía se había puesto de novio con una compañera de estudios, pero, al dejar la facultad, la relación no sobrevivió. El año de trabajo en la compañía de seguros fue difícil para él y no tuvo una relación estable. En la Universidad del Cine se encontró con compañeras interesantísimas. Compartía con todo el grupo el amor por el cine y la literatura, y los sueños del futuro. Querían ser grandes directores y grandes actores. Ya casi al final del primer año de estudio se puso de novio con una chica lindísima, aunque bastante egocéntrica, que quería ser actriz. Sus compañeros no confiaban en el futuro de la pareja, pero la relación se sostuvo.

Sus años de estudio fueron de intenso aprendizaje. Pasaron rápido. Finalmente, llegó el momento de decidirse por una especialización y escribir su tesina. Escogió Guiones. Su director de tesis fue el profesor Miguel Pérez, el director de *La República perdida*. Este le propuso como tema escribir una miniserie sobre la vida de Facundo Quiroga. José Luis aceptó el desafío. Decidió presentar una visión revisionista de la historia argentina. No estaba de acuerdo con la versión de Sarmiento en el *Facundo*. Mostró a Quiroga como a un héroe carismático y popular, un verdadero patriota.

El personaje Quiroga de su serie decía que los Unitarios eran unos traidores que querían entregar el país a los portugueses y a los ingleses.

Facundo pensaba que Rosas era el único que podía salvarlo, no él que no sabía nada. Rosas era letrado y se expresaba bien, mientras él apenas si podía leer y escribir. Rosas además entendía de negocios, era un gran estanciero, y trabajaba por el enriquecimiento de su patria.

Todos intrigaban contra Quiroga. Conocían su genio militar y le temían. Era hombre de acción. El General Paz fue el único que lo pudo derrotar. La Tablada fue un momento decisivo en la vida de Facundo. Se dio cuenta que los unitarios tenían aliados poderosos. A la larga los iban a vencer, y entregarían el país al imperialismo. Era cuestión de tiempo. Su única esperanza era Rosas, sólo él podía detener a los ingleses y franceses. Si lo traicionaban, el país estaba perdido.

Facundo creía que Paz estaba vendido al oro inglés. Cuando lo capturaron, Rosas le pidió a López que lo fusilara, pero López no quiso. Creyó que vivo podía serles más útil. Quiroga pensó que López estaba cometiendo un error, y que su actitud negociadora era el principio del fin.

Antes de salir de Buenos Aires, rumbo al norte, Quiroga rehusó llevar consigo una columna armada. Lo acompañó una pequeña escolta. Ante la preocupación de Rosas, que sabía que sus enemigos acechaban, respondió: "No le tengo miedo a la muerte. Solo le pido a Dios que, si algo me pasa, se salve el país, y no vuelvan los asquerosos gachupines. Patria o muerte." Así terminaba el drama. El guión entusiasmó a su profesor, que le puso un diez y lo graduó con honores. Miguel Pérez le dijo que sería muy difícil filmar un libro tan complejo, pero le parecía brillante.

Cuando le dieron el diploma salió a festejar con su novia. Comieron en "La Churrasquita", que era su restaurante favorito. Después fueron a su departamento, hicieron el amor y hablaron de sus planes futuros. A ella todavía le faltaba un año para terminar la carrera. Él debía empezar a buscar trabajo como guionista. Su profesor le había dicho que lo tendría en mente, y que le avisaría si le aparecía un proyecto en que pudiera incluirlo. En enero veranearon en Villa Carlos Paz. Luego José Luis pasó una semana en Lobos con su padre y sus hermanos. Su madre ya no vivía allí. Sus padres se habían divorciado. Ella se había vuelto a casar y residía en Neuquén. Su papá estaba muy orgulloso de él, pero sabía que había elegido una profesión muy difícil. Confiaba en su talento. Veía que su vocación era firme.

En abril Miguel Pérez lo llamó para invitarlo a participar en un documental. Era un encargo que le había hecho la Escuela de Cine de Santa Fe. La Escuela cubriría los costos para armar el proyecto y filmar, y Canal 7 subvencionaría los gastos de post-producción. El Instituto Nacional de Cine se encargaría de su distribución. El tema era "Inmigración, pobreza y marginalidad en Buenos Aires". Él mismo, Miguel Pérez, lo dirigiría. Quería que José Luis trabajara en el guión. Se le pagaría una cantidad de dinero aceptable por su tarea, sería un buen comienzo para él. La experiencia profesional, sobre todo, era invaluable. El documental se proponía mostrar cómo se adaptaban a la nueva sociedad los chinos, bolivianos, paraguayos y otros extranjeros que llegaron a la ciudad en las últimas dos décadas y su relación con los argentinos de las provincias del interior del país establecidos en la capital y con los sectores más pobres.

Tenía que encontrar situaciones sociales que resultaran enriquecedoras para el espectador, y presentar sus ideas con claridad pedagógica. Necesitaba mostrar los problemas desde una perspectiva rica e integrada. Debía identificar, de ser posible, entre sus entrevistados, a individuos que pudieran participar y actuar en la película. Ver si descubría "actores naturales" entre ellos.

Miguel Pérez era un hombre muy experimentado, con una gran trayectoria. Con su guía, tenía que resultar relativamente sencillo escribir el guión, o así lo parecía. José Luis creía que el cine documental debía meterse en la realidad guardando su distancia crítica. El guionista, igual que el director, presentaba sus propias ideas estéticas y visión política en su recreación de la historia.

El primer paso era identificar a individuos o familias inmigrantes bolivianas, chinas, paraguayas, peruanas, etc., que quisieran hablar de su vida y colaborar con él. Después, buscar a individuos marginados y pobres, y entender cómo habían llegado a esa situación, comprender su drama. Por último, interpretar como estos dos grupos sociales se relacionaban.

José Luis estaba entusiasmado. Se había ganado el respeto de su profesor por su seriedad y su talento. Miguel Pérez no le regalaba nada a nadie. Era justo pero exigente. Le agradeció la confianza que depositaba en él y le prometió que se pondría manos a la obra de inmediato.

Su profesor le dijo que él era talentoso e iba a llegar lejos, y ojalá esa película le abriera puertas. Esperaba poder competir en algún premio nacional y presentarla en festivales internacionales. Había un gran interés en este tipo de documentales. Necesitaba contar con un guión sólido. Le entregaría una suma de dinero para que él compensara a los que participaban en el proyecto y colaboraban con él. Era necesario motivarlos. Al día siguiente le tendría listo el contrato y el dinero. Debía entregarle un borrador del guión en tan sólo dos meses. Era todo el tiempo de que disponía.

Era un comienzo excelente. Le habló a su novia y le contó todo. Le dijo que iba a tener que trabajar mucho y esforzarse. Necesitaba escribir un buen guión. Ella lo entendió y le aseguró que contaba con su apoyo.

José Luis meditó en los grandes maestros locales del género, buscando inspiración. Pensó en Solanas y en su documental *La dignidad de los nadies*, síntesis de cine de acción y de thriller político, en que el gran director presentó varias historias representativas de la marginación a la que nuestra sociedad había condenado a muchos. Luego recordó la película *Bolivia*, de Pablo Trapero. Este había realizado una obra de ficción que testimoniaba la situación social desesperante que vivían los inmigrantes de los países limítrofes en Argentina. El cine documental tenía una gran tradición local. ¿Podría él estar a la altura de esos ejemplos? Miguel Pérez, su profesor, era autor de un documental, *La república perdida*, al que José Luis consideraba uno de los mejores del cine de ensayo político argentino.

Un compañero suyo de la universidad, con quien habló de su proyecto, le sugirió entrevistar primero a una familia boliviana. Él vivía en La Boca, un barrio de inmigrantes. En una época asentamiento de italianos, era en esos momentos un distrito proletario y de clase media baja, donde vivían paraguayos, peruanos, bolivianos y chinos, y gente de las provincias del interior. Su compañero conocía a una familia boliviana que tenía una verdulería sobre Almirante Brown, donde siempre compraba. Les avisaría que un amigo suyo era parte de un equipo que preparaba un documental y quería hacerles algunas preguntas sobre su familia. José Luis le agradeció la ayuda a su amigo y se presentó en la verdulería. Siguiendo el consejo de su profesor, les explicó que estaba seleccionado gente para participar en una película sobre la vida de los inmigrantes en Buenos Aires. Deseaba conversar con ellos. Les pagaría por la entrevista. Seguramente interesados en el dinero, aceptaron.

Lo recibieron en la verdulería por la noche, poco antes de cerrar. La familia vivía en el fondo del local, detrás de una cortina de tela gruesa. Se hacinaban en un espacio pequeño. A un costado estaba la cocina, atrás varias camas, y en el centro la mesa. Habían comido un rato antes que él llegara: en una fuente encima de la cocina quedaban los restos de un rico puchero de carne y gallina. Se sentaron alrededor de la mesa. Eran cuatro: los padres y dos hijas adolescentes. Contestaron a sus preguntas lo mejor posible. Dijeron que el local era alquilado, pero que ellos eran dueños del puesto de verdura. Pagaban una patente de comercio anual a la municipalidad. A José Luis le llamó la atención que al hablar bajaran la vista, no lo miraban de frente. El hombre era parco. Prefería que hablara su mujer. Eran indígenas y venían de un pueblo cercano a La Paz. Habían vivido en El Alto. Les preguntó si sentían que la gente de Buenos Aires los respetaba, y le respondieron que no. La mujer le explicó que con su marido hablaban en Aymara, y que sus hijas lo entendían pero no lo hablaban. La mujer atendía el negocio. Le dijo que casi no sabía leer, pero que podía contar bien. Reconocía los nombres de las mercaderías si los veía escritos. Las hijas, de 14 y 16 años, habían ido a la escuela hasta hacía poco, pero la habían dejado. Trabajaban con su madre en la verdulería todo el día. El marido se ocupaba del abastecimiento y del reparto.

La familia parecía tener una vida muy rutinaria. Trabajaban sin descanso. Casi no salían. No tenían amigos, fuera de algunas personas de su comunidad. Gastaban poco dinero. Mostraban desconfianza. Sintió que no simpatizaban ni con él ni con su proyecto. Habían sufrido el desprecio racista de la gente. Probablemente creyeran que él averiguaba cosas de ellos para burlarse de los bolivianos. Comprendió que de esa situación no podría sacar una historia interesante. Si algo fuera de lo común tenían para contar se lo guardarían. Les entregó el dinero que les había prometido y les dijo que cualquier cosa los llamaría. Les agradeció y se marchó.

Pensó en lo difícil que era hacer un documental: observar al otro, acercarse a alguien con sinceridad para entenderlo y ser percibido por ese otro como una persona honesta.

Qué distante estaban los inmigrantes de su mundo nativo. Habían dejado su corazón allá lejos y sufrían el presente. Esa familia, probablemente, tampoco tendría un lugar digno en su tierra, Bolivia, si un día regresaba. Muchos sectores conservadores reaccionarios rechazaban al indio y lo veían como a un paria.

No parecían sufrir carencias materiales en esos momentos y se alegró por eso. Tenían buen alimento, trabajo y un techo. En Latinoamérica no era fácil contar con esas simples ventajas materiales necesarias para la vida.

Poco después consiguió que su compañero de la Universidad que vivía en La Boca le arreglara una entrevista con un matrimonio de chinos. Tenían una lavandería en la calle Martín Rodríguez. Se presentó al lugar para convenir el día y la hora del encuentro. En la lavandería trabajaban el hombre y su mujer. Había una chica del barrio que les ayudaba. Hablaban poco castellano. Hacía cuatro años que habían llegado al país. No tenían hijos y rondaban los 30 años de edad. Trató de explicarles lo que quería y le dijeron que sí. Se miraron entre ellos y pidieron que regresara a la noche, después que cerraran. Le dijeron que el "servicio" de ellos era especial y muy bueno, y le pidieron más dinero que el que les había ofrecido. José Luis aumentó la cantidad. Aceptaron. Le pareció que la pareja prometía y posiblemente podía encontrar una buena historia. El hombre era algo tosco, alto y fuerte, y la mujer tenía una belleza singular, cara de muñeca y la piel muy suave.

Volvió esa noche a las 9. Ella estaba recién bañada, tenía el pelo aún mojado. Le mostraron el lugar. Vivían al fondo, atrás del negocio, en un pequeño departamento de un dormitorio. La cama estaba destendida y un poco revuelta. José Luis tuvo la impresión de que los chinos acababan de coger. Ella era sensual y lo miraba con curiosidad. Lo hicieron sentar en la sala comedor y le ofrecieron té verde. El chino hablaba en un castellano confuso. Entendió que eran de Hunan. En un momento determinado la mujer le tomó la mano y se la apretó. El chino se sonrió. Luego se levantó y besó a su mujer en la boca. Llevó la mano de ella hacia su entrepierna. José Luis no sabía qué hacer. Se habrían creído que él les pagaba para representar una escena erótica. El hombre se abrió la bragueta y sacó su pene. Era un pene enorme y ella se lo empezó a acariciar mientras lo besaba. Todo pasó muy rápido y José Luis no sabía qué hacer. La mujer se empezó a desvestir y el hombre también. Se quedaron los dos desnudos. Se sonreían. El hombre tenía un cuerpo atlético y la mujer era hermosa, parecía una actriz porno. Fueron al dormitorio y lo llamaron para que los siguiera. Él se sentó en una silla cerca del lecho. El hombre se puso encima de la mujer y la penetró con su enorme miembro. La mujer gritaba de placer.

José Luis miraba todo como si estuviera en el cine. Le parecía poco real. De pronto el hombre se levantó y le hizo señas para que se sumara a la escena. La mujer se acercó a él y empezó a desvestirlo. Cuando estuvo desnudo lo acarició y le chupó el miembro. Su marido se sonreía y se acariciaba el pene. La mujer se llevó a José Luis a la cama. El marido le indicó que la penetrara. José Luis era mucho más pequeño que el chino y su pene parecía ridículo en comparación al del otro. Introdujo su miembro en la vagina de la mujer. Fue un momento extraordinariamente placentero para él. Era una diosa, tenía piel de porcelana. Le besó los pechos. Ella le acariciaba el rostro. Lo miraba con ternura mientras gozaba. El chino se tendió en la cama junto a José Luis. Trató de subirse encima suyo. José Luis sintió una presión sobre sus nalgas. El chino estaba tratando de penetrarlo. Hacía fuerza, pero su pene era demasiado grande.

José Luis logró zafarse y se levantó. Los otros dos se miraron con sorpresa. El hombre mostró rabia y le empezó a gritar en chino y en castellano. "¡Loco, loco!", le decía. La mujer estaba seria. José Luis trató de explicar que no había venido para eso, pero no le entendían. Se empezó a vestir. El hombre furioso se le acercó y le empezó a hacer señas de que le pagara. José Luis sacó la plata del bolsillo y se la entregó. El hombre la contó y se la dio a su mujer. El chino enojado le indicó con ademanes que se fuera. José Luis fue hacia la puerta del negocio, el hombre lo seguía. Le abrió la puerta y lo echó de un empellón. Le gritó algo en chino y cerró.

Se fue caminando por Almirante Brown. Se preguntó si lo hacían sólo por dinero o por otro motivo. Quizá era la forma que tenían, en medio de su aislamiento, de mostrar y compartir su mundo íntimo. La situación inesperada lo había asustado. ¿A quién podía gustarle que tratara de montárselo un chino con semejante pija? La mujer era otra cosa, le había encantado metérsela.

Las familias que había visitado no eran pobres. Eran pequeños comerciantes que vivían aislados. En un tiempo progresarían económicamente. Se veía que trataban de subsistir con lo mínimo y ahorrar. Eran trabajadores y ambiciosos.

Muchos inmigrantes españoles e italianos que llegaron al país al principio del siglo pasado habían estado en una situación similar. En la colectividad china y boliviana había gente enriquecida. Sin embargo, les costaba más integrarse a la sociedad argentina que lo que les había costado a los italianos y españoles en el siglo anterior.

La clase media actual mantenía una actitud racista hacia los chinos y bolivianos. Vivían en un estado de marginación social. Era una comunidad que presentaba también diferencias internas. Algunos se habían hecho ricos y otros no tenían casi nada.

José Luis necesitaba ayuda. Su investigación no estaba progresando. Habló a un compañero suyo de la secundaria que era periodista y trabajaba en la sección de policiales de *Clarín*. Se vieron en un café. Le contó sobre su proyecto y le pidió su consejo. Su amigo le sugirió pasar a situaciones sociales más complejas. Debía existir desde el principio un drama social denso. Le habló de un caso policial reciente. Había desaparecido una adolescente en Isidro Casanova, un barrio obrero de Buenos Aires. El cuerpo de la chica apareció varios días después en un basural. La habían violado y asesinado. Su amigo le sugirió que entrevistara a la familia, que era paraguaya, y averiguara cómo era la vida en el barrio. Podía mostrar la situación social en que creció. Seguir el caso. Tratar de determinar si ella estaba en una relación con alguien, ayudar con su investigación a aclarar el asesinato, ayudar a las fuerzas del orden. A José Luis no le gustó la idea. Esa historia no se adaptaba al documental que trataba de escribir. Él no era policía. Desconfiaba de las instituciones del estado que se dedicaban a perseguir y castigar a los pobres. "Creo en la libertad del individuo", le dijo a su amigo.

Le habló a su profesor, Miguel Pérez, y le explicó lo que estaba ocurriendo. Sus primeras entrevistas no habían dado los resultados que esperaba. Le pidió sugerencias. Miguel Pérez le dijo que cambiara su perspectiva, que en lugar de visitar familias ya constituidas y que tenían la vida muy planificada y rutinaria, buscara gente que estuviera en una situación más inestable. Le sugirió que fuera a un hogar transitorio, o entrevistara a individuos sin casa, que vivieran en la calle, y escuchara sus historias. Lo puso en contacto con un fotógrafo que conocía algunos lugares donde se reunían linyeras y mendigos. Él lo llamó y le dijo que le hablaba de parte de Miguel Pérez. Le explicó que quería conocer a algunos individuos pobres y sin casa, pasar cierto tiempo con ellos y escuchar sus historias. El fotógrafo le dijo que lo mejor era acercarse a un grupo y compartir algunos días de su vida, pero que no debía decir que quería hacer un documental. Desconfiaban de todo. Necesitaba aparentar que era uno de ellos.

Se puso ropa vieja y fue con el fotógrafo a Palermo. Allí, en los bosques, bajo un puente del ferrocarril, encontraron a varios linyeras. El fotógrafo los conocía. Les presentó a José Luis, y les dijo que, a pesar de su apariencia inofensiva, tenía su pasado y había estado preso. Le guiñó un ojo a José Luis y lo dejó con ellos. Le preguntaron de dónde venía y qué había hecho. Les contó que había estado preso por robo. Ahora no robaba, la policía lo vigilaba. Hacía otros trabajos. Un linyera, intrigado, le preguntó qué trabajos. José Luis no sabía qué responder y le dijo que, menos robar, el que fuera. "¿Matás si te lo encargan y te pagan bien?", le preguntó. José Luis, que no quería desdecirse, le dijo que si se presentaba la ocasión podía hacerlo. Había que ver. El hombre, un individuo tuerto como de cuarenta años, lo miró intimidado. Otro linyera del grupo que lo escuchó se acercó y dijo que conocía a alguien que le podía dar un encargo. José Luis aseguró que en ese momento no necesitaba dinero. Estaba viviendo de un trabajo que había terminado no hacía mucho. Quería estar tranquilo por un tiempo y que la policía no lo molestara. Aseguró que cuando todo se tranquilizara pensaba irse al extranjero. Vivía en la calle temporalmente, les explicó.

Los otros lo miraron con seriedad. Le contaron que esa noche tenían una reunión secreta y lo iban a llevar con ellos. Al oscurecer salieron. Eran seis. El Tuerto los guiaba. Fueron hasta la calle Salguero, esquina Libertador. El Tuerto levantó la tapa de una boca de tormenta, cerca de la vereda. De a uno se fueron metiendo dentro y descendieron por la escalera de hierro. El Tuerto fue el último en entrar y antes de bajar volvió a colocar la tapa. Se veía muy poco. Se habían metido en la red subterránea de desagües de Buenos Aires.

Caminaron por un caño colector, que desembocó en otro mayor. Este tenía un foco de luz cada cien metros. Por el centro del caño corría líquido. Había muy mal olor. La red arrastraba aguas pluviales y aguas servidas. Tenían los pies mojados. Llegaron a un punto donde el colector se bifurcaba. Tomaron hacia la derecha. Este caño tenía una pasarela de hierro elevada sobre un costado. Se subieron a la pasarela. El agua empezó a correr con más fuerza. Caminaron como quince minutos. Adosada a una pared del caño apareció una escalerita de hierro. Encima de la escalera se veía una puerta de metal. Uno subió y la abrió con una ganzúa. Entraron. Encendieron una vela que había sobre una botella. Se escucharon gruñidos como de un animal que se quejaba. José Luis no entendía bien qué pasaba. Vio que en el piso, apilados, había todo tipo de objetos. Televisores, máquinas registradoras, equipos electrónicos, neumáticos, seguramente producto de robos.

El Tuerto dijo que estaban allí para realizar una ceremonia. Todos asintieron. José Luis sintió miedo, se daba cuenta que lo iban a probar. El Tuerto tomó la vela y fue hacia la parte de atrás del depósito, de donde provenían los gruñidos. Allí, en medio de varios artefactos, había una colchoneta. Sobre la colchoneta, tendida, tenían a una chica como de dieciocho años. Estaba amordazada, atada con sogas, y de un pie salía una cadena que estaba fijada al muro con una argolla. A un costado había un recipiente con agua y restos de comida. Le dijeron que era como un animalito, estaba caliente, y se la iban a coger entre todos. La chica, que estaba muy sucia, los miró con desesperación. La empezaron a desnudar, le quitaron la bombacha, le desataron los pies y las manos.

El Tuerto se le echó encima, la empezó a acariciar y a besar. La chica le sacaba la cara. Finalmente el Tuerto hizo fuerza y se la metió. La chica se contorsionaba para zafarse, pero al final se entregó. El Tuerto empezó a bufar y la chica respiraba con fuerza. Todos miraban, con alegría. Finalmente el Tuerto se vino. Se levantó lentamente y se arregló los pantalones. El Tuerto le dijo a José Luis que ahora le tocaba a él. José Luis sabía que no podía hacerlo. No era un violador. Les dijo que él robar robaba, pero que eso no lo hacía. Se le fueron encima y le empezaron a pegar. Lo patearon, le preguntaron si era un policía y le dijeron que lo iban a matar. José Luis les pidió que no le pegaran más, les dijo que tenía dinero y se los iba a dar. Los otros lo registraron y le sacaron el dinero. Lo ataron y le quitaron el celular. Lo dejaron a un lado y regresaron a la adolescente. La violaron entre todos. La chica estaba como una loba caliente, jadeaba y gruñía. El Tuerto fue hacia José Luis, agarró un palo y lo desmayó de un golpe.

Cuando se despertó estaba tirado sobre una pasarela de metal a un lado de un caño mayor. Le dolía todo el cuerpo y no podía moverse. Estaba maniatado. Los de la banda se habían ido. No reconoció el lugar, no habían pasado por allí. Por el centro del caño corría el agua y, a los costados, había desperdicios acumulados. Podía ver bolsas de plástico, bidones, y otros objetos, que parecían ser muñecas o restos de juguetes. Las ratas andaban entre los desperdicios. Estaba desesperado, quiso gritar, pero sabía que no le serviría de nada. Al rato el agua empezó a correr con más fuerza. El nivel fue subiendo. Quizá estuviera lloviendo afuera. Tuvo miedo de morir ahogado en medio de la basura. El sueño lo iba rindiendo y se le cerraban los ojos. No sabía cuántas horas habían pasado desde que lo dejaron allí. Sintió frío. Se durmió. Tuvo un sueño.

Él estaba acostado en su cuarto, una luz fuerte lo encandilaba. Entró una mujer desnuda. Era como una diosa. Ella estaba excitada, empezó a acariciarlo y a quitarle la ropa. Él no podía moverse, pero gozaba. Le pasó sus manos por las mejillas, los labios, los cabellos. Luego le acarició el pecho y bajó a su pene. Empezó a succionarlo. Él gozaba cada vez más y gritaba de placer. La mujer se le puso encima y empezó a hacerle el amor. Él estaba inmóvil, como atado. Sintió que estaba por venirse.

Se despertó gritando. Las ratas le caminaban por el cuerpo. Se retorció, tratando de librarse de las ataduras, sin lograrlo.

Vio a lo lejos una luz que parecía acercarse, empezó a gritar. Eran dos serenos de la guardia que patrullaban los túneles. Lo desataron. Les contó lo que le había sucedido. Les dijo que una banda de depravados tenía secuestrada a una chica y entre todos la habían violado. Los serenos le dijeron que en las cañerías subterráneas pasaba de todo, era un mundo aparte. Informarían a la policía, pero seguro que cuando vinieran a investigar ya no encontrarían nada. Lo hacían a propósito. Los delincuentes planificaban esas cosas para provocar a la policía y distraerla. Los verdaderos robos y crímenes ocurrían afuera, a la luz del día.

Caminaron bastante. Llegaron a una escalera de hierro que subía al exterior. Los serenos subieron primero, movieron la tapa y salieron todos a la calle. La boca de tormenta daba a Arenales y Rodríguez Peña, en Barrio Norte. José Luis estaba temblando. Se sentía mal. Tenía mal olor. Los serenos le dijeron que fuera a la policía. Él se negó. Tenía fiebre. Les pidió que llamaran a una ambulancia, estaba mal.

La ambulancia llegó después de media hora y lo llevaron al Hospital Argerich. Contó a la guardia lo que le había pasado. Tenía mordeduras de ratas y ronchas en su cuerpo. En el Hospital lo vacunaron contra el tétano y le dieron una vacuna antirrábica. Lo dejaron internado un día en observación y lo dieron de alta.

Salió del Hospital y fue a la Seccional de Policía a hacer la denuncia de lo ocurrido. Le tomaron la declaración. No pareció sorprenderles lo que contaba, ni le dieron mucha importancia. Le dijeron que iban a investigar y cualquier cosa le avisaban.

José Luis se fue a su departamento. Le habló a su novia. Ella estaba desesperada, lo había estado llamando por teléfono pero él no respondía. Le dijo que le robaron el celular. Vino a verlo. Le contó lo que había pasado y le mostró los moretones y las mordeduras de las ratas. Le dijo que ya había hecho la denuncia a la policía.

Ella le rogó que por favor abandonara el proyecto antes que lo mataran. José Luis le explicó que era muy difícil prevenir el peligro, no podía saber que iba a pasar algo así. Le pidió que lo ayudara, entre los dos sería más fácil manejarse. Podían planear juntos una visita a una familia de inmigrantes. Estos se comportarían distinto si veían que los venía a entrevistar una pareja.

Ella le dijo que lo acompañaría si no eran personas muy marginales, las situaciones de pobreza podían ser peligrosas. Eso de acercarse a mendigos o ir a la villa, la verdad que no se animaba. Él le explicó que había villas miserias bastante seguras en Buenos Aires, como la Villa 31. Si iban a vivir allí por un par de semanas tendrían la oportunidad de conocer gente interesante para el documental. Ella le contestó que podía parecer fácil, pero que en la práctica las cosas que parecían fáciles después no lo eran. La realidad tenía sus complicaciones y ellos no estaban bien preparados para enfrentarla. Él le respondió que era muy pesimista. Si quería realizar el proyecto necesitaba estar en contacto con la realidad y reflejar la experiencia de la gente. No podía improvisar o inventar. Era un documental y no una obra de ficción.

Varios días después un conocido de Miguel Pérez lo llamó. Le dijo que en una comisaría de Flores tenían a un preso interesante. Se trataba de un ladrón. Él conocía a un Sargento que trabajaba allí. Por unos pesos lo dejarían entrevistarlo. Tenía que decir que iba de parte de él y era periodista y que le venía a hacer una nota. Al día siguiente fue a la Seccional 38 de Flores. El Sargento, un hombre moreno y gordo, lo hizo pasar y lo llevó hasta una de las celdas. José Luis le entregó mil pesos, según lo convenido. El Sargento abrió la puerta del calabozo y José Luis vio al reo acurrucado en el fondo. Entró y el Sargento cerró. Le dijo que cualquier cosa lo llamara, que se quedaba ahí afuera. El preso era un muchacho joven, como de 22 o 23 años. Lo miró con miedo. Se notaba que lo habían torturado. Le preguntó a José Luis que por qué estaba allí, y qué quería de él. José Luis le respondió que iba a hacer un documental y estaba buscando a personas que estuvieran pasando por una situación límite. Si él colaboraba podía ayudarlo a que se aclarara su situación.

El muchacho le dijo que lo acusaban de robo, pero que no había robado nada. Era novio de la hija de un político. Él era estudiante de ingeniería. Venía de una familia de clase media baja, con problemas económicos, y el padre de la chica no lo quería. Lo acusó de haber robado en su casa. Hacía tres días que estaba preso. A la noche lo sacaban al patio, le tiraban agua fría y lo molían a golpes. Le querían hacer firmar su confesión auto-inculpándose, pero no la firmó. José Luis le dijo que iba a ver qué podía hacer. El policía le avisó que ya se le había pasado el tiempo, tenía que irse.

José Luis salió de la celda y le dijo al Sargento que esa historia no era la que él necesitaba. El preso era un muchacho de clase media. Quería ver a alguien que viniera de una situación de extrema pobreza, que hubiera pasado miseria y hambre, y robara por necesidad. El policía le contestó que ese detenido había robado. A él le pidieron que le presentara a un ladrón. José Luis le dijo que ese muchacho era víctima de un político. Le solicitó que le consiguiera otro preso o que de lo contrario le devolviera la plata. El policía le dijo que él había cumplido con lo que le solicitaron y no le devolvería nada. Los otros presos estaban incomunicados. No podía verlos. Le exigió que no contara a nadie lo que le había dicho el preso, ni escribiera nada contra la policía, todos los presos mentían. Si hablaba, iban a ir a buscarlo y lo iba a pasar mal." ¡Te metemos en una celda y te damos, cuidadito, ni abrás la boca!", le dijo el Sargento. José Luis insistió en que esa historia no valía mil pesos. El Sargento le dijo que sí, lo trató de "periodista maricón" y lo despidió de un empujón.

Se volvió a su casa, amargado. Pensó en entrevistar a alguna familia de cartoneros, o irse a vivir a la Villa por unos días. Necesitaba encontrar los personajes para el documental. Si su novia no lo quería ayudar no importa, iba solo. No podía fracasar.

Su novia trató de calmarlo. Le pidió que no siguiera más con ese proyecto, era una locura. El documental iba a terminar en una tragedia. Le dijo que hablara con su profesor y le explicara que las cosas no le estaban saliendo bien. No estaba preparado para escribir un documental como el que le habían pedido. Que le preguntara si no tenía otro proyecto en que pudiera participar en lugar de ese.

José Luis le hizo caso y fue a ver a Miguel Pérez. Le contó lo que había pasado. Quizá lo estuviera enfocando mal, se justificó. Había tenido malas experiencias. El profesor lo escuchó y le dijo que lo entendía. Ese tipo de película testimonial exigía un guionista que pudiera enfrentar situaciones tensas y conflictivas. Él quería filmar las experiencias de la población que quedaba al margen de la vida social, a quien la clase media y la alta burguesía no entendían. Lo iba a cambiar, buscaría a otro guionista para el proyecto. José Luis se disculpó, le dijo que la realidad había resultado mucho más dura de lo que él pensaba. Se sentía intimidado.

El profesor le aconsejó probar en la televisión. Era un buen mercado. Siempre necesitaban gente para trabajar en los guiones de las novelas y ficciones. Lo envió a hablar con su colega de la Universidad del Cine Rafael Filippelli.

Filippelli lo atendió y fue muy amable. Le dijo que su mujer, Beatriz Sarlo, tenía contactos en Canal 13 y que estaban buscando a un guionista. José Luis la llamó. Ella lo recibió en su casa y lo trató muy bien. Sabía que había sido estudiante de su marido y de Miguel Pérez.

Beatriz Sarlo le preguntó por su tesis sobre Facundo Quiroga. José Luis le dijo que había escrito un guión sobre su vida y sostenido una posición histórica revisionista. Sus compañeros de la Universidad no admiraban mucho a Sarmiento. Él no estaba de acuerdo con sus ideas, pero reconocía el valor de sus libros. "Todo el mundo critica a Sarmiento", aceptó Sarlo, "atacan su política. La mayoría no lo ha leído. Fue un prosista extraordinario, para mí el mejor del siglo XIX."

Le preguntó qué tipo de guiones quería escribir. ¿Se animaba a hacer guiones de novelas? ¿Qué tal manejaba el diálogo sentimental? José Luis le respondió que era flexible. Podía adaptarse a lo que necesitara el productor o el director. Sarlo simpatizó con él y lo envió a Canal 13 a verlo a Adrián Suar. Estaban buscando a un guionista para trabajar en un proyecto de telenovela.

José Luis habló al canal y pidió una entrevista con Suar. Dijo que hablaba de parte de Beatriz Sarlo. Suar lo recibió al día siguiente y le explicó lo que pasaba. Uno de sus guionistas principales se había ido a trabajar a Estados Unidos y necesitaba reemplazarlo. Tenía en manos un proyecto importante. La historia estaba lista, y le hacía falta un guionista capaz de llevarla a la pantalla.

-Una vez que nosotros tenemos la historia - le dijo Suar - necesitamos contar con un guionista que arme las escenas. Buscamos a alguien que maneje bien los diálogos dramáticos, que le dé suspenso a la trama y desarrolle la sicología de los personajes. Queremos clavar al espectador en su silla. Hallar a un escritor que pueda hacer bien esto es más difícil que encontrar una aguja en un pajar.

Ya tenía a actores importantes comprometidos para la serie: Julio Chávez y, posiblemente, Pablo Echarri.

Los dos simpatizaron. Suar era un hombre de sonrisa fácil. Se veía que era un buen tipo y José Luis se sintió cómodo. Le habían dicho que era generoso. Se notaba que Sarlo le había hablado bien de él.

José Luis le preguntó si le podía contar la historia sobre la que había que escribir el guión. En su trabajo anterior le habían pedido identificar situaciones sociales conflictivas y encontrar personajes testimoniales. En la práctica le había resultado más difícil de lo que pensaba. Quería enfrentar la realidad, ir hacia ella, como casi todos los escritores. Pero había un punto en que esta se le escapaba.

Suar comentó, con ironía, que los actores tenían una idea de la realidad distinta a los escritores: creían que estaban viviendo en ella, y vivían en un mundo imaginario. Le contó el argumento de la novela que se proponían filmar: el protagonista era dueño de una importante empresa inmobiliaria. Tenía problemas: la competencia le estaba quitando el mercado. El hombre se metió en tratos con la mafia. Estaba casado y tenía un hijo de 23 años y una hija de 21. El hombre tenía una amante joven y hermosa. Ella quería que él dejara a su mujer. Él le prometió que lo haría, pero ella no le creyó. El hombre arregló con la mafia para enviar la empresa a la quiebra. Iban a estafar a la compañía aseguradora de la empresa. Podían meterlo preso por un tiempo corto, no más de dos años. Cuando saliera tendría en su cuenta una gran cantidad de millones, y se podría ir a vivir al extranjero con su amante. Su mujer desconfiaba de él y lo espiaba. Descubrió sus tratos con la mafia y su plan de estafar a la compañía aseguradora. También se enteró de la amante, que era empleada de la compañía. Ella lo denunció a la policía y lo metieron preso. La mafia raptó a su hija en represalia. La mujer tomó la dirección de la empresa y negoció con la mafia. La liberaron. Su hijo se convirtió en la mano derecha dentro de la empresa. El hijo sedujo a la ex-amante de su padre. La hizo jefa de una sección de la empresa. El hijo, junto con su amante, controlaban el área de la compañía que vendía propiedades a inversores de distintas partes del país. Se trataba de gente que quería lavar dinero: traficantes de drogas, políticos. Su madre, directora general de la empresa, lo llamó y le dijo que le habían hecho una propuesta concreta para entrar en política. Sería candidata a diputada por la ciudad de Buenos Aires en las próximas elecciones. Dejó al hijo al frente de la compañía y le pidió que la apoyara en la campaña. Su objetivo final era meter a toda la familia en la política.

A José Luis le encantó la historia. Le dijo a Suar que estaba llena de momentos melodramáticos y truculentos y que él sabría sacarles buen provecho. Se sentía capacitado para escribir el guión. Firmó de inmediato un contrato y le prometió entregarle un borrador en dos meses.

Regresó a su departamento, llamó a su novia y le dio las buenas nuevas. Ella se puso muy contenta. Luego le habló al profesor Filippelli para agradecerle a él y a su esposa, Beatriz Sarlo. Por último, lo fue a ver a Miguel Pérez. Este lo consideraba su discípulo. Lo atendió con amabilidad. Pérez le dijo que un muchacho recomendado por Pino Solanas se había hecho cargo del guión del documental. José Luis le contó de su contrato con Canal 13. Miguel Pérez lo felicitó, le dijo que era un nuevo comienzo y que creía que él lo podía hacer muy bien. Lo importante, en esos momentos, era tener un trabajo. Los dos se abrazaron y se despidieron.

Un gaucho en Texas

Facundo Garay era profesor de Castellano y Literatura del Nacional No. 1 de Rosario. Había estudiado en Filosofía y Letras hacía ya muchos años. Su mejor amigo, Eduardo Zannini, que había sido su compañero de estudio, era profesor de Literatura Hispanoamericana en la Universidad Tecnológica de Texas. Se había ido de Rosario poco después de terminar su licenciatura y había continuado sus estudios en la Universidad de Nueva York, donde sacó un doctorado.

Facundo, además de enseñar treinta horas en el Nacional, había sido, hasta hace poco, Ayudante de Trabajos Prácticos de Literatura Argentina en la Universidad de Rosario, y era profesor titular de esa misma materia en el Instituto Superior de Profesorado. Tenía una carga pesada de trabajo y siempre se acordaba de su amigo en Texas. Eduardo había hecho una excelente carrera profesional. Había publicado varios libros de crítica y era experto en las obras de Borges, Sábato y Bolaño. Daba muy pocas horas de cátedra por semana y tenía tiempo libre para investigar y escribir. Era el privilegio de ser profesor en Estados Unidos. Venía a Buenos Aires todos los años. A veces lo visitaba en Rosario, donde tenía familia.

De jóvenes eran inseparables. Los dos escribían poesía. Fundaron una revista de literatura que sacó varios números. Cuando se hicieron mayores fueron abandonando la poesía, pero siempre conservaron algo de poetas. Eran soñadores y poco prácticos y se ganaban la vida con dificultad. A pesar de su éxito aparente, Eduardo le decía que la vida académica en Estados Unidos era difícil, triunfaban los que sabían acomodarse y no los mejores. Por suerte él ya tenía "tenure", permanencia, en su puesto y estaba tranquilo. Era soltero y tenía su propia casa. Enseñaba Literatura Hispanoamericana y Argentina (Española no) y tenía un grupo excelente de estudiantes de doctorado.

Facundo, por su parte, era divorciado y tenía una hija, a la que casi no veía. Vivía solo, como Eduardo. También estudiaba y escribía, pero tenía muy poco tiempo libre. Se quedaba los fines de semana en casa para escribir. Hacía reseñas de libros y notas culturales para la edición de los domingos del diario *La Capital*. Esa no era su única actividad extracurricular. Formaba parte de la comisión organizadora del Festival Internacional de Poesía de Rosario. Facundo era un hombre respetado en el medio. Trabajaba mucho y, al igual que otros rosarinos, que tenían pasión por los viajes, ahorraba dinero para poder visitar otros países en los veranos. Casi siempre iba a Europa, sobre todo a Francia, que era su país favorito. Estudiaba francés por su cuenta, y lo hablaba bastante bien.

Eduardo lo había invitado muchas veces a Texas, pero los Estados Unidos nunca le habían interesado. Finalmente, Eduardo, que deseaba que lo visitara en su casa, le hizo una oferta que no podía rehusar. A los dos les gustaba la literatura gauchesca y las historias sobre los bandidos rurales del siglo XIX. Le ofreció ir a conocer Fort Sumner, Nuevo México, el pueblo donde había vivido y luchado Billy the Kid, y donde lo habían matado. Allí estaba enterrado. Podían recorrer juntos Nuevo México, tierra de "cowboys", y visitar su tumba. La propuesta le gustó. Eduardo le dijo que algunos estudiantes tenían ranchos, que eran las estancias de allá, cerca de Lubbock, donde estaba la Universidad. Podían pasar un fin de semana en uno, andar a caballo y conocer la pampa texana, a la que llamaban el "Llano Estacado". Terminó el año escolar y Facundo se preparó para ir. Viajaría a principios de enero, cuando su amigo estaba en el receso invernal. Allá las estaciones eran exactamente opuestas a las de Argentina. Se pensaba quedar todo enero y febrero acompañando a Eduardo. El otro empezaba sus clases a mitad de enero, pero enseñaba sólo seis horas por semana y tendría tiempo de atenderlo y salir con él. Podrían hablar y discutir de literatura, que era la gran pasión de los dos. A fines de febrero, antes que se regresara a Rosario para empezar su trabajo, harían, durante un fin de semana largo, un viaje de cuatro días por Nuevo México, y visitarían Fort Sumner, Santa Fe y Taos, donde vivían los indios Pueblo.

Al llegar a Lubbock, Eduardo lo esperaba en el aeropuerto. El sitio era muy distinto a lo que se imaginaba. El clima era seco, la ciudad tenía casas grandes, bajas y espaciadas. El campus universitario era precioso, una mini-ciudad de lujo. Nunca había visto nada así.

Su amigo vivía en una casa nueva, con varios cuartos. Lo que más le impresionó fueron los baños. Tenía tres. ¿Qué profesor podía vivir así en Rosario? Hizo una reunión en su casa para homenajearlo. Invitó a sus estudiantes graduados. Bebieron vino de la zona, que le pareció bastante bueno, no sabía que Texas producía vino. Los estudiantes del departamento de literatura hispana eran muy interesantes. Venían de distintos países: México, España, Colombia, Costa Rica. Los norteamericanos eran los menos. Entre estos había una chica, Helen, que le llamó la atención. No era de una belleza especial, pero le resultó atractiva. Era de Texas, y hablaba muy bien el castellano, casi sin acento. Estaba escribiendo una tesis sobre literatura argentina bajo la dirección de Eduardo. Había visitado Buenos Aires y Mendoza, pero no había estado en Rosario. Su tema de tesis era la obra de Eduardo Gutiérrez. Defendía la idea de que Gutiérrez era el autor más original de la novelística gauchesca, el que inició el ciclo y mostró al gaucho como un rebelde, que no claudicaba ante la sociedad decente (como lo había hecho Martín Fierro en la segunda parte de la obra), ni aceptaba trabajar como peón (como lo harían los gauchos de Güiraldes en *Don Segundo Sombra*). El gaucho de Gutiérrez, como podíamos comprobarlo en *Juan Moreira*, era un ser que amaba la libertad y luchaba a muerte por defenderla. Para ella Moreira representaba el verdadero espíritu de la argentinidad y por eso había pasado al teatro. El argentino se identificaba con Moreira, y no con Don Segundo Sombra. El director de cine Leonardo Favio había imaginado a Moreira como un rebelde anarquista, víctima de las manipulaciones políticas de los patrones. Ella había conocido a Favio en Buenos Aires y hablado con él.

A Facundo le parecieron brillantes las ideas de Helen, que se expresaba con soltura. Le encantaba la mujer. Claro que ella era joven, y él tenía cincuenta años. Vio un anillo de casada en su mano izquierda, y no dijo nada. Hacía mucho que Facundo no tenía un amor importante en su vida. Se había divorciado de su mujer hacía siete años. A su hija casi no la veía. Tenía veinte años y estudiaba medicina. Las peleas con su ex eran constantes. Era una relación que, aun estando separado, lo torturaba.

Eduardo le dijo que Helen estaba casada con un ranchero, o sea un estanciero norteamericano. Había grandes establecimientos agrícolas, de algodón y de maní, en la zona. También se veían muchos pozos petrolíferos. Pero los texanos viejos se preciaban de ser vaqueros, ganaderos; eran gauchos, "cowboys", de corazón. Eso le llamó la atención a Facundo, y le gustó. En Argentina casi no había gauchos, y nadie usaba sus ropas, excepto en los programas de televisión. Visitando el campus universitario vio jóvenes estudiantes que usaban botas texanas, sombreros de ala ancha y pantalones vaquero ajustados, como en las películas del oeste. Sólo les faltaba el revólver. Su amigo le dijo que lo tenían, pero que no lo podían portar en el campus universitario. Texas defendía la tenencia de armas, lo consideraban un derecho civil inalienable.

Comenzó el semestre en la Universidad y Eduardo invitó a Facundo a visitar una de sus clases. Estaba dando un curso graduado sobre el *Martín Fierro* y la novela gauchesca. Le gustó escucharlo leer los versos de Hernández en Texas. Era como si el gaucho se hubiera encontrado con el espíritu del cowboy. Pensó que los dos se parecían. Pero quizá estuviera equivocado. Su amigo hizo hincapié en el papel de la policía y el ejército en el *Martín Fierro*. Dijo que para el argentino la policía era una secta de truhanes, corruptos y ladrones. Usaban la institución para robar y abusar del campesino. En el oeste americano tenían una idea distinta de la ley: creían que podía redimir a la sociedad. La policía perseguía a los cowboys bandidos, que eran crueles, como Billy the Kid. El ejército argentino era aún más perverso que la policía. Apresaba a los gauchos, los mandaba como reclusos a la frontera, les robaba sus posesiones y destruía sus familias. La conducta de Martín Fierro estaba justificada, era una víctima del estado. Se rebelaba contra las injusticias.

El *Martín Fierro* era una obra de denuncia. La leyenda de Billy the Kid era otra cosa. Se trataba de un asesino sin justificación, un enemigo del orden y la tranquilidad pública.

Eduardo invitó a Facundo a participar y le dijo a los estudiantes que podían hacerle preguntas. Un estudiante le preguntó por qué cambiaba tanto el *Martín Fierro* en la segunda parte, y Facundo le respondió que la vida de Hernández había cambiado. Había conseguido estabilidad económica y reconocimiento político. Otro quería saber por qué odiaba tanto a los indios. En Texas había un movimiento popular que los defendía. Facundo contestó que a pesar que Hernández los despreciaba y los consideraba salvajes, envió a sus personajes, Fierro y Cruz, a vivir con ellos para escapar de la barbarie blanca. Los indios estaban marginados y tenían que vivir del robo y el cuatrerismo para subsistir. Reconoció que los criollos victimizaban a los nativos. Al año siguiente de aparecer la segunda parte de la obra, el General Roca organizó la expedición armada al "desierto", que era el territorio ocupado por los indios, y los echó de sus tierras. El gobierno argentino se quedó con ellas y una buena parte pasó a manos de los militares. Hernández apoyó al partido de Roca, que salió elegido presidente. A él lo nombraron senador.

Helen los invitó a pasar el fin de semana en la estancia con ella y su marido. El casco era grande y moderno. Tenían un rodeo no muy numeroso de ganado, como 500 animales. El marido les dijo que los conservaba por nostalgia, que realmente ellos vivían de lo que le producían unos pozos petroleros que habían encontrado en unos campos de su familia. El rancho lo mantenía por seguir la tradición familiar. Su familia lo había comprado en 1850, y él había vendido una parte hacía unos cuantos años. Tenía más de 3000 hectáreas. Anduvieron a caballo y comieron un "barbecue", el asado norteamericano. A Facundo no le gustó mucho, le habían puesto a la carne una salsa dulzona, y el corte era distinto al argentino. Cortaban las costillas a lo largo, en lugar de a lo ancho. Sí le gustó andar a caballo, aunque no era buen jinete. Había montado pocas veces en su vida. El caballo le parecía un animal fabuloso, lo admiraba. Se identificó con los texanos, y con los cowboys, que eran hombres de a caballo. Vio, sin embargo, que eran distintos a los gauchos argentinos.

Hablaron de los bandidos que asolaban los caminos en el siglo diecinueve, y de Billy the Kid. Facundo tenía problemas para comunicarse en inglés. Lo había estudiado por años en Aricana, en Rosario, pero no lo podía hablar casi. Se dio cuenta que se lo habían enseñado muy mal. Podía recitar los tiempos verbales de memoria, pero no expresar sus ideas ni entender lo que le decían. Eduardo les dijo a Helen y su esposo que iban a viajar a Nuevo México con su amigo en febrero para visitar la tumba de Billy the Kid. Frank no hablaba castellano, así que Helen hacía de traductora e intérprete. Frank dijo que su bisabuelo había conocido a Billy the Kid. Había pasado por su rancho y le había pedido trabajo. Su bisabuelo se lo dio y se quedó como tres semanas. Tuvo un altercado con otro vaquero, que lo insultó. Billy no se defendió, pero tenía fama de ser resentido y traidor. Su bisabuelo después de eso le pidió que se fuera, no quería peleas entre sus hombres. Aún no se lo conocía como bandido. Eso fue después, durante la Guerra de Lincoln, cuando formó parte de una pandilla de "vigilantes" y se transformó en su líder. En Fort Sumner protagonizó una batalla a balazos durante cuatro días entre su banda y la de un terrateniente de la región, que terminó con una cantidad crecida de muertos. Después de eso le pusieron precio a su cabeza, y ya era cuestión de tiempo. Los cowboys hacían lo que fuera por dinero. Además, allí todos respetaban la ley, y Billy era un asesino.

El rancho tenía muchos cuartos, y esa noche hizo frío. Era fines de enero, tiempo de verano en Argentina e invierno en Texas. Pusieron la calefacción, que funcionaba a gas. Estaban cansados y se fueron a dormir temprano. Cada uno de los invitados tenía su propia habitación. Al día siguiente desayunaron en la cocina. Comieron huevos con tocino, frijoles y tortillas mejicanas. Frank dijo que los mexicanos habían vivido allí antes que los norteamericanos (es el territorio que les robamos a los mexicanos, bromeó) y que los texanos siempre habían preferido las tortillas de harina al pan. Después de desayunar los invitó a ir al polígono de tiro. Lo había construido al lado de un corral. Les mostró su colección de armas. Tenía revólveres del siglo XIX, varios Colts y rifles históricos, entre ellos el famoso Winchester. Ni Facundo ni Eduardo tenían experiencia con armas, pero por curiosidad aceptaron probar puntería. Facundo acertó al blanco con un revólver, aunque bastante lejos del centro del cartón. Frank aplaudió y le dijo que tenía habilidad "natural". Facundo lo negó, le dijo que el revólver era un arma extranjera en su país, no había formado parte de la cultura rural. El arma nativa, el arma gaucha, era el cuchillo, el "facón", dijo, y explicó que era un arma de hoja larga, que los paisanos fabricaban muchas veces con hojas de espada o sable. "Como un cuchillo de cocina", se rio Frank. "Más o menos", correspondió Facundo.

Cada vez que la mirada de Helen se cruzaba con la de Facundo, este se sentía conmovido. No era particularmente hermosa, pero le atraía. Su cuerpo tenía curvas suaves. Su marido era mucho mayor que ella. Era un ranchero tosco y rico. Eduardo le dijo que tenía conexiones con políticos influyentes.

Después del mediodía salieron a caballo. Facundo montó con más confianza que el día anterior, dominaba mejor su cabalgadura. Fueron a los campos adonde estaba el ganado y empezaron a dar vueltas alrededor de los animales. Ahí Facundo se empezó a sentir bien. Eduardo, por jugar, tomó un lazo que tenía al costado de su montura y se lo lanzó a un novillo, aunque sin ninguna posibilidad de agarrarlo. Se rieron los dos. Helen los acompañaba en una yegua pintada. El marido se había quedado en la casa. Unos peones sentados sobre las bardas del corral los observaban divirtiéndose, riéndose de sus pobres habilidades como jinetes. Helen miraba con interés a Facundo. Este pensó que si las cosas seguían así, se iba a meter en problemas.

Al regresar de la cabalgata, ese segundo día, Facundo se sentó a descansar en la sala de la casa. Más tarde propuso salir a caminar por el campo. Eduardo y Helen lo acompañaron. El sol estaba aún fuerte, se pusieron sombreros. El campo estaba seco. Casi no había pasto. El terreno era bastante quebrado. La vegetación natural más visible era un arbusto leñoso de tronco retorcido, le llamaban "mezquite". Facundo le dijo a Helen que ese paisaje se parecía al del monte salteño. "Y al de la Patagonia, en la zona de Santa Cruz", agregó Eduardo. Allí soplaba el viento como en la Patagonia. Era clima semiárido. "El Llano Estacado es una gran meseta", dijo Eduardo. "Yo imaginaba que esta zona era como la pampa nuestra", comentó Facundo. "Nada que ver", respondió Eduardo, "la pampa es húmeda". Helen dijo que ese año, en junio, iba a visitar la Argentina. Quería conocer bien la pampa, internarse en el campo. No se podía estudiar la gauchesca sin tener una idea de cómo vivía el gaucho, y como era la pampa. Facundo asintió, dijo que él estaría contento de recibirla en Rosario.

De pronto Eduardo se metió en un cañadón abierto en una falla del terreno y se perdió de vista. Helen se aproximó a Facundo y se le tiró encima. Apretó su pelvis contra la suya y lo abrazó. Facundo se quedó frío. No sabía qué hacer. Helen era una mujer casada, estaban en el rancho de su marido. Ella se le colgó al cuello y lo besó. Mientras lo besaba bajó la mano y la apoyó en su pene. Vio que estaba erecto y se lo acarició. Facundo estaba rojo de la sorpresa. Escucharon la voz de su amigo y se separaron. Eduardo llegó hasta ellos. Dijo que esa era una falla del terreno producida por un deslizamiento de tierra. En esa zona había temblores y movimientos sísmicos. Eran típicos también los fuertes vientos. En 1970 un tornado había destruido la ciudad de Lubbock.

En el regreso al casco de la estancia hablaron de Borges. Había visitado la ciudad y había dado una conferencia en la Universidad en 1968. También había escrito un poema dedicado a la provincia, "Texas". Eduardo dijo que el Profesor Oberhelman, ya jubilado, le había contado que a Borges le habían impresionado los "prairie dogs", los perros de la pradera. No eran verdaderos perros, aclaró, parecían conejos. Helen dijo que Eduardo era el mejor representante de la literatura gauchesca en Texas. "Es un gran profesor", agregó. Eduardo se lo agradeció con falsa modestia. "Hay un norteamericano que enseña la gauchesca en la Universidad de Texas en Austin", dijo Eduardo, "pero no sabe mucho". "¡No sabe nada!", lo secundó Helen. Helen recitó el poema "Texas", de Borges, que sabía de memoria. Fue emocionante escuchar sus versos en la pampa tejana. "Aquí también. Aquí como en el otro/ confín del continente, el infinito/ campo en que muere solitario el grito…". Regresaron los tres a la casa. Frank los esperaba en la sala. Dijo que la cocinera les estaba preparando un "chile con carne", un plato de origen mejicano, típico entre los cowboys de Texas. La cocinera era de familia indígena. Parecía una señora mejicana, pero no hablaba español. Era de

Nuevo México, y pertenecía a la tribu de los indios "Pueblo", que vivían cerca de Santa Fe.

Facundo estaba preocupado y no sabía qué hacer. Pensó en hablarlo con Eduardo. La situación le parecía más que comprometida. Helen era una mujer interesante, pero su casa no era el mejor lugar para empezar un "affaire". Durante la cena lo sentó a su lado. Le puso una servilleta en la falda y, cuando el marido no miraba, metía la mano bajo la servilleta y le acariciaba el pene. Facundo, que era vergonzoso, se ponía colorado. Cuando se retiraron a dormir sintió un golpe en la puerta de su cuarto. Era Helen. Se metió y cerró la puerta con llave. Lo besó. Bajó hasta la cintura, le abrió la bragueta, le sacó el pene y se lo chupó. Se abrazaron con frenesí. Facundo nunca se había sentido así. En realidad, hacía bastante que no tenía sexo. Se desnudaron y fueron a la cama. Él se vino en seguida. Ella lo empezó a acariciar para que siguiera. Él le dijo que ya se había venido. Ella le respondió que ningún hombre se venía una sola vez con ella. "¿Dos?", preguntó Facundo. "Cinco", respondió ella. Él se rió, creía que bromeaba. Le preguntó por el marido. Le respondió que tenían una relación abierta y ella dormía en su propio cuarto. Hicieron el amor frenéticamente. Helen se le montaba cada vez que quería descansar. Lo hacía seguir y seguir hasta que se venía. Nunca había gozado tanto. No sabía que tenía tanta energía, y que su miembro se le podía volver a parar tantas veces. Pensó que había vuelto a la juventud. Como a las cinco de la mañana ella regresó a su cuarto.

Al otro día se levantaron todos tarde. Era domingo. Helen les pidió que se quedaran un día más, su marido asintió. Eduardo estuvo de acuerdo, no tenía clase en la Universidad hasta el día martes. El marido los hizo pasar a su despacho, y les habló de sus negocios y de la historia del establecimiento. Helen le traducía. Ese rancho había sido mucho más grande en el pasado de lo que era entonces, y llegaron a tener 100.000 cabezas de ganado. Cada año arreaban una gran cantidad de animales hasta Amarillo, en la frontera con Oklahoma, y allí los embarcaban en los trenes jaula para Kansas y los mataderos de Chicago. Eran otros tiempos, en esos momentos el ganado no daba tanta ganancia. Lo mejor era sembrar algodón o, si uno tenía suerte, encontrar petróleo.

Esa noche se repitió la escena con Helen. Se metió en su cuarto e hicieron el amor sin parar. Le dijo que no quería a su marido y que se había enamorado de él. Le preguntó si la quería. Facundo, sorprendido, respondió que sí. Le confesó que deseaba escapar de allí, e irse a vivir a Rosario con él. En Argentina empezarían una vida nueva. También le dijo que se cuidara de su esposo, que era violento, y tenía revólveres guardados en varias partes de la casa. Disparaba muy bien, como lo había visto en el polígono de tiro.

A la mañana siguiente se despertó tarde y escuchó gritos. Se levantó y fue a la cocina. Frank estaba enfurecido y golpeaba a Helen. "Whore!", le gritaba. Helen lloraba y se protegía con sus brazos. Le pedía que parara, la estaba matando. En la casa estaban ellos solos. El hombre la dejó y se le abalanzó encima a Facundo. Eran más o menos de la misma edad, pero el americano era más alto y fuerte. Trató de ahorcar a Facundo, apretándole el cuello con las dos manos. Helen agarró una silla de la cocina y la descargó contra la espalda de su marido. En ese momento llegó la cocinera a la casa y entró en la cocina. Se agarró la cabeza, asustada, al ver la escena. Frank se levantó dolorido y caminó hasta un cajón de la mesada. Lo abrió y sacó un revólver. "Dog!", gritó, "I am going to kill you. Nobody fucks my wife but me!" Le apuntó a Facundo y disparó. La bala se incrustó en la pared, al lado de su cabeza. La cocinera salió corriendo a llamar por teléfono a la policía. Helen vio que había un cuchillo de cocina en la mesada. Lo corrió con su mano hacia el borde y lo dejó caer al suelo. Su marido no se percató. Lo empujó con el pie hasta donde estaba Facundo. Este se agachó y se tiró al piso, cubriéndose con la mesa. Frank, del otro lado, intentaba apuntarle. Disparó contra la mesa, a ver si le acertaba, pero erró. Facundo agarró el cuchillo. Empujó la mesa rectangular, apretando a Frank, contra un sofá. Frank trató de sacarse la mesa de encima. Facundo se abalanzó contra él con el cuchillo en punta. Sorprendido, Frank no pudo esquivar el golpe. Le clavó el cuchillo en el pecho. Facundo se detuvo, horrorizado. Frank lo miraba con los ojos vidriados. Le salía sangre por la comisura de los labios. El revólver pendía de su mano derecha. Se le cerraron los ojos y se desplomó, en un charco de sangre. En ese momento entró Eduardo y se acercó a él. "Está muerto", dictaminó. El cuchillo le había atravesado el pecho, seguramente seccionándole la aorta. Helen se puso a gritar, en un ataque de nervios. La cocinera la abrazó, para calmarla. Oyeron la sirena del coche policial que llegaba. Los agentes abrieron la puerta y vieron el cuadro trágico. Se llevaron detenidos a todos. Helen dijo a la policía que Facundo lo había matado.

Después de los interrogatorios, Helen, la cocinera y Eduardo quedaron libres. Les prohibieron que hablaran o se comunicaran entre sí, para proteger el secreto de sumario. Facundo fue formalmente acusado del asesinato de Frank Keller y detenido en la cárcel de Lubbock. Eduardo, lo primero que hizo, fue hablar con un abogado para tratar de ayudar a su amigo. Se sentía culpable. Él lo había invitado a Lubbock. No entendía bien lo que había pasado entre él y Helen. Su amigo no le había dicho nada, y la policía le hizo preguntas, pero no le dio información ninguna. Era secreto de sumario. El abogado le dijo que los costos legales de un abogado privado eran altos. Facundo no tenía recursos. En la Escuela de Derecho de la Universidad Eduardo fue a hablar con un profesor conocido, que le recomendó ir a ver al defensor público. Se trataba de un caso penal, los defensores del Estado en general eran buenos y decentes. Él no podía hacerse cargo, dependía de un salario docente, los abogados penalistas cobraban muy caro sus servicios. El juicio se celebró dos meses después. Facundo repitió en el juicio todo lo que le había dicho a la policía. Contó lo que había ocurrido, indicó que él no había buscado tener una relación sexual con Helen, ella lo había seducido. No sabía lo que había pasado entre ella y el marido, que lo puso tan furioso. Dijo que había intentado matarlo, y se había defendido para salvar su vida. Helen había tirado el cuchillo al suelo y lo empujó con el pie para que lo tomara.

En el juicio, tanto Helen, como Eduardo y la cocinera, Lupita Horse, declararon como testigos. La cocinera fue la primera en declarar, dijo que no había notado nada raro hasta el día del crimen, y que cuando entró en la cocina el señor de la casa y el acusado estaban luchando. El señor se defendió con un revólver. Creía que no había tratado de matarlo. Tuvo la oportunidad de hacerlo y no lo hizo. Le disparó, pero a un costado de la cabeza. Quería asustarlo. Era muy buen tirador. El acusado lo atacó con un cuchillo. Se lo clavó con fuerza en el pecho.

Eduardo dijo que no había visto todo lo que había pasado. Cuando entró en la cocina Frank estaba en el suelo, moribundo. El fiscal le preguntó si su amigo sabía cómo pelear con cuchillo. Eduardo respondió que era argentino y en su país estaba instalada la idea de que el cuchillo era un arma de combate. No creía que Facundo hubiera utilizado antes un cuchillo en una pelea. Indicó que su amigo no le había dicho nada con respecto a una posible relación sexual con Helen.

Helen declaró que Facundo había intentado seducirla desde un primer momento. Mediante un engaño la metió en su dormitorio y la forzó. Le tapó la boca para que no gritara. Luego le dijo que si no tenía sexo con él, su amigo nunca le iba a aprobar su tesis sobre la gauchesca. La violó repetidamente. La obligó a regresar a la noche siguiente. Al otro día no aguantó más y le contó todo a su marido. Él reaccionó con violencia y le pegó una bofetada. Luego lo atacó al invitado. Ella no le tiró el cuchillo. Se cayó al suelo por accidente. Estaba encima de la mesada. Ella, al tratar de recogerlo, sin querer lo empujó con el pie. Facundo lo tomó. Se horrorizó cuando vio la fuerza con que reaccionaba Facundo. Su marido no era un hombre violento, y era muy buen tirador. Tenían buena relación, se querían. Se enfureció al saber que había tenido sexo con otro hombre. Después quiso castigar al culpable y lo asesinaron.

Facundo se defendió. Dijo que Helen mentía, y que él, en el testimonio que hizo a la policía inmediatamente después de su detención, había indicado cómo ella lo sedujo y se introdujo con engaños en su cuarto. Ya durante la cena le había metido la mano bajo la servilleta y le acarició el pene. Él no sabía qué se proponía. Lo que ella había contado era mentira. Él era inocente, había actuado en defensa propia, estaban tratando de matarlo. Sólo había querido salvar su vida.

El fiscal pidió que se lo condenara a la pena de muerte por asesinato, agravado por violación. El abogado defensor pidió clemencia. Dijo que el sexo que tuvo con la dueña de la casa, según la declaración a la policía, había sido consensual. El occiso había disparado primero. Facundo no había tenido intención de matarlo con el cuchillo.

El juez no concedió a la acusación la pena de muerte. Dijo que efectivamente el occiso había disparado primero. Posiblemente el acusado había forzado o violado a la mujer, pero ella había regresado la noche siguiente y no dijo nada en un primer momento a su marido. El acusado pudo haber escapado de la cocina y, en lugar de eso, optó por hacerle frente al occiso y atacarlo. Conocía el poder mortífero del arma que empuñaba y dirigió el golpe al corazón. Era asesinato en primer grado. Había tenido lugar en medio de una pelea. No había existido intención previa de matar a la víctima. Lo declaró culpable y lo condenó a veinticinco años de cárcel. Los primeros doce tenía que cumplirlos efectivamente y, si su conducta era buena, se le podría conceder después un régimen de libertad condicional.

Facundo se echó a llorar desesperado. Lo llevaron a un establecimiento penal cercano a Lubbock a cumplir la condena. Era una cárcel moderna. Eduardo lo fue a visitar. Le dijo que era terrible su situación, pero que podían haberle dado la pena de muerte. El hombre era rico, y las leyes eran muy estrictas en Texas. Facundo insistió que era inocente, que todo había sido un terrible accidente. Desgraciadamente, Eduardo no había visto todo lo que había ocurrido, porque llegó a último momento y no pudo testimoniar a su favor. Le preguntó que por qué no le había contado lo que estaba pasando con Helen. Facundo le dijo que lo había pensado, pero que no se decidió. Helen había mentido, era ella la que había iniciado la relación sexual. Estaba loca, no sabía cómo podía habérselo dicho al esposo ni por qué. Eduardo le dijo que las mujeres eran imprevisibles, pero que él había jugado con fuego al tener relaciones en la misma casa de ella. Sabía que el marido tenía armas. Si le hubiera contado a él lo que pasaba hubiera hablado con Helen, ella le tenía confianza. Facundo le pidió a su amigo que le llevara libros para leer. Se deprimía y estaba muy angustiado.

Helen fue a ver a Eduardo. Lo visitó en su oficina de la universidad. Le dijo que no iba a continuar con su tesis, lo ocurrido la había destrozado. Le aseguró que había sido sincera. Que Facundo la había engañado, era un hombre seductor y mentiroso. Que ella, dominada por la culpa, se lo dijo a su marido. No sabía que iba a reaccionar de esa manera. Le dijo que había hecho el amor con él contra su voluntad. Mientras tenían sexo se jactaba de ser gaucho y de tenerla grande, y le decía que ella era su china. Le había prometido que la iba a llevar con él a Argentina. Dios lo había castigado. Ahora era un gaucho en la cárcel de Lubbock. Había entendido mal a los cowboys. Llegó allí interesado en conocer la tumba de un bandido, de un criminal, como había sido Billy the Kid. Era peligroso hacer apología del delito. Algo siempre se le puede contagiar a uno. Helen se despidió y salió de su oficina. Eduardo no la vio más. Supo que vivía en su rancho con un amante mexicano más joven que ella. Tenía varios autos y le gustaba exhibirse con su pareja en la ciudad. Se compró una avioneta y salían a filmar desde el aire. Filmaban estampidas de ganado y los atardeceres característicos de esa zona de Texas.

Eduardo iba regularmente a visitar a su amigo en la cárcel. Le llevaba libros. No le permitían usar computadora. La entrada y salida de información estaba vigilada. Con los libros no había problema. Facundo era un gran lector. Dijo que estaba empezando realmente a estudiar después de muchos años. En Rosario, con la cantidad de clases que daba, tenía poco tiempo para leer las cosas que a él le gustaban. Eduardo le propuso que se pusiera a investigar para escribir un libro de crítica. Así podía matar el tiempo. A Facundo le gustó la idea. Le dijo que quería investigar sobre la novelística de Eduardo Gutiérrez y escribir sobre él. Había sido un autor muy mal tratado, e ignorado por la crítica. No creía que Helen pudiera hacer una buena tesis sobre Gutiérrez. Eduardo le dijo que ella había dejado la carrera. Facundo empezó a investigar sobre *Juan Moreira* y *Hormiga Negra*. Se fue adaptando a su nueva vida, estudiando y escribiendo. Así el tiempo transcurría más rápido. Pronto vería pasar los meses, luego los años, y un día, quizá, pudiera salir libre.

La filosofía en el tocador

Ana María Robles estaba casada con Juan Carlos Salvatierra. Tenía veintiocho años. Vivían en Barrio Norte, en Arenales y Talcahuano. Juan Carlos era mayor que ella. Decía que tenía cincuenta y cinco años, pero Ana María sospechaba que había alterado el documento. Se acercaba más bien a los sesenta. Era un hombre rico y le gustaban las mujeres jóvenes. Se vestía muy bien e iba día por medio al gimnasio. Tenía un estado físico aceptable y era simpático. Había hecho su fortuna en la industria inmobiliaria. Las malas lenguas decían que, durante la dictadura, había ayudado a los militares a introducir en el mercado las propiedades que les robaban a sus víctimas.

En Barrio Norte hablaban de Juan Carlos. Allí había grandes fortunas. Estancieros e industriales. Juan Carlos no podía dar cuenta del origen de su riqueza. Sabían que de joven había sido pobre. Venía de Rosario, y su padre había sido obrero del frigorífico Swift. Había cursado unos años de abogacía, pero nunca terminó la carrera. Lo que había aprendido, sin embargo, lo había utilizado muy bien. Era un hombre inteligente, y un buen lector. Tenía en su departamento una sala dedicada a biblioteca, con varios cientos de libros. No los coleccionaba, decía, los compraba de a uno y los leía. Lo consideraban un hombre decadente. Le adjudicaban relaciones perversas de todo tipo. Nadie lo conocía bien.

Juan Carlos era un hombre complejo. Se había casado dos veces y no había tenido hijos. Su nuevo matrimonio era una liberación para él, estaba profundamente enamorado. Ana María no era una joven inocente. Como Juan Carlos, era de origen pobre. Se había criado en el oeste del Gran Buenos Aires, en Morón. Su padre tenía una carpintería. Ella no había querido estudiar. Era una mujer hermosa y sensual. Para el sexo era una diosa. Su inteligencia se despertaba en la cama. Era incansable e insaciable. Ella y Juan Carlos se pasaban la noche despiertos, haciendo el amor y charlando. Tenía un gran sentido del humor. Les gustaba mirar juntos películas extranjeras. Juan Carlos sabía mucho de cine, y se había propuesto educar a su mujer. Cuando terminaba la película Ana María se le montaba encima y lo llevaba al éxtasis. Él estaba en la gloria, y sentía terror de que esa felicidad pudiera terminar alguna vez.

Ella despertaba el deseo de los hombres y había tenido muchos amantes. Las miradas la seguían a todos lados. A Juan Carlos lo envidiaban profundamente. Como todos imaginaban, ella se había casado con él por dinero y a su modo era feliz. Se sentía bien con Juan Carlos. Siempre observaba lo que pasaba alrededor suyo. Le encantaban las aventuras sexuales. Tenía una amiga íntima y confidente, Marita Roselló, y salía con ella a tomar tragos a las barras de Barrio Norte. Marita era amante de un joven físico culturista, vecino suyo, que vivía con una mujer empresaria, mayor que él. En Barrio Norte había muchas relaciones como esa. Por dinero. El joven estaba bien dotado. Marita le describía los detalles de sus relaciones sexuales.

Ana María le hablaba de ella y de su esposo. Su vida sexual con él no era mala. Juan Carlos era un hombre apasionado. Por sobre todo admiraba su cultura. Le gustaba escucharlo hablar de libros y de viajes. Sabía de todo. No le contaba mucho sobre sus negocios. Creía que estaba un poco aburrido de ese mundo. Derivaba todo lo que podía en sus subordinados. Concretaba sus operaciones por teléfono, o en cenas y charlas de café. Seguía sus negocios en su computadora. Los contactos eran todo, y Juan Carlos era un sicólogo natural y un hombre vivísimo. Cuando los otros iban, él ya estaba de vuelta.

Ana María le confiaba a su amiga sus aventuras extramatrimoniales. En el barrio había dos muchachos con los que se veía regularmente. Eran chicos ricos. Uno tenía caballos y jugaba al polo. Le gustaban los dos y una vez los juntó. Se pasaron la tarde haciendo el amor. Marita le preguntó si su esposo no sabía nada. Ella le dijo que creía que sospechaba, pero que se hacía el que no sabía. Era un hombre de mundo. Era viejo y sabía que no la podía tener para él solo. No era atractivo. Era apenas más alto que ella, y no estaba bien dotado. A ella le gustaban los hombres jóvenes, fuertes y de miembro generoso.

Era cierto. Juan Carlos no sólo sospechaba que su mujer tenía relaciones con otros hombres, sino que lo sabía. Comprendía que era demasiado joven para él. Podría ser su hija. Sus conocidos le decían que la veían acompañada en los pubs de la zona. Le daban a entender que estaba levantando tipos. Él tenía un horario muy irregular. Muchas veces se quedaba en la oficina leyendo. Le gustaba leer de todo. Leía a los filósofos franceses, a los novelistas norteamericanos, a los poetas hispanoamericanos. Sabía mucho de literatura argentina. Conocía bien la obra de Borges, de Sábato, de Cortázar, de Saer. Le gustaban Aira y Pauls. Admiraba la obra periodística de Walsh. También leía historia, y creía que José Luis Romero era el historiador argentino que mejor escribía. La literatura francesa era su preferida y sus dos autores favoritos eran Voltaire y el Marqués de Sade. Le gustaban los cuentos de Voltaire y sus ensayos filosóficos. Admiraba a todos los pensadores de la Ilustración. Decía que eran los padres de la modernidad: Voltaire, Diderot, Montesquieu, de Tocqueville. Rousseau le interesaba menos. No le gustaba la gente que tenía una imagen exagerada de sí (hacía excepción con Sarmiento, porque su prosa le parecía excelente y su inteligencia excedía las expectativas de cualquier lector). En cuanto al Marqués de Sade, lo consideraba un santo de la libertad. Había leído su biografía. El Marqués había sufrido horrores. Había pasado 30 años preso. La mayor parte de sus libros los había escrito en la cárcel. Su obra era la apoteosis de la perversidad sexual. Había sido escrita por un moralista que repudiaba los prejuicios de su tiempo. La sociedad había alejado al hombre de sí mismo. El Marqués era un gran egoísta, pero con razón. Enseñaba a descender a la abyección, como camino a la liberación. La moral hipócrita era una camisa de fuerza. La sociedad creaba siempre nuevas restricciones, buscaba hacer la vida completamente predecible.

Por eso se morían todos de hastío y aburrimiento. Necesitaban el sexo y la venganza. El libertinaje. Ser libres contra los otros.

Le daba placer leer al Marqués. Sus historias eran de una pornografía perfecta. Su obra favorita era *La filosofía en el tocador*, que combinaba la filosofía con las relaciones perversas. Se pasaba horas en su oficina leyendo y meditando en su obra. Pensaba en su situación con su mujer y se decía que tenía que dejar que fuera libre. Era celoso, pero sabía que si la vigilaba la perdería. Estaba profundamente enamorado de ella. Estaba obsesionado con su mujer. Y Ana María para él era sobre todo su sexo. No era una persona que tuviera otros dones. Pero para él esa sexualidad era perfecta, el centro del mundo.

Había días que ella no regresaba al departamento. Le hablaba y le decía que se iba a la casa de la madre en Morón. Regresaba al otro día muy contenta. Una vez faltó dos días. Él le habló, pero su celular estaba apagado. No se animó a preguntarle a la madre. Sabía lo que significaba. Si le hacía un escándalo podía abandonarlo. Era lo que pagaba por tener el mejor sexo de Buenos Aires. ¿Cuántos hombres de su edad podían decir lo mismo? Cuando ella regresaba venía excitada. Se acostaban y ella era imparable. Lo dejaba exhausto.

Después de un tiempo pensó que era mejor hablar libremente de la situación. Pero tenía miedo de hacerlo. Podía tomarlo como que no le importaba. Buscó una solución alternativa. Sabía que a ella le gustaban los tipos altos y buenos mozos. Una solución era contratar a un chofer lindo y atlético. Seguro que ella iba a entenderse con él. A Ana María le gustaba meterle los cuernos. Se sentía superior. De esa manera evitaría que ella saliera afuera de levante, a los bares, corriendo riesgos. La calle estaba llena de gente violenta. A él le daba miedo que un día le hablara la policía y le dijera que le había pasado algo malo. Si se arreglaba con el chofer estaría segura. El chofer era su empleado. Tendría que cuidarse de él. Quedaría todo en casa.

Juan Carlos empezó a fijarse en los tipos del gimnasio, a ver si alguno podía servirle. Iban muchos patovicas. A él le parecía que tenían una musculatura excesiva. No sabía si a su mujer podía gustarle alguien así. Era muy artificial. En el vestuario los hombres se cambiaban después de su sesión de gimnasia. Se fijó en un muchacho alto, moreno, de mirada plácida. Vio que tenía un miembro grande. Lo observó bien y le pareció que era el tipo de hombre que podía gustarle a Ana María. Se acercó a él y le sacó conversación. Se presentó. El joven se llamaba Adrián. Le preguntó qué hacía. Le respondió que vendía zapatos. Estaba semiempleado. Había trabajado en una compañía de seguros, pero tuvo problemas, y lo echaron. Le preguntó si sabía manejar. El otro le respondió que sí. Le dijo que tenía un trabajo que ofrecerle. Necesitaba un chofer, y el trabajo requería una persona que tuviera ciertas condiciones físicas. El chofer tenía que encargarse también de la protección personal y la seguridad. El joven le dijo que él podía hacerlo, sabía karate. Juan Carlos le ofreció de sueldo una cantidad generosa, como para que aceptara. Le dijo que más que su seguridad le preocupaba la de su esposa. No tenían hijos, pero ella era joven y hermosa, y había gente que lo odiaba y le gustaría hacerle daño a su mujer. Así quedaron. Al otro día Juan Carlos lo recibió en su departamento y le mostró la cochera. Tenía varios autos. Adrián, el chofer y guardaespaldas, manejaría el BMW, el auto preferido de su esposa. Luego llamó a su contador y le dijo que pusiera a su nuevo chofer en la lista de sueldos, y que si necesitaba un adelanto de dinero se lo facilitara, era hombre de su confianza.

Adrián cumplió bien con su trabajo. Era un joven tranquilo. Su personalidad se parecía bastante a la de Ana María. La conducía adonde ella le pedía. Iban al country del Jockey Club, a trotar a Palermo, a los shoppings y a visitar a su amiga Marita, que se había mudado a un barrio cerrado en San Isidro, donde vivía con un banquero. También la llevaba a Morón a visitar a su mamá, que nunca había querido dejar el barrio.

La relación entre Adrián y Ana María progresó rápidamente. Pasaron de la simpatía a los roces y fueron a un hotel. Adrián era apasionado como ella. Mantenían relaciones sexuales juguetonas y barrocas. Él hacía todo lo que a ella le gustaba. Besaba muy bien. Le encantaba acariciarla. Adoptaba en la cama distintas posiciones. Le gustaba el sexo vaginal y anal. Le lamía con fruición la vagina y ella le devolvía el goce succionando su miembro. Ella tenía múltiples orgasmos con él. Se pasaban horas en la cama. Les encantaba verse reflejados en los espejos de las paredes del cuarto mientras hacían el amor. Cuando se sentían algo cansados se ponían a ver una película porno que muy pronto volvía a excitarlos. Después de esas tardes ella sentía que estaba en la gloria, renovada. Elegían distintos hoteles alojamiento según el tipo de decoración de los cuartos. Iban casi diariamente.

Ella estaba feliz. Le brillaban los ojos y su piel se veía tersa. Juan Carlos lo notó al volver de la oficina. Su mujer estaba en pleno affaire con Adrián. Cuando regresaba al departamento después de estar con él, lo abrazaba y le acariciaba el cabello. Tenía los senos duros. No le daba tiempo de terminar de cenar. Lo besaba, ponía su mano sobre el pantalón e iban juntos al dormitorio. Ella se entregaba a los orgasmos. La tarde pasada con Adrián le aumentaba el deseo. Juan Carlos estaba contento. Ella era así y por eso la amaba.

Cuando Adrián venía al departamento para dejar o buscar a Ana María, Juan Carlos se sentía incómodo. Ese hombre había estado haciendo el amor con su mujer o planeaba pasar el día con ella en un hotel. Era difícil no sentir celos. Él era un hombre rico, admirado, pero no podía ser joven y atractivo como Adrián. Había fomentado la relación y ahora pagaba el precio. Lo hacía por su mujer. La situación era cruel para él. Sufría.

Con el paso de los días, sus sentimientos fueron cambiando. La envidia se transformó en curiosidad. Pensaba cómo sería Adrián con su mujer en la cama. Miraba el cuerpo del joven y reconocía que era hermoso. Sintió deseos de verlo hacer el amor con su mujer.

Le habló a Ana María y le dijo que lo sabía todo. En un principio ella lo negó, pero después lo aceptó. Él le aseguró que la comprendía. Él era un hombre mayor, y ella era una mujer muy intensa. Quizá fuera lo mejor. Al otro día, cuando llegó el chofer, Juan Carlos lo hizo entrar a la sala. Le dijo que ya sabía lo que pasaba entre él y su mujer. Adrián no se animaba a mirarlo a la cara. Juan Carlos le puso la mano en el hombro, mostrando comprensión. "Lo que uno hace por deseo y por amor, está bien" – dijo – "La naturaleza nos hace sentir atracción hacia los otros, es humano". Era una frase rimbombante e intelectual, pero el muchacho lo miró agradecido. Juan Carlos dijo que ellos tres eran amigos, tenían buenos sentimientos, y que si su mujer estaba bien y él también, él no tenía nada que objetar. En ese momento Adrián lo miró, incómodo. El joven se sentía culpable. Juan Carlos se fue a leer a su escritorio y Ana María y Adrián salieron.

Al día siguiente Juan Carlos le dijo a su mujer que el momento más difícil ya había pasado. Los tres eran amigos, y ellos no tenían necesidad de ocultarse. Lo mejor sería que un día estuvieran los tres juntos. Le confesó que le gustaría estar presente cuando ellos dos hicieran el amor. Se pusieron de acuerdo y una tarde se reunieron los tres en el departamento y fueron al dormitorio. Ana María y Adrián se desnudaron y comenzaron a besarse y acariciarse. Juan Carlos se quedó de pie a un costado y observaba con interés, excitado. Al principio ella fue poco expresiva, pero luego mostró su erotismo. Adrián se comportó con naturalidad, como un hombre experimentado. Juan Carlos se empezó a quitar la ropa. Se acercó a la cama y los acarició a los dos. Besó a su mujer y luego le acarició la mejilla a Adrián. Ana María y Adrián se abrazaron e hicieron el amor. Llegaron al orgasmo y se tendieron en la cama a descansar.

Al otro día se repitió la escena. Adrián llegó por la tarde al departamento. Juan Carlos estaba en su escritorio. Lo recibió Ana María. Conversaron, tomaron una copa. Luego fueron al dormitorio. Juan Carlos entró al rato. Esta vez se animó a participar. Le besó el sexo a su mujer con pasión. Luego le acarició el miembro a él y lo guió hacia la vagina. Después que la penetró lo separó. Ellos le dejaron hacer. Introdujo otra vez la lengua en la vagina de su mujer. Le frotó el miembro a Adrián y se lo apoyó contra sus propias nalgas. Sintió que Adrián estaba muy excitado y jugaba con su ano. Su mujer no dijo nada. Adrián estaba tratando de penetrarlo. Le dolía. El otro se puso vaselina y logró introducirle el miembro. Le dolía mucho. No había tenido gran experiencia con hombres. Sintió placer. Pensó en el Marqués de Sade. Su mujer empezó a excitarse más y más ante la situación. Él continuó introduciendo su lengua en la vagina. Finalmente se vinieron los tres al mismo tiempo. En reconocimiento se tocaron las manos. Se separaron y empezaron a sonreír. Luego rieron abiertamente. Habían logrado algo que no esperaban. Se sintieron liberados.

Juan Carlos les dijo que quería ser más amigo de ellos. La relación que tenían era demasiado práctica. Él deseaba compartir más. Empezaron a salir de paseo los tres juntos. Iban a los restaurantes, al teatro, a los conciertos. Juan Carlos dejó de ir al trabajo por varios días. Una tarde se apareció en la oficina con Ana María y Adrián. Sus empleados notaron que estaba pasando algo raro y se intercambiaron miradas burlonas. Juan Carlos se dio cuenta y no le importó. Lo tenía sin cuidado lo que pensaran de él. Se sentía libre. Estaba empezando a entender a Sade, cuando hablaba de libertinaje.

Juan Carlos conversó con su mujer y Adrián. Les confesó que los quería mucho, eran especiales. Sabía que era un hombre mayor, tenía cincuenta y cinco años y ellos aún no habían llegado a los treinta. Estaba pensando en el futuro de ellos. Quería que vivieran bien, aún cuando él ya no estuviera. Le pidieron que no hablara así, él tenía muchos años por delante. Juan Carlos les dijo que convenía prever. El dinero no era todo, pero sin él uno estaba a merced de los demás.

Ana María se sintió muy incómoda con el diálogo. Ella era la esposa, no sabía por qué lo incluía también a Adrián en ese tipo de conversaciones. Pensó que la relación entre Adrián y Juan Carlos estaba creciendo. No fuera que Adrián tratara de convencerlo de que le dejara parte de su fortuna. No le gustaba que se acostaran y Adrián sodomizara a Juan Carlos. Ella era posesiva y era normal que sintiera celos, Juan Carlos era su marido. Había hecho mucho por ella, y le estaba agradecida. No quería que nadie lo usara o se aprovechara de él. Hubiera preferido que todo lo que pasó hubiera ocurrido en secreto. Le gustaba engañar a los hombres, acostarse con varios, sin que los otros lo supieran. En la situación presente sentía que había perdido control de la situación y que era su marido el que manejaba todo.

Juan Carlos los invitó a tomarse una semana de vacaciones juntos e ir todos al casino de Mar del Plata. A ella no le gustaba el juego, pero dijo que los acompañaría. Se quedaron en el hotel del casino. No era temporada alta. La mayoría de los que se hospedaban en el hotel eran los jugadores regulares, clientes del casino, que amaban con pasión el juego y gastaban su dinero sin culpa. En su mayoría eran hombres. Se pasaban el día en el casino. A Juan Carlos y Adrián les gustaba el punto y banca, el póker y la ruleta. Ana María se ponía vestidos largos muy hermosos y joyas caras y se quedaba sentada en la sala del casino mientras jugaban.

Estaba soberbia. Todos la admiraban. Les dijo a Juan Carlos y a Adrián que se aburría. Iba a ir a tomar algo al bar del hotel y a caminar un rato por la ciudad. Les pidió que no se preocuparan y que siguieran jugando. Juan Carlos se disculpó: estaban tan concentrados en el juego que no podían parar. Iban perdiendo, por supuesto, pero no les importaba.

Ella fue al bar del hotel y pidió un trago. La gente del bar le resultaba interesante. Los observó con atención. Había pocos jóvenes. El promedio andaba por los cuarenta años. Varios eran más viejos. Estaban bien vestidos y se notaba que tenían dinero. Se veían pocas parejas. Dos mujeres jóvenes, muy llamativas, se sentaron en la barra del bar. A las once de la noche un hombre como de cuarenta años se acercó a hablar con ella. La invitó a un trago, conversaron y rieron. Ella lo encontró atractivo. Sus pocas arrugas le parecían eróticas. El hombre le dijo que era deportista y le gustaba navegar. La miró con sensualidad y puso la mano sobre su falda. La invitó a su habitación y ella aceptó. Hicieron el amor con pasión, el hombre le encantaba. Pasó el tiempo sin que se diera cuenta. Ella se entregó a sus orgasmos. De pronto miró la hora: eran las tres de la mañana. Pensó que su marido habría regresado a la habitación y se asustaría si no la veía. Le dijo al hombre que se tenía que ir. Se empezó a vestir. El otro se levantó y ella vio que ponía algo en su cartera. Le dio un beso de despedida y salió. Fue a su cuarto. Entró y estaba vacío. Su marido y Adrián aún estaban jugando. Revisó su cartera y encontró una suma generosa de dinero que había dejado el hombre con quien se acostó. Comprendió que había pensado que era una prostituta o una "acompañante" VIP. La situación le divirtió. Guardó el dinero. Se lo había ganado con su trabajo, se dijo. Se rio.

Al otro día salieron los tres a caminar por la playa. Decidieron almorzar en el puerto. Comieron mariscos y bebieron un vino excelente. Después de comer regresaron al hotel. Juan Carlos y Adrián se fueron al casino. Ella se quedó en la habitación. Sabía lo que quería hacer. Se puso un vestido rojo ajustado. Estaba hermosa. Bajó al bar. Pronto se le acercó un hombre. Le dijo que le gustaría subir con ella a su cuarto. Le respondió que cobraba. El otro aceptó. Hicieron el amor por dos horas. El hombre le pagó lo que habían convenido y regresó a su habitación. Guardó el dinero, se bañó y se cambió la ropa. Se puso un vestido negro muy escotado. Regresó al bar. Al rato subió con otro hombre. Este quedó muy conforme con su "servicio" y le pagó más de lo que le había pedido. Era una mujer bellísima, le dijo. Ana María se sintió halagada y feliz. Volvió a su cuarto a guardar el dinero y bañarse. Al rato bajó otra vez al bar. Consiguió un tercer cliente. Este era más joven y fuerte, tenía un gran miembro y deseaba sodomizarla. Ella no quiso, pero él dobló la cantidad de dinero y ella aceptó. Después de esto decidió irse a dormir, estaba agotada. La experiencia le había gustado, se sintió feliz. Juan Carlos y Adrián aún no regresaban. Guardó bien todo el dinero y se acostó.

Al día siguiente se despertaron todos pasado el mediodía. Adrián se acercó a su cama y empezó a besarla. Se le subió encima y le hizo el amor. Su marido, en la cama de al lado, miraba. Cuando terminó Adrián, vino su marido. Ella se sentía un poco cansada por la rutina del día anterior, pero no dijo nada, se dejó hacer y fingió que gozaba. No quería que ellos se dieran cuenta.

Fueron a pasear por la ciudad, comieron y volvieron al hotel. Adrián y Juan Carlos estaban obsesionados con el juego. Fueron al casino. Ella bajó al bar. Vio a un grupo de tres hombres de negocios cuarentones que la miraban. Estaba hermosa. Se acercaron y se sentaron a conversar con ella. Le propusieron subir todos juntos a un cuarto. Lo hicieron. Una vez allí le dijeron que querían estar los tres con ella. Se pusieron de acuerdo en el precio. Se quitaron la ropa. Bebieron champagne y bailaron. Los tres le hicieron el amor, primero cada uno respetando su turno y luego todos juntos. Ella se sentía la mujer más querida del mundo. Por la noche, cansada, regresó a su cuarto para dormir. Abrió la puerta y escuchó ruidos. Encendió la luz y vio a Juan Carlos y Adrián en la cama. Estaban desnudos haciendo el amor. Adrián estaba encima de su marido. Ella reaccionó con disgusto. No le habían dicho que ellos hacían el amor a solas. Se sintió desplazada. Tenía miedo de no gustarle más a su marido. ¿Y si se hacía homosexual…? Ellos le dijeron que estaban bromeando y era la primera vez que pasaba. Ella no les creyó. Resentida, esa noche le contó a Juan Carlos sus aventuras de los días anteriores con los hombres que se levantaba en el bar. Le dijo que esa tarde había estado en una orgía con tres juntos. Pensó que Juan Carlos iba a retroceder molesto o pedirle que no lo hiciera más. Pero Juan Carlos no sólo no se disgustó, sino que le dijo que le parecía un juego interesante. ¿Por qué no iban a pagarle? El sexo podía ser un trabajo. Adrián asintió.

Se pusieron de acuerdo para el otro día. Ella debía volver al bar y buscar a los tres hombres, e invitarlos a subir con ella. Juan Carlos y Adrián estarían en el dormitorio cuando entraran. Ella así lo hizo. Les dijo a los tres hombres que no les cobraría nada, que quería repetir lo que habían hecho la tarde anterior por puro placer. Subieron a su cuarto y al abrir la puerta vieron a Juan Carlos y a Adrián. Ella les dijo que eran unos amigos y no participarían en su relación sexual. Estaban allí para mirar. Los hombres se sintieron incómodos y se negaron a hacer nada. Juan Carlos se presentó y les dijo que él les pagaría para poder ver la fiesta. Los otros no dijeron nada, y Juan Carlos aumentó la cantidad hasta que aceptaron. Luego se podían jugar ese dinero en el casino, bromeó. Se rieron. Los tres se desnudaron y comenzaron una orgía con Ana María. Ella estaba luminosa. Primero la besaron y luego la poseyeron de distintas maneras. Uno se vino entre sus pechos y otro en su boca.

Juan Carlos y Adrián miraban. Juan Carlos estaba fascinado. Se sentía muy excitado. Le dijo a Adrián que quería penetrarlo. Adrián no quiso. En la relación siempre había sido el activo. Juan Carlos le dijo que no le ofrecía dinero en ese momento para no ofenderlo, pero que tenía un terrenito que había pensado iba a ser suyo. Adrián aceptó. Se quitaron la ropa, fueron a una de las camas y Juan Carlos lo penetró, mientras los hombres le hacían el amor a Ana María. Adrián gritaba de placer y Ana María también. Se cruzaron las miradas. La escena era bella, el goce intenso. Finalmente llegaron al orgasmo y quedaron felices, tendidos en las dos camas. Uno de los hombres dijo que tenía algo especial, y sacó un sobrecito con cocaína. La preparó sobre un libro, separó porciones con una tarjeta de crédito, usó un billete arrollado como canuto para aspirar y la pasó a los demás. Ana María aspiró dos rayas, estaba muy cansada. Había trabajado ardientemente todos esos días para hacer gozar a los demás y ella también había gozado. Le pasaron la coca a Adrián y a Juan Carlos. Adrián aspiró una línea y Juan

Carlos dudó. Les dijo que hacía mucho que no se drogaba. Había tenido épocas difíciles en el pasado. Un hombre le dijo que tuviera confianza, era sólo para consagrar ese momento tan especial. Juan Carlos aspiró la coca y se quedaron todos relajados, en silencio. Después brindaron con champán, se besaron y se despidieron.

Al día siguiente regresaron a Buenos Aires. La relación con Adrián había crecido. Juan Carlos, en broma, los llamaba sus "hijos". Eran dos jóvenes especiales. Él era un hombre que había vivido todo. Estaba cerca ya de la vejez, aunque no lo aparentaba y hacía lo posible por ocultarlo. Volvieron a sus ocupaciones. Adrián iba de paseo con Ana María, hacían el amor. La relación entre ellos, sin embargo, no era tan buena como antes. Ana María no podía gozar con él como lo había hecho en el pasado. Después de haberlo visto hacer el amor con Juan Carlos ya no le parecía un hombre completo. Ella estaba un poco cansada de la situación. Empezó a mirar a otros hombres. También sentía miedo de que su marido la abandonara. Ella no tenía tanto mundo como él. Su marido mantenía la mayor parte de sus cuentas en nombre propio.

Dos semanas después Juan Carlos les dijo que quería pasar unos días con ellos fuera de Buenos Aires. Les propuso alquilar una casa en una isla del Tigre. Estarían alejados de la gente, en medio de la naturaleza. Él amaba el río. Podrían profundizar esa amistad que sentían. Tendrían tiempo para dialogar. Llevaría algunos libros, en particular uno, que quería compartir con ellos, y un poco de cocaína y marihuana, para crear un estado mental adecuado.

La semana siguiente se subieron al BMW y partieron hacia el Tigre. Llegaron a la isla en una lancha, que dejaron amarrada en el muellecito. La casa era hermosa y no había ninguna otra construcción a la vista. Estaban aislados. Bajaron de la lancha las provisiones. Llevaban para preparar distintos tipos de comida y varias botellas de vino fino. Juan Carlos había traído sus libros. Para él, esos días en Tigre eran un retiro espiritual. Lo necesitaban. Hicieron el amor pero, sobre todo, leyeron. Por la noche cenaban, bebían vino y conversaban. Después de comer escuchaban música y fumaban marihuana. Y por último, leían.

Las lecturas se centraron en *La filosofía en el tocador*, el famoso libro del Marqués de Sade, el libertino francés. Juan Carlos lo había leído por primera vez cuando era joven y, después de su casamiento con Ana María, se había convertido en su libro de cabecera. Adrián no lo conocía. Ana María había escuchado a su marido hablar del Marqués, pero no lo había leído. Durante esos días en Tigre Juan Carlos leyó con ellos y discutió la obra del Marqués. No era difícil de leer. *La filosofía en el tocador* era un diálogo entre dos maestros libertinos, Dolmancé y Madame de Saint-Ange, y su joven discípula, Eugenia. Los acompañaba Le Chevalier, hermano de la Madame, y Agustín, un criado de la casa. Al final de la obra llegaba Madame de Mistival, madre de Eugenia.

En la obra, los maestros libertinos instruían a la joven Eugenia, una adolescente virgen de 15 años, sobre los placeres de la vida sexual. Organizaban orgías y participaban en estas, mientras discutían sus ideas. El Marqués quería educar a la discípula. Los libertinos le explicaban qué estaban haciendo y cómo se sentían. Además, y esto era lo más interesante, el Marqués los hacía reflexionar sobre el amor, la sociedad y el libertinaje. Se justificaban y criticaban a su sociedad. Defendían la libertad y denunciaban los atropellos que se cometían contra la naturaleza. Su sociedad acorralaba al ser humano, vulneraba sus instintos, los demonizaba. El ser humano libre era considerado un criminal peligroso, como bien lo sabía el Marqués, que había pagado su osadía libertina con treinta años de cárcel. Lo habían condenado basándose en difamaciones, sin probar adecuadamente los delitos de que lo acusaban. Lo internaron en la vejez en un asilo, como si fuera un demente. Lo castigaban por la insensatez de sus obras, y por la crueldad y pornografía que desplegaba en ellas. ¿Había acaso otro escritor que hubiera sufrido de esa manera por tratar de ser libre, y vivir naturalmente su sexualidad, y expresar sus instintos en toda su crudeza? Juan Carlos lo admiraba porque había sido un libertino valiente que no había aceptado callarse, había luchado contra todos y lo había pagado, paradójicamente, con la pérdida de su libertad. Un libertino, un hombre que amaba la libertad, encerrado en prisión por crímenes que seguramente no cometió.

El crimen había sido su literatura, condenada por la moral social hipócrita y represiva, y por la Iglesia. En el fondo, insistía Juan Carlos, era un mártir y un santo, y el 1º de diciembre de cada año debería celebrarse como el día de la libertad de expresión del escritor. Ese día del 2014 se cumplía el segundo centenario del fallecimiento de Sade en el Asilo de Charenton, donde murió, sin haber recuperado la libertad, a los 74 años. Lo que más apreciaba del libro Juan Carlos, además de sus escenas eróticas, eran los diálogos filosóficos, las sencillas y contundentes explicaciones que daba Sade para defender la libertad del hombre y celebrar su naturaleza, que lo había dotado de instintos y de la capacidad artística para crear con ellos situaciones de placer. Gracias a esa capacidad estética el hombre era un iluminado. La sociedad lo limitaba, lo castraba, y su sexualidad lo liberaba. Era necesario rebelarse. La libertad sexual sería el símbolo de esa rebelión.

Ana María y Adrián escuchaban a Juan Carlos maravillados, como si él fuera el verdadero Sade. Eran dos jóvenes relativamente poco educados, que habían sobrevivido gracias a su belleza física, a su picardía y a su astucia. En ese momento comprendieron el valor de su experiencia y le quedaron agradecidos. Juan Carlos leía con morosidad y deleite los diálogos. Luego le pidió a Adrián que lo reemplazara en la lectura, quería él también tener el privilegio de escuchar al Marqués. Adrián leía bien y tenía buena voz. Más tarde Adrián invitó a Ana María a leer los personajes femeninos. Adrián leía los personajes masculinos y ella los femeninos. El diálogo del Marqués fue cobrando vida. Cuando llegaron a los largos parlamentos filosóficos de Dolmancé le pidieron a Juan Carlos que leyera. Juan Carlos leía y cada tanto se detenía para analizar las ideas, y parafrasear los argumentos del Marqués sobre la sociedad, la naturaleza y los instintos del ser humano. Les gustaba cómo Juan Carlos les explicaba la noción sádica de libertad, que para ellos, limitados en su vida, era algo nuevo, muy distinto a lo que antes habían entendido. El Marqués creía en la libertad absoluta. Había que reconocer los propios instintos, y dar un salto peligroso en la propia naturaleza humana: experimentar la crueldad, contra sí y contra los otros, sentir terror y llegar al éxtasis. "Sadismo" y "masoquismo" se unían en las escenas del Marqués. La palabra filosófica recobraba su brillo y su fuerza, para iluminar al hombre en un momento de oscuridad.

Se sintieron bien. Aprendieron muchísimo y Juan Carlos se sintió justificado. Creía que realmente les estaba dando algo. Posiblemente, una lección de vida. A él también le pasaba una cosa especial. Tenía una fuerza espiritual nueva. A su edad los ardores carnales ya no le eran tan importantes como la palabra sagrada, que rescataba al hombre de su miseria humana. Por momentos sintió miedo a la muerte, y se alegró de estar con esos dos jóvenes. A su modo, sabía que lo amaban.

Adrián comentó que muchas veces se había sentido mal con la vida que llevaba, y que, gracias al Marqués, había entendido que lo que hacía no era malo. Él amaba el placer. Ellos sufrían la crueldad de los que los juzgaban y los despreciaban porque no se sometían a sus leyes mezquinas. No les reconocían la libertad individual. La sociedad era miserable, tirana y sólo quería esclavizar al ser humano.

Ana María dijo que ellos no eran personas comunes, eran libertinos. Había una fuerza que los llevaba a actuar como lo hacían en su búsqueda de placer. Necesitaban alejar de sí los miedos y sobrepasar los límites.

Volvieron los tres renovados a Buenos Aires. El "retiro espiritual", como lo llamaba Juan Carlos, había tenido un profundo efecto en ellos y los había transformado.

Juan Carlos regresó a su empresa. Empezó a entender que habían pasado muchos años y se estaba cansando de su trabajo. Odiaba la rutina, y aunque sus empleados hacían la mayor parte de las tareas, le quedaba a él juzgar y tomar las decisiones importantes, lidiar con los bancos, invertir el capital sabiamente. Se daba cuenta que su fortuna había aumentado regularmente con el paso de los años, y tal vez fuera el momento de vender su inmobiliaria, invertir el dinero en el extranjero, aumentar su capital financiero y vivir de sus rentas.

Pocas semanas después Adrián tuvo un problema serio. Lo llevaron preso. En un bar nocturno de ambiente homosexual, le había ofrecido a un policía encubierto tener sexo a cambio de dinero. Aparentemente, en su tiempo libre actuaba de taxi-boy. Juan Carlos fue a la policía, donde el Comisario le dijo que le habían iniciado un sumario, y la situación era complicada. Juan Carlos, que conocía al Comisario, le dijo que era un muchacho algo alocado pero bueno, era su chofer y que él se encargaría de que no volviera a suceder. Finalmente el Comisario entendió, aceptó la cantidad del soborno que le propuso Juan Carlos y retiraron los cargos. Volvió con Adrián a su departamento, le dijo que se quedara tranquilo, que no se metiera en problemas y que si le hacía falta dinero se lo pidiera a él. Le propuso que dejara la pensión donde vivía y se alquilara su propio departamento, él lo ayudaría. Necesitaba ser independiente y pensar en su futuro. Era un muchacho inteligente y él quería ayudarlo. Adrián le agradeció y le hizo caso. Juan Carlos era como un padre para él. Adrián no había conocido a su padre, se había criado con su madre y el gimnasio había sido su casa y substituido a su familia. Pero con los músculos no se podía dominar el mundo. Le hacía falta pensar en un futuro económico estable.

Ana María también cambió. Estaba fastidiada de la situación con su esposo. Ya no lo aguantaba. Le cansaba. Ya no quería acostarse con él. Era un viejo. Tampoco le gustaba más acostarse con Adrián. A pesar de sus músculos, lo veía femenino. Ana María empezó a salir sola a los bares otra vez, como antes de conocer a Adrián. Llamó a Marita, que seguía viviendo con el banquero en San Isidro, pero no perdía su costumbre de ir a los bares y hacer sus levantes. Se encontraban en las barras de Las Cañitas, donde iba gente rica. Un día Marita vio a un amigo y se lo presentó. Era un hombre cuarentón, muy rico según Marita. La atracción entre Ana María y él fue inmediata. Empezaron a verse todos los días. Él tenía un departamento en Recoleta. Martín, así se llamaba, admiraba a Ana María. Era la mujer más hermosa que había visto. Su cuerpo, sus curvas, su piel, su pubis, sus pechos, eran perfectos. Además era sensual, tenía una mirada cautivante. Estaba hecha para el amor. Ya no quedaban mujeres así en Buenos Aires. Era apasionada, su sexualidad era desbordante. Se encontraban todas las tardes y se quedaban juntos hasta medianoche. Bebían champagne, a veces aspiraban una raya de cocaína y hacían el amor sin descanso, como atletas del sexo. Juan Carlos notó de inmediato sus tardanzas. También veía que ya no quería acostarse con él, lo evitaba. El fin de semana dijo que se iba a Morón, a casa de su madre. Juan Carlos entendió que salía con alguien. Estaba en lo cierto. Se pasó el fin de semana en Montevideo con Martín.

Martín se enamoró perdidamente de ella y empezó a pedirle que dejara a su marido. Ana María no sabía qué hacer. Martín era rico, tenía una compañía financiera. Era el negocio ideal, sus inversiones se multiplicaban constantemente. Tenía relaciones con políticos que confiaban en él. También conocía a gente en el mundo de la droga que necesitaba blanquear sus capitales. Un negocio excelente. Era viudo, su mujer había muerto en un accidente automovilístico. No tenía hijos.

De pronto Ana María sintió deseos de formar su propia familia. Martín era un hombre cariñoso. Le confió que le gustaban los chicos. Le dijo que quería casarse. Ya no podía esperar. Hasta decidieron fijar el día de la boda. Sería en un country de Pilar y se irían de luna de miel a Hawái. Fueron juntos a comprar los anillos. Ella eligió un anillo de platino con un diamante enorme, y una diadema de zafiros azules con un diamante en el centro. Parecía la bandera argentina. Pero, antes de continuar con los preparativos, tenía que hablar con Juan Carlos. No sabía cómo decírselo. Él probablemente lo sospechaba. Juan Carlos estaba muy enamorado de ella y quedaría destrozado. Finalmente, juntó valor y habló con él. A Juan Carlos se le llenaron los ojos de lágrimas, se abrazó a sus piernas y le pidió que no lo dejara. Le dijo que si lo dejaba se iba a matar. Ana María sufría también. A su modo lo quería, no deseaba hacerle daño. Nunca estuvo verdaderamente enamorada de él, como tampoco estaba totalmente enamorada de Martín. No creía que fuera bueno para las mujeres enamorarse perdidamente. Era necesario pensar en su conveniencia. Había nacido pobre. Martín le ofrecía todo lo que ella quería y necesitaba. Lo importante era que el hombre estuviera enamorado y le pusiera todo a sus pies. Como decía Marita, con su sabia picardía: "Es a ellos a los que se les tiene que parar, una puede hacer la plancha."

Juan Carlos comprendió que tendría que resignarse. Ya se recuperaría, ya encontraría otra mujer. Arreglaron el divorcio. Ella le dijo que le diera sólo lo que le correspondía, habían estado casados seis años. Martín era un hombre rico. Juan Carlos le pidió que se llevara el BMW. No quería que lo tuviera nadie más, era su auto. Arreglaron un porcentaje sobre el total del capital acrecentado en los últimos años. Él le haría una transferencia a su cuenta. Juan Carlos lloró por última vez delante de ella y se divorciaron.

Adrián fue el único que entendió la situación en que estaba y trató de ayudarlo. Ahí Juan Carlos se dio cuenta que Adrián lo quería. Era un hombre tierno. Lo buscaba para hacer el amor, pero Juan Carlos lo rechazaba. No sentía nada por Adrián, sólo amistad. La relación había sido parte de un juego entre los tres. Juan Carlos lo había empleado para entretener a su esposa, y para alejarla del peligro de los bares y los levantes casuales.

Adrián había cambiado. Le dijo a Juan Carlos que le interesaban más los hombres que las mujeres. Se sentía mejor con los hombres. Estaba buscando una pareja permanente, un hombre un poco mayor que él, que lo comprendiera y lo quisiera. El entendía que Juan Carlos estaba en otra cosa, que veía los juegos con él como una aventura, y no podía comprometerse seriamente.

Juan Carlos entró en un ciclo depresivo que no sabía cómo controlar. Después de la confesión de Ana María y el arreglo del divorcio, se ausentó de su oficina por muchos días. Empezó a llamar a chicas de una agencia de modelos que servía a empresarios VIP para que vinieran a su departamento. Llegaban chicas hermosas, la mar de simpáticas. Bien seleccionadas. Hacía el amor con ellas. A una, que era estudiante de abogacía y se ganaba la vida con ese trabajo, le pidió que regresara. Pero sentía un gran vacío. Mientras hacía el amor con las modelos se le aparecía la imagen de Ana María, su cuerpo escultural y perfecto. No podía terminar si no pensaba en ella. Reemplazaba la imagen de la chica con la que se acostaba por la imagen de Ana María. Cuando habría los ojos veía que estaba abrazado a una diosa, que para él era como una muñeca. No sabía cómo superarlo.

Decidió vender su empresa. Llamó a su contador y le informó de su decisión. La inmobiliaria tenía un muy buen valor de llave por la buena actuación en el mercado a lo largo de más de dos décadas. Contaba con activos importantes. Le aconsejó incluir en la operación de venta una parte de las propiedades y retener un veinte por ciento como bienes de renta. Calcularon el capital acumulado de la empresa. Una parte estaba en bancos en Bahamas, bien protegido, y no pagaba impuestos. El resto en propiedades distribuidas en Capital Federal y Provincia. Su contador le sugirió que una vez que se concretara la venta transfiriera el dinero a un banco de Estados Unidos. En Argentina el respaldo del dólar siempre era importante. Si las cosas iban mal, podía irse a vivir a Miami. Era el refugio de los ricos de Latinoamérica. Le aconsejó que se comprara un departamento allá para fijar residencia y operar regularmente, y justificar sus depósitos de capital. No iba a tener ningún problema. La suerte siempre lo había acompañado. Tomaría cierto tiempo encontrar un comprador. Puso a su gerente a cargo de todo y le pidió que no lo llamara si no era indispensable. Decidió no ir más a la oficina.

Seguía extrañando a Ana María. Cuando ella se fue, había dejado olvidada ropa en su placar. Él cada tanto sacaba las prendas, se acariciaba el rostro con ellas y las besaba. Su imagen se le había instalado en la mente. Era una obsesión. A Adrián ya no lo aguantaba. Juan Carlos no quería abandonarlo a su suerte, se sentía responsable por él. Venía todas las tardes a su departamento para acompañarlo. Le dijo que le gustaría ayudarlo, y le preguntó qué negocio quisiera iniciar por su cuenta. Adrián le dijo que su sueño había sido siempre tener un bar. Ahora que conocía la movida homosexual de Buenos Aires, podía poner un bar para el ambiente. Juan Carlos le dijo que quería verlo feliz: le facilitaría el dinero. Le pidió que buscara un local. Luego agregó que no necesitaba más de sus servicios. Le dijo que no viniera más por las tardes. Si necesitaba algo de él lo llamaba.

Se quedó completamente solo. Su depresión fue en aumento. Le señora que venía a limpiar tres veces por semana lo encontraba desaseado, sin afeitarse y muchas veces maloliente. Había restos de comida en todas partes. Se hacía enviar diariamente la comida de un restaurante cercano. La mujer le dijo que si quería podía venir todos los días a atenderlo, pero él le contestó que no hacía falta. Empezó a beber. Primero vino francés, y luego whisky. Se sentía mal. Lo llamaba a Adrián para que le consiguiera droga. Este le trajo coca y marihuana varias veces. Luego le avisó que no le iba a traer más coca, era por su bien, no quería que se enfermara. Juan Carlos estuvo de acuerdo, no quería caer en la drogadicción. Quedaron en que continuaría durante un par de semanas más, para no cortar de golpe. Se sentía muy mal. No podía olvidarse de Ana María. Su recuerdo lo torturaba.

Se refugió en la lectura. Creyó que podía ayudarlo. Releyó *Cicatrices* de Saer y *El túnel* de Sábato. Saer sabía interpretar las situaciones más extremas y Sábato había entendido la angustia del hombre. Leyó otra vez a Camus. Releyó a Voltaire, amaba su humor. Llegó un momento en que ya no aguantaba su propia depresión. Quería salir de ese estado.

Cuando era joven escribía poesía. Pensó que quizá, si volviera a escribir, eso lo ayudaría. La escritura era una forma de catarsis. Escribió poemas y se sintió mucho mejor. Empezó a beber menos. Evitaba drogarse. Se dijo que la escritura era la mejor droga. Veía cine en su computadora. Decidió mirar todas las películas de Rohmer. Se aficionó sobre todo a "El rayo verde". Rohmer era un moralista y un filósofo. La combinación lo seducía. Rohmer entendía las limitaciones espirituales y la fragilidad mental del ser humano.

A veces sentía que le estallaban los nervios. Sabía que necesitaba ayuda sicológica, pero se resistía. Se había sicoanalizado de joven durante diez años y no quería volver a sufrir. Sólo deseaba estar bien, recuperar la alegría y la felicidad que sentía cuando estaba con Ana María. Ella era su vida. ¿Por qué la había dejado ir? Quizá hubiera podido retenerla. Se dijo que hizo lo que pudo. Le trajo a Adrián para que no se alejara de él y lo abandonara. Pero al final lo dejó igual. Estaba solo, viejo, vencido, sin nadie que lo ayudara. Ni Adrián ni la sirvienta podían hacer nada por él. Y probablemente tampoco un sicólogo.

Empezó a sentir miedo de perder la razón. Decidió escribir una obra de teatro para exorcizar toda esa maldición. La tituló "La filosofía en el tocador", como el diálogo erótico-filosófico de Sade. En la obra contaba la historia suya con su mujer y con Adrián. Al principio eran felices. Adrián parecía ser la solución perfecta para el aburrimiento de su mujer. Iban al casino, ella hacía orgías, se prostituía para divertirse. Finalmente se encerraron en una casa para leer *La filosofía en el tocador*. Esto los iluminó, los elevó. Entendieron la importancia de la libertad humana absoluta. Rechazaron la culpa. Acusaron a la sociedad de castrar al individuo. En la obra Adrián convencía a Ana María de que estaba viviendo con un viejo que no tenía futuro. Decidieron robarle y escapar juntos. Cuando el viejo, o sea él, se sintió abandonado, cayó en un estado depresivo. No aguantó más. Tomó una sobredosis de barbitúricos para suicidarse.

Se dio cuenta que ese final bien podía ser el suyo si no se recuperaba. No quería suicidarse, pero tenía miedo de caer en la tentación. Ya no aguantaba el sufrimiento. Estaba mal. Se decidió y fue a hablar con un siquiatra. Le explicó todo lo que había pasado. El siquiatra, una eminencia, decidió internarlo en una clínica. Le dijo que era temporal. Lo medicó, le dio antidepresivos. Todas las tardes recibía la visita de un sicólogo que le hablaba y le hacía preguntas sobre su vida. Una vez a la semana venía el siquiatra. Lo examinaba y le hacía completar tests. Le dijo que no presentaba signos de demencia. Se estaba recuperando.

En la clínica tenía su propio cuarto. Estaba cómodo. Nadie lo molestaba. La clínica estaba en una antigua mansión. La casa tenía un bello jardín arbolado donde los pacientes podían caminar. Se había llevado varios de sus libros y leía todo el día. También tenía una computadora. Entraba en Internet, leía los diarios. A veces llamaba por teléfono a Ana María, pero no le contestaba. Siguió pensando en ella, ya sin esperanza de volver a verla.

Escribía poesía. En sus poemas aparecía repetidamente la imagen de dios. Estaba pasando por una fase mística. Había algo que le faltaba en su vida. No sólo Ana María. La literatura que leía era obra de escritores profesionales. No parecían tener verdaderas convicciones. Él necesitaba otra cosa, encontrar un sentido trascendente. Llegó a esta conclusión un día que tuvo un sueño. Este sueño se volvió recurrente y se transformó en una pesadilla. En el sueño, un hombre vestido de blanco caminaba por un desierto. Miraba alrededor suyo y no sabía dónde estaba. Se había perdido. Se echaba en la arena y se abandonaba. No tenía voluntad. La muerte se aproximaba. Él llamaba a dios, pero no venía. En ese momento se despertaba, aterrorizado.

Comprendió que necesitaba acercarse a dios para no estar solo, como el personaje del sueño, en el momento de su muerte, y darle sentido a su vida. Era un hombre viejo, había conocido el amor, el erotismo, la decadencia. Había conocido el poder que daba el dinero. Había comprado todo lo que había querido: cosas, personas. Pero ahora, que se iba acercando la etapa final de su existencia, estaba solo. Se dijo que era un cobarde, que después de haber gozado de la vida sentía miedo. Necesitaba a dios. Se preguntó qué era dios, y respondió que era la presencia de una espiritualidad más grande. La poesía no le alcanzaba. Necesitaba orar, meditar, necesitaba un guía espiritual.

Habló con su médico. Le dijo que estaba mejor, se sentía bien viviendo en la clínica. Ya no necesitaba salir a la calle. Ese cuarto lo protegía. Pero deseaba cambiar a un sitio en que tuviera guía espiritual.

Empezó a investigar las posibilidades de ir a vivir a un convento. Averiguó sobre las diferentes órdenes de Buenos Aires. Había un convento de dominicos en Capital que parecía ideal para él. Fue a hablar con el director del convento. Era un sitio muy agradable. Vio las celdas. No permitían teléfonos ni computadoras, pero era posible llevar libros y escribir. Para convencerlo de su sinceridad le enseñó al director su poesía. Era una poesía mística, que clamaba por la presencia de dios. El padre quedó conmovido al leerla. Le dijo que iba a pedir permiso al jefe de la orden para que pudiera vivir un tiempo con ellos, aún siendo laico. Lo presentó a la comunidad de hermanos. Él le dijo al director que era un hombre rico, y no quería ser una carga para el convento. Iba a contribuir generosamente con la institución. Estaba pensando donar una parte de su fortuna a la orden. Los ojos se le iluminaron al hermano, pero le dijo que el dinero no era todo en la vida. Que la verdad estaba en dios. Juan Carlos le dijo que estaba de acuerdo. Él también había llegado a esa conclusión y por eso estaba ahí.

Juan Carlos se fue a vivir al convento. Se acomodó en una celda. Llevó con él una buena cantidad de libros y sus cuadernos. Estaba dispuesto a buscar algo que le faltaba. El secreto estaba en el corazón del hombre, se repitió. El corazón del hombre era tierra de nadie, no tenía dueño. Él quería conquistarse. Descubrir a la divinidad en él y en el mundo. Se dio cuenta que había encontrado un lugar para él y allí podría ser feliz.

Los chicos pobres

El pintor del Dock Sud

Carlitos Ballestrini vivía en un conventillo de Espejo y Las Heras, en el Dock Sud. Iba a la escuela primaria "Jacobo Thomson", en Valle y Montaña. Era un chico muy sensible e inquieto. Estaba en sexto grado. Algunos días, por las tardes, después de las clases, salía a caminar por la isla Maciel. Observaba todo con interés. Bordeaba el Riachuelo por Carlos Pellegrini. Le llamaban la atención los galpones y las fábricas. Se detenía a admirar el viejo puente transbordador, con sus líneas finas y estilizadas, que se levantaba junto al puente Avellaneda, más moderno y pesado.

Cuando tenía unas monedas cruzaba a La Boca en el bote que salía de abajo del puente abandonado. Un día, por curiosidad, entró en el museo de Quinquela Martín. Vio los grandes cuadros del maestro: los barcos anclados en el antiguo puerto, el buque incendiado, los estibadores cruzando por los angostos puentes con las bolsas al hombro, el flujo espejeante de las aguas contra el fondo humeante de las fábricas de la Isla Maciel. La experiencia lo afectó profundamente. El mundo en que vivía parecía fijo, limitado, una especie de cárcel sin salida. Al ver los cuadros de Quinquela sintió que había otro mundo, móvil, huidizo, cambiante. Tuvo de improviso la intuición del tiempo, que hace, deshace y transforma los objetos, forma y quiebra los colores, difumina a los sujetos en el paisaje, libera al yo y lo deslíe en la obra de arte. Sintió que era posible vivir dentro de un espacio imaginario que se renueva constantemente. Comprendió que iba a ser artista. La realidad se sostenía en el espacio por sus cuatro costados como se sostiene en el cielo un buque que vuela, y él podría cambiarla a gusto, con la habilidad de un prestidigitador.

Regresó al conventillo. Su mamá guardaba una resma de papel en un cajón. Sacó varias hojas y se sentó a la mesa. Tomó un lápiz y dejó que su mano se deslizara por el papel, en un brote súbito de inspiración. Dibujó formas, líneas, sintió el placer de ver aparecer ante sus ojos lo que había vislumbrado antes en su imaginación. Había encontrado algo nuevo que explorar. Le gustaba aprender. Al rato se levantó y guardó todo. Su madre, Mariela, llegaría pronto.

Mariela era joven, tenía sólo treinta años. El padre de Carlitos los había abandonado hacía dos años. Trabajaba como obrera en una fábrica de plástico. Su novio era Cabo en la Prefectura. Su hijo lo llamaba el "marinero". A veces el novio se quedaba a dormir con ellos en el conventillo. La pieza era grande y tenía los muebles indispensables: una cama matrimonial para la madre y una cama de una plaza para Carlitos, una mesa grande rectangular en la que comían y en la que el hijo hacía las tareas de la escuela, un armario donde la madre ponía las bolsas y latas de comida y su hijo sus libros y cuadernos, un ropero donde guardaban la ropa que tenían y los diarios viejos que Carlitos coleccionaba.

Juan Carlos, el marinero, era simpático y le compraba caramelos y chocolatines para ganárselo. Al chico no le gustaba que se quedara de noche, porque hacían el amor. Le molestaban los ruidos del elástico, y los resuellos que no podían contener y no lo dejaban dormir. También la situación lo excitaba, y muchas veces se masturbaba mientras ellos tenían sexo. Al otro día sentía vergüenza y no se animaba a mirar a su madre a los ojos.

Sus dibujos se fueron acumulando en una carpeta de la escuela. Dibujaba escenas del conventillo, retratos de sus vecinos, escenas de la costa del Riachuelo, el perfil de La Boca visto desde el Doque, el puente transbordador. Su mamá le preguntó que por qué dibujaba tanto, y él le dijo que se proponía vender sus dibujos en la Vuelta de Rocha, en el mercado de artesanías, muy pronto. A la mamá no le pareció mala idea, aunque dudó que alguien fuera a comprárselos. Ese fin de semana Carlitos seleccionó treinta dibujos, los puso en su carpeta, cruzó el

Riachuelo en el bote y se fue a Caminito. No bien llegó y trató de exhibir sus dibujos, se le acercó un señor como de treinta años y le dijo que los puestos estaban todos ocupados, que no se hiciera el vivo. Allí no podía vender. Si no se las tomaba, la iba a ligar. Carlitos no le tenía miedo a las palizas. En el Doque, los chicos le habían pegado muchas veces porque a él no le gustaba jugar al fútbol, y los vecinos del conventillo le pegaban cuando lo veían distraído, o lo encontraban haciendo sus tareas de la escuela. Les daba rabia que estudiara, decían que se creía mejor que los demás. Pero en esos momentos necesitaba encontrar un lugar para vender sus dibujos, y si allí no se podía, no se podía.

Recorrió la Vuelta de Rocha. Había puestos de música, de ropa, de comida, de artesanías de La Boca, de cuadros. Los vendedores armaban sus tablones y ponían sus carteles para atraer a los visitantes y turistas que pululaban en la zona. No se animó. Se dio cuenta que en cuanto exhibiera sus dibujos lo vendrían a sacar. Finalmente se metió en un mercado de alimentos que funcionaba dentro de un galpón, en Pedro de Mendoza. Había verdulería, carnicería, almacén. Se sentó en un costado del almacén, y cuando llegaba un cliente, el abría su carpeta y le mostraba un dibujo. Al final de la tarde había vendido tres transbordadores y dos perfiles de La Boca vista desde el Doque, y había ganado quince pesos. El almacenero, además, le tuvo lástima, le preguntó si tenía hambre, y le preparó un sánguche de queso y dulce, y le dio una lata de Coca Cola. El dibujo que más llamó la atención fue el perfil de La Boca desde el Dock Sud. Los boquenses raramente cruzaban al Dock, y no se veían a sí mismos. Su dibujo proveía una perspectiva sorprendente. También gustó mucho su dibujo del edificio donde había vivido y trabajado el pintor Quinquela Martín. Era museo y escuela. Parecía un barco. Los clientes del mercado no habían observado con detenimiento su forma, que su dibujo revelaba.

Durante la semana fue con su carpeta de dibujo a la costa del Riachuelo, en el Dock, y se puso a dibujar La Boca. Observó con cuidado los desniveles y colores. Imitando a Quinquela, empezó a dividir volúmenes y a inclinarlos en el plano. Ese fin de semana cruzó con el bote y regresó al mercado. Vendió diez perfiles de La Boca y ganó cuarenta pesos. Y más importante, un señor se puso a mirar sus dibujos y a hablar con él. Le dijo que era pintor y daba clases. Le aseguró que tenía talento, pero le faltaba aprender mucho. Lo invitó a que fuera a su taller, a conocer. Él le explicó que no tenía dinero para tomar clases. El hombre, Verónico del Bosque, le dijo que le pagaría cuando lo tuviera.

De ahí en más, todos los martes y jueves por la tarde, después de la escuela, cruzaba a La Boca e iba a estudiar con el maestro, que vivía en una casa vieja en Suárez y Martín Rodríguez, donde alquilaba dos cuartos, uno de vivienda y el otro para su taller y escuela.

Pronto Carlitos se transformó en su estudiante preferido. El maestro le propuso que se cambiara el nombre, o que se buscara un nombre artístico de pintor, porque el nombre de Carlitos en Buenos Aires ya tenía dueño. Si uno decía Carlitos pensaba en Gardel. Era como la camiseta del 10. Al final eligió llamarse Martín, en homenaje a Quinquela. También modificó su apellido: en lugar de Ballestrini, Balestra, más criollo. La Boca había tenido demasiados pintores italianos, hacían falta pintores criollos. La mayoría de los italianos, por otro lado, se habían ido de La Boca y del Dock, vivían todos en Palermo. La Boca y el Dock eran tierra de cabecitas negras del interior, bolivianos, paraguayos y chinos. Había una nueva Boca y un nuevo Dock.

Pasaron dos años y Martín evolucionó muchísimo en su arte. Verónico le daba, además de dibujo, clases de pintura. Le compró una caja de acuarelas. Martín manejaba el color con gran talento. Decidieron un día a la semana ir a pintar a la cancha de Boca. Retrataban el exterior de la Bombonera, desde diversos ángulos. Los fines de semana Martín volvía al mercado a vender sus dibujos. Cuando había partido de fútbol, vendía sus acuarelas de la Bombonera. Un día un turista norteamericano le dio diez dólares por una acuarela. Se sintió rico y afortunado.

Mariela, su madre, estaba orgullosa de su hijo Carlitos (no aceptó llamarle Martín). El marinero, que era casado, había dejado a su mujer y se había ido a vivir con ella. Carlitos los domingos le daba a su madre casi todo el dinero que ganaba. Sólo guardaba para él una parte, para cruzar a La Boca, comprar los útiles de dibujo y su merienda. Cuando cumplió quince años la madre le dijo que iba a tener un hermanito. Martín ya había pensado en dejar la escuela. Estaba en noveno grado del EGB, y le parecía que aprendía poco. Su verdadera escuela eran las clases de Verónico, el pintor. Habló con su maestro, quien le propuso irse a vivir a su inquilinato. En ese momento tenían un cuarto desocupado. Le dijo que le prestaría el dinero para el alquiler, y que le pagaría con los dibujos que vendía en el mercado (su puesto allí ya era oficial, le decían "el pintor del mercado"). Además, podía ayudarlo a dar clases de dibujo a los chicos que empezaban. Martín era un muy buen dibujante. Su uso del color aún no era perfecto, pero había progresado muchísimo. Aceptó. Su madre aprobó su decisión, ella también quería hacer cambios en su vida. Su hijo estaría bien en Capital y, para visitarlo, no tenía más que cruzar el Riachuelo.

Martín agregó a su repertorio escenas del mercado donde vendía sus trabajos. Dibujaba y pintaba acuarelas de La Boca, la Bombonera y el mercado. Luego tuvo una idea interesante. Empezó a pintar temas del Dock Sud: las calles del interior, los conventillos de chapa, la salida al Puente Avellaneda, las torres del Polo Petroquímico. Incluyó escenas cotidianas de Villa Inflamable, la villa miseria que estaba al lado de los depósitos de combustible. Martín había caminado por las calles del Dock mucho tiempo, pero en ese entonces ya vivía en La Boca, y no fue a pintar a la calle, como hacía antes. Pintaba en su cuarto, de memoria. Las imágenes se fueron deformando y estilizando. Sus interpretaciones tenían aspectos oníricos. No dominaba aún bien el óleo y el acrílico. Prefería la acuarela. Trabajaba con pinceles muy finos y colores que él mismo preparaba. Muchas veces terminaba los cuadros superponiendo figuras humanas, verdaderas miniaturas, dibujadas con un plumín y tinta china, sobre los volúmenes de color. Estaba buscando su propio lenguaje, su estilo.

Su maestro tenía en su estudio una enciclopedia ilustrada de la pintura universal, que había salido en fascículos que vendían en los quioscos, y él había hecho encuadernar. Abarcaba diez tomos. Martín pasaba mucho tiempo mirando las reproducciones de obras famosas y leyendo las explicaciones. También su maestro le hablaba mucho sobre la pintura y el arte en general. Se había formado en Rosario con Antonio Berni. Una vez lo llevó al Malba a ver una retrospectiva de Berni que lo fascinó. Martín, a pesar de su juventud (no era más que un adolescente), tenía gran sensibilidad social. Le dolía sobre todo la pobreza, en la que había nacido, y veía siempre alrededor suyo.

Cuando él tenía dieciséis años, su maestro alquiló un cuarto en un conventillo reciclado cerca de Caminito para hacer una exposición con sus mejores estudiantes y discípulos. Participaron tres jóvenes. Martín colgó diez de sus acuarelas. Dio la casualidad que al segundo día de la muestra fue a Caminito el crítico de arte de *Clarín*, Eduardo Carlucci. La Fundación Proa había inaugurado una exposición y la fue a cubrir. Cuando terminó, salió a dar una vuelta por el barrio, siempre lleno de visitantes y turistas, y entró de casualidad en el conventillo reciclado, muy llamativo y colorido, donde Verónico tenía su exhibición.

Al ver los cuadros de Martín, no pudo evitar una exclamación de admiración. Se detuvo sobre todo en "Villa inflamable". En el centro del cuadro, en primer plano, se veía el rostro de un niño de diez años con grandes ojos negros (era el rostro de Martín, que había pintado su autorretrato). Tras el niño, en el fondo, se veían varias casillas de la villa. En el centro de los ojos, en tinta china, Martín había dibujado una miniatura. Era una pareja de turistas norteamericanos que miraban el cuadro. El espectador insolente se reflejaba en los ojos desesperados del niño. Al otro día sacó una nota especial en *Clarín* sobre el cuadro, al que había fotografiado. La tituló: "Un artista del hambre".

Martín tenía sólo dieciséis años. Su carrera como pintor prometía. Era un buen comienzo. Durante el resto del año, por consejo de Verónico, se dedicó a pintar para organizar su primera muestra personal. El periodista de arte de *Clarín*, Eduardo Carlucci, volvió a visitarlo. Habló un rato con él, le preguntó sobre su vida, su formación. No parecía respetar a su maestro Verónico. Le aconsejó que tratara de ingresar en una escuela de arte de la ciudad, la más apropiada para su nivel sería la Escuela Superior de Bellas Artes, necesitaba formarse. Si presentaba un buen portafolio podía entrar. El estaba dispuesto a escribirle una carta de recomendación.

Se lo contó a su maestro, que le dijo que ese crítico era un envidioso y un mal tipo, lo único que le interesaba era el dinero. Estaría buscando encontrar un pintor nuevo para representarlo y ganar plata. Así era el mundo de la crítica y los marchand, una porquería.

Martín fue a visitar a su madre. Había tenido una nena. Le llevó un cuadro suyo enmarcado. Le dijo que lo guardara, que un día iba a tener mucho valor y le daría buen dinero. Tenía grandes planes. Pensó que no era mala la idea de entrar a estudiar en la Escuela de Arte, le gustaba aprender y lo necesitaba.

Pero el destino tenía sus propios planes. A fin de año Verónico del Bosque se sintió mal y en enero estaba internado en el Argerich. Le encontraron un tumor en el cerebro. Tenía cincuenta y seis años y era como un padre para Martín. Tres meses después había fallecido. Martín pensó que ese desenlace trágico no iba a impactar en su arte, pero se equivocó.

Martín tenía un gran talento natural, pero era un chico emocionalmente carenciado. Se había criado en el Dock, había tenido una relación muy superficial con su padre, que casi nunca estaba en su casa (después que se fue supieron que tenía otra mujer). El abandono fue duro para su madre. Martín creció en las calles del Dock y de La Boca. El dibujo y la pintura lo habían salvado. Verónico había sido su padre espiritual y quien lo cuidó y lo guió en el mundo del arte. Sintió un gran vacío y entró en un ciclo depresivo. No pudo salir. La depresión se agravó. La dueña del inquilinato donde vivía fue a verlo: no había pagado la renta. Martín se disculpó y le ofreció un cuadro suyo. La dueña lo rechazó: le dijo que no tenía valor, y que pagara o se fuera. Durante ese mes logró que su madre le prestara dinero para pagar el alquiler. Cuando a principios del mes siguiente fueron a cobrarle otra vez lo encontraron tirado en el piso. Tenía muy mal olor, hacía muchos días que no se bañaba. A su alrededor se amontonaban los desperdicios.

Contra la pared, arrinconados, había una gran cantidad de dibujos y de acuarelas. Había pintado también varios cuadros con acrílico, en colores muy fuertes. Se había pasado todo el mes trabajando sin parar. Los cuadros mostraban paisajes expresionistas de La Boca y el Dock. Su paleta de colores parecía salida de los cuadros de Quinquela Martín. En el más grande de ellos había pintado una versión del cuadro "Sin pan y sin trabajo" de Ernesto de la Cárcova, superpuesta a una imagen de las calles del Dock Sud vistas desde arriba. Era un cuadro originalísimo, posmoderno, una síntesis nueva. Lo tituló "Nuestra miseria".

Otros cuadros mostraban imágenes desgarradas de figuras que se sostenían en el aire, o fugaban en el espacio, e imágenes grotescas de seres sufrientes: el Riachuelo y el Puente Transbordador volando sobre el Obelisco, con un hombre (que era él) colgando, encadenado al puente; Cristo volando en su cruz cabeza abajo sobre el estadio de Boca, mientras en el campo de juego le arrancaban el corazón con un cuchillo a un jugador; una niña de cinco años, en una carnicería, esperando turno para ser sacrificada, ante la mirada anhelante de una señora rica, que aguardaba su parte. El horror y la soledad se fundían con la marginación y el hambre. El último cuadro que llamaba la atención era sobre Villa Inflamable. Había superpuesto la escena de unas casillas de la villa a una visión aérea de la Villa 31 de Retiro, que hacía de fondo de la composición. En el centro del cuadro, sobre la Villa Inflamable, un ojo, rasgado por una navaja.

La dueña de la pensión no sabía qué hacer. Martín tenía la mirada perdida y no respondía cuando le hablaba. Encontró en una libreta un número de teléfono, pensó que era de un familiar, llamó. Era el crítico de arte de *Clarín*. Fue de inmediato. Dijo que no se hiciera problemas, que él se haría cargo de todo. Le pagó el mes de alquiler a la señora y se puso a limpiar el cuarto. Lo acostó en la cama. Salió y al rato regresó con varios papeles. Tenía un contrato en que decía que Carlos Ballestrini, alias Martín Balestra, lo nombraba su único representante, y le cedía la totalidad de los derechos de sus obras. El pintor percibiría a cambio el diez por ciento del total de las ventas. Le hizo escribir su nombre y firmar como pudo. Después llamó a la unidad psiquiátrica del Argerich y explicó la situación. Al rato llegó una ambulancia y se lo llevaron para internarlo. El crítico se quedó en la pieza organizando toda la obra. En el cuarto de al lado, que había sido el taller de Verónico, encontró varios cientos de dibujos y pinturas de Martín. Al otro día hizo venir una combi y se llevó todos los dibujos y pinturas que encontró. Lo único que quedó en el cuarto era la ropa vieja de Martín.

La unidad psiquiátrica del Argerich evaluó cuidadosamente el caso. Martín acababa de cumplir diecisiete años. Había tenido un ataque de esquizofrenia que evolucionó en un brote psicótico. Lo derivaron al Borda para que continuaran los estudios. Al tiempo emitieron su evaluación. Martín era irrecuperable. Mantenía su mirada perdida y se pasaba todo el día sentado, sin moverse. Había enloquecido. Lo dejaron internado en el Borda, con la intención de pasarlo después a un asilo para enfermos mentales, donde podría residir de forma permanente.

El crítico, Eduardo Carlucci, organizó una muestra de la pintura de Martín en el Centro Cultural Recoleta, con el título "Un artista del hambre". La exposición fue un éxito y lo trágico de la historia del pintor adolescente fue un aliciente para la crítica. Hablaron de la influencia de Antonio Berni, Quinquela Martín y del expresionista irlandés Francis Bacon. Carlucci hizo que un tasador profesional evaluara los cuadros. Consideró que el precio inicial promedio para una subasta pública debía ser de diez mil dólares por cuadro. Entusiasmado, Carlucci convenció a las autoridades del MALBA a que hicieran una retrospectiva, con la promesa de regalarle un cuadro al Museo. El Gobierno de la Ciudad apoyó la muestra. Todos los diarios se deshicieron en críticas elogiosas. Más de cien mil persona visitaron la exposición durante los quince días que duró.

Carlucci preparó una subasta de tres de sus cuadros en un remate de la Galería Arroyo. Incluyó entre los tres a "Nuestra miseria". Los concurrentes se mostraron entusiasmados. El precio de base de cada cuadro fue de diez mil dólares. El primero de los cuadros fue vendido en setenta mil dólares. El segundo en cincuenta mil. Dejaron "Nuestra miseria" para el final. A los cinco minutos de comenzar el remate el precio había subido a cien mil. Carlucci no podía de contento. Al concluir el remate el cuadro había alcanzado los trescientos cincuenta mil dólares. Lo adquirió un marchand local, comisionado por el Museo de Arte Moderno de New York, donde pasaría a integrar su colección permanente.

Carlucci dejó su trabajo en el diario y se estableció como marchand y representante exclusivo de la obra de Martín. Lo trágico de su destino y la imposibilidad de que siguiera pintando creó toda una mística sobre el pintor del Dock Sud. El gobierno peronista lo nombró el "Artista social" del año y la Casa Rosada adquirió uno de los cuadros de Villa Inflamable para su colección de pintura. Ese año aparecieron numerosos artículos sobre su obra en revistas especializadas.

Carlucci se presentó en la casa de la madre de Martín, en el Dock, y le dijo que su hijo había dejado una pequeña fortuna. Dado su estado mental la madre era la curadora. Le correspondía la administración del diez por ciento que se recaudaba por la venta de sus cuadros. Un año después Mariela pudo mudarse a un departamento grande que compró en Avellaneda.

Un día fueron juntos con Carlucci a visitar a Martín (o Carlitos) al asilo donde residía. Lo encontraron sentado en un banco, en el parque, mirando el cielo. No los reconoció. La madre se puso a llorar, pero al mismo tiempo le agradeció a Dios por la buena fortuna que tenía en la venta de los cuadros. Carlucci los fotografió y el fin de semana salió un artículo suyo con la fotografía en la Revista Cultural de *Clarín*. Martín Balestra había entrado por la puerta grande de la historia de la pintura en Argentina. El pintor del Dock Sud había sido capaz de comunicar de una manera original y única en su arte el horror de la miseria, del abandono y de la soledad de los pobres en la ciudad moderna.

Los chicos de La Boca

Carlos Delfiore era empleado de una distribuidora de galletitas en La Boca. Había vivido en el barrio toda su vida. Se había casado con Olga Juárez en la iglesia San Juan Evangelista, en calle Olavarría, en 1963. Tenían dos hijos, un varón y una mujer. El año en que ocurrió esta historia, 1998, Don Carlos, como todos lo llamaban, ya era un hombre mayor. Había cumplido sesenta años y esperaba jubilarse al cumplir los sesenta y cinco. Vivía con su mujer en un conventillo en Pinzón y Necochea, cerca de su trabajo.

Don Carlos operaba el montacargas. Iba y venía con la horquilla mecánica. Por la mañana bajaba las paletas de madera llenas de cajas de galletitas de los camiones que llegaban y las apilaba en el depósito. Recorría el galpón acarreando galletitas varias horas al día. Por la tarde, cargaba esas mismas cajas en furgonetas o pick ups que las distribuían en almacenes y supermercados de la ciudad. Sus principales proveedores eran Canale y Terrabusi.

Ese domingo de fines de febrero comieron muy ligero a mediodía. La noche anterior habían ido a la casa de su hija y la cena había sido abundante. Su esposa le había prometido preparar un estofado con tuco para la cena, así que reservaba su apetito para la noche. En el conventillo tenía fama de buena cocinera y los pibes de las familias vecinas siempre querían meter el pan en su olla para probar las salsas. Ella se quejaba, porque tenían las manos sucias.

El barrio estaba tranquilo, no había partido de fútbol. Cuando había partido, La Boca se llenaba de gente. En las esquinas aparecían las parrillas improvisadas, vendiendo choripanes, y los trapitos hacían subir los autos a los terrenos baldíos y a las plazoletas.

Su patrona lo mandó al súper de la calle Olavarría, que estaba abierto los domingos, a comprar una lata de tomates perita pelados, cebolla y queso rallado. Aunque no le gustaba demasiado hacer mandados los domingos, su día de descanso, no dijo nada. Imaginaba lo rico que iba a estar el estofado con tallarines esa noche. Se llevó la mochila y salió caminando por Necochea. Llegó a Brandsen y dobló hacia Almirante Brown.

Don Carlos le tenía cariño a su barrio, aunque reconocía sus problemas. Las calles estaban sucias, la gente tiraba basura en las veredas, había muchos perros sueltos que hacían de las suyas y los vecinos ya no eran los de antes. Aumentaron los robos, la inseguridad. Había desocupación y desempleo, y en Pedro de Mendoza se había instalado una villa miseria. Pero para él era su barrio, sería por su sangre italiana. Sus padres habían llegado allí a fines de la década del veinte. Como dice el tango, él había crecido en un conventillo de la calle Olavarría.

Muchos de sus amigos de la infancia y conocidos del barrio se habían ido de La Boca, pero él quería seguir viviendo allí. El conventillo era para él su casa. Se conocían todos, vivían siete familias. Ya no quedaban demasiados conventillos en el barrio. Los pobres preferían irse a vivir a las villas, donde no pagaban luz. Las villas les resultaban más seguras que los barrios pobres, la policía no se metía en ellas. En La Boca la policía era brava y los vecinos le temían.

Quedaban pocos italianos o hijos de italianos viviendo en La Boca. Los había reemplazado la gente del interior: tucumanos, santiagueños, jujeños, y los nuevos inmigrantes: paraguayos, peruanos, bolivianos y chinos. Los chinos eran los dueños de todos los mercaditos nuevos. Les ponían grandes puertas de rejas para evitar los robos, pero los ladrones, así y todo, se las ingeniaban.

Don Carlos se fue caminando por Brandsen y cruzó la Avenida Almirante Brown. Como era goloso se tentó, y enfiló a la panadería de Brandsen y Martín Rodríguez para comprarse unas facturas. Eran su debilidad. Escogió tres medialunas de grasa y tres facturas de crema pastelera. Sacó una medialuna y una de crema del paquete y guardó el resto en su mochila para el mate de la merienda. Estaba de buen humor. Siguió caminando por Brandsen con una factura en cada mano. Le daba un mordisco a cada una alternativamente y disfrutaba de la generosidad de Dios, que había inventado las facturas.

Pensó que no necesitaba ir directamente al mercadito, era temprano, su mujer no empezaría a cocinar hasta más tarde. Tenía tiempo, podía caminar por el barrio, el día estaba lindo. Decidió pasar por la Bombonera, su club. Boca Juniors era la institución más importante de La Boca. Su cancha, más que una cancha, era, para los futboleros como él, una catedral. Llegó al club, pasó frente a la puerta de entrada de la sede y dobló hacia la derecha. Corrían cerca las vías semiabandonadas del ferrocarril de carga y se abrían los campitos y potreros donde los muchachos del barrio jugaban al fútbol.

Allí hacían sus picaditos los pibes y los no tan pibes. Corrían, pateaban, discutían: las interminables disputas del fútbol jamás llegaban a un acuerdo. Esa tarde, como a doscientos metros, Don Carlos vio que estaban jugando un picado. Mucho más cerca, como a cincuenta metros, vio a dos pibes de unos doce años que parecían buscar algo en el pasto. Pensó que se les habría caído alguna moneda. Hablaban y gesticulaban. Don Carlos, curioso, se acercó y les preguntó qué ocurría. Los chicos le pidieron ayuda. Dijeron que se les había caído una pelota en un pozo. Don Carlos se preguntó de qué pozo hablarían. Miró hacia donde estaban parados y entonces lo vio. Era un orificio como de cincuenta centímetros de diámetro abierto en la tierra. Un hundimiento, el terreno había cedido.

Uno de los chicos quería meterse para agarrar la pelota. Don Carlos le dijo que no lo hiciera, podía haber agua, y después… ¿cómo iba a salir? El chico le explicó que no podía perder la pelota, era una de cuero que le había regalado su padrino para el día de Reyes. Además, si la perdía su mamá lo mataba. Y los pibes de su cuadra iban a pensar que se la habían robado, y que era un maricón. El viejo se acercó al borde del pozo y miró hacia adentro. No se veía el fondo, pero se notaba que era profundo. Los dos chicos lo agarraron de los brazos como para sostenerlo.

- ¿Ud. ve algo, diga? - le preguntó uno de ellos.

No había terminado de preguntar cuando el borde del pozo cedió y los tres cayeron revueltos en la tierra y el polvo por varios metros.

Cuando por fin tocaron fondo Don Carlos empezó a palparse el cuerpo. Tenía miedo de haberse lastimado. Pero no sentía ningún dolor fuerte. Había caído de espalda y la mochila le amortiguó el golpe. Les preguntó a los pibes si estaban bien. Le respondieron que creían que sí. Don Carlos miró hacia arriba, era difícil saber cuántos metros habían caído. Le costaba moverse, a su alrededor la tierra estaba floja y se hundía. Llegaba poca luz de afuera. No podía ver bien. Bajo su espalda tocó algo duro, parecían ladrillos sueltos. Empezó a desembarazarse de la tierra que lo cubría. Los chicos hicieron lo mismo. Al fin se pusieron de pie.

Estaban dentro de lo que parecía ser un túnel. Seguramente el techo estaba agrietado y se había abierto. Se produjo un derrumbe y ellos cayeron. Don Carlos inspeccionó el recinto, alejándose de la zona del derrumbe. Los chicos lo siguieron. Las paredes del túnel eran de ladrillo. Vieron que era bastante largo y al fondo había una luz. Era un foco eléctrico. Ese túnel estaba activo. Había humedad, corrían hilos de agua por el suelo y se sentía mal olor. A un costado vieron un gato muerto. Caminaron en dirección a la luz.

El túnel terminaba en una pared. Miraron en dirección opuesta: la zona del derrumbe parecía ser el otro límite del túnel. A Don Carlos le pareció todo muy misterioso: era un túnel bien construido y tenía luz. En el muro del fondo vieron una escalera de hierro adosada a la pared. Los chicos no decían mucho, se veía que tenían miedo. Esperaban que Don Carlos propusiera algo. Les señaló en el techo, por encima de la escalera, una puerta-trampa.

-Podemos subir y abrirla - dijo uno de ellos.

Parecía una salida. No sabían con que podían encontrarse. Era peligroso. Antes de intentar abrir la puerta-trampa, dijo Don Carlos, iba a intentar avisar a los de afuera que se habían caído al pozo. Tal vez alguien los escuchara. Que supieran al menos que había gente ahí abajo. Volvieron al área del derrumbe. Se pusieron todos a gritar y a pedir ayuda. Nadie respondió. Se filtraba muy poca luz desde el exterior. Era una pérdida de tiempo.

Regresaron hacia donde estaba la escalera de hierro. Don Carlos dudó si subir él o mandar a alguno de los pibes. ¿Qué habría arriba? ¿Adónde daría el túnel? Era una construcción antigua, de muchos años atrás. Finalmente le pidió a uno de los chicos, Rodrigo, que parecía ser el más ágil (el otro era bastante gordito), que subiera y tratara de abrir la trampa. El pibe le hizo caso. Trepó por la escalera de hierro y corrió el pasador de la puerta, que se abrió sin dificultad. Don Carlos y el gordito Víctor le preguntaron qué se veía. Dijo que parecían las gradas del estadio de Boca, vistas desde abajo.

Don Carlos y Víctor subieron y los tres se metieron en el recinto. Había bastante luz natural. Se filtraba por unas aberturas muy angostas, alargadas, que había en la parte superior de los muros. Era un sitio grande. El techo de gradas invertidas descendía lentamente hasta tocar el suelo. Tenía el ancho de la tribuna. Caminaron a lo largo de las tres paredes rectas a ver si descubrían una puerta para salir al exterior. Nada. La luz que se filtraba por las aberturas del muro, que seguramente daba a la calle, fue disminuyendo de intensidad. Estaba atardeciendo. No sabían cuánto tiempo había pasado desde el derrumbe, ninguno de los tres tenía reloj. En esa época no anochecía hasta después de las ocho de la noche. El piso interior tenía que estar al mismo nivel de la vereda. Se pusieron a gritar y a pedir ayuda. Nadie pareció escucharlos. Ellos tampoco podían oír ruidos de afuera. El grosor de los muros y el ancho mínimo de las aberturas verticales los aislaba del exterior.

Don Carlos volvió a observar el sitio en donde estaban. Debía tener unos quince metros de ancho por veinte de largo. Le extrañó que no lo usaran como depósito o para alguna actividad deportiva. No tenía ninguna puerta visible al exterior. Pensó que allí se podía hacer una buena cancha para practicar básquetbol. Quizá el club no estuviera al tanto de la existencia de ese espacio o prefiriera no utilizarlo por alguna razón. Iban a tener que pasar la noche allí. Don Carlos pensó en su mujer, que lo estaría buscando. Los chicos dijeron que sus mamás estarían preocupadas. Estaba cada vez más oscuro.

El gordito Víctor dijo que tenía hambre. Don Carlos se acordó de las facturas. Las sacó de la mochila. Estaban aplastadas. Le dio una medialuna de grasa a Rodrigo, una de crema pastelera a Víctor y se comió la otra. Luego repartió la medialuna que quedaba entre los tres. Comieron con ganas. No tenían nada para beber. Don Carlos pensó, al ver la mochila vacía, que no había hecho la compra. Imaginó lo asustada que estaría Olga, él nunca pasaba tanto tiempo fuera sin avisarle dónde se encontraba. Lo estaría esperando en la puerta del conventillo. ¿Habría preparado la salsa para el tuco? Quizá alguna vecina le hubiera prestado una lata de tomate. Se tanteó el bolsillo derecho del pantalón. Allí tenía el dinero que le había dado su mujer para ir al mercado. En esos momentos, pensó, el dinero le servía de muy poco.

Víctor dijo que su mamá debía estar esperándolo para comer. Él siempre regresaba a la hora de la cena. Hacía un poco de frío. Rodrigo se quejó. El piso era de cemento y estaba húmedo. Parecía que estaban metidos dentro de una tumba. Don Carlos se dijo que a lo mejor todo eso estaba ocurriendo dentro de una pesadilla y en la realidad estaban muertos. La única salida de ese sitio parecía ser la puerta-trampa que daba al túnel. Lo mejor sería volver allí a ver si encontraban alguna manera de escapar. Don Carlos tanteó en la oscuridad hasta que tocó la puerta-trampa en el piso. La abrió. Vio que abajo estaba totalmente oscuro. El foco de luz no estaba encendido. Se había quemado o lo habían apagado. Cerró la puerta-trampa. No tenían más remedio que pasar allí la noche. Se tendieron en el suelo frío. Se acurrucaron unos contra otros. Había bajado la temperatura. Temblaban un poco. Don Carlos les preguntó donde vivían. Le dijeron que en la villa nueva de Pedro de Mendoza, cerca de la plaza Solís. Era una villa miseria en formación. Sus habitantes habían ocupado casas abandonadas y algunos terrenos baldíos. Don Carlos les contó que él vivía en un conventillo en Pinzón y Necochea. Dijo que su mujer no tenía trabajo y se quejó de su situación. Sus hijos eran grandes y ya estaban casados. No les hacían caso. Les costaba sobrevivir. Se quedaron callados y al rato se durmieron.

Varias horas más tarde un fuerte ruido metálico los despertó. En el techo apareció un haz de luz. Tenía que ser una linterna. Seguramente había, oculta en las gradas del estadio, una puerta-trampa que daba al recinto donde estaban ellos, y no la habían visto. Escucharon voces. El haz de luz iluminaba el centro del lugar, como buscando algo. Se quedaron quietos, no sabían quiénes podían ser. Víctor iba a hablar y Don Carlos le tapó la boca. El techo era muy alto, nadie podía bajar de allí, a menos que introdujera una escalera, o se descolgara en una cuerda. De pronto la linterna iluminó una soga que bajaba desde la altura, con un bulto. Era como un gran bolso. Cuando tocó el piso largaron la soga adentro del recinto. Don Carlos pensó que eran ladrones y dejaban algo allí con la intención de ocultarlo. No sabía qué podía ser. Se dio cuenta del peligro. Creían que no había nadie y, si los veían, les podía costar caro.

La puerta-trampa del techo se cerró. Todo quedó en silencio. Los chicos estaban temblando. Pasaron varios minutos. Los ojos se fueron acostumbrando a la oscuridad y empezaron a distinguir los contornos de las cosas. Los tres se levantaron y caminaron hacia la bolsa. Era pesada y parecía llena de objetos. Don Carlos la abrió. Tocó algo frío adentro, lo tomó y lo sacó. Era una pistola. Los chicos la palparon. Después Don Carlos sacó un objeto más grande y pesado. Era una ametralladora. Palpó más pistolas. Buscó a ver si había dinero. No, sólo armas. Regresaron adonde estaban. Se tendieron en el suelo y se acurrucaron todos juntos otra vez. Tenían frío. Les dijo a los chicos que se durmieran. Cuando amaneciera verían qué hacer.

El viejo no podía dormir. Pensaba en su esposa. ¿Le habría avisado a la policía? Si no lo había hecho ella, seguro que las madres de los chicos habrían ido a la comisaría. Los estarían buscando. Pero... ¿cómo podían saber que se encontraban bajo el mismísimo estadio de Boca?

Amaneció. Don Carlos ya no podía dormir más. Se puso a pensar en todo lo que había vivido. Después despertó a los chicos y les dijo que tenían que salir de allí pronto, antes que los que escondieron las armas regresaran. No tenían idea de quiénes eran ni qué podían hacerles si los veían. Víctor supuso que podían ser los de la barra brava de Boca, que eran todos chorros. Rodrigo dijo que los de la barra eran unos turros, unos pobres tipos, y los que bajaron las armas tenían que ser delincuentes de más categoría, narcotraficantes, o ladrones de autos. En la villa él tenía un vecino narco. Llevaba drogas en una avioneta a Paraguay. Don Carlos dijo que los paraguayos contrabandeaban drogas a Europa, era un secreto a voces. Rodrigo le aconsejó a Don Carlos que se llevara algún fierro, esas armas valían mucha plata. El gordo Víctor estuvo de acuerdo. Don Carlos le contestó que él prefería no tener armas, no quería ir preso. Rodrigo aseguró que en la villa él podía esconder fácilmente una pistola y, si hacía falta, la podía vender. Fue a la bolsa y agarro una 38. Dijo que con una estaba bien, no quería llevar más.

- Si tenemos algún problema, yo los defiendo - se jactó.

Abrieron la trampa del piso y bajaron al túnel. Ahora la luz estaba encendida. No había nadie. Buscaron a ver si encontraban un pasadizo o puerta disimulada en alguna de las paredes. Nada. Se acercaron al sitio del derrumbe. Casi no llegaba luz desde el exterior. Alguien debía haber cubierto el agujero del techo del túnel con ramas y hojas.

Empezaron a gritar y dar voces a ver si alguien de afuera los escuchaba. Nadie respondió. El tiempo fue pasando. Tenían miedo de que llegaran los de la banda a buscar las armas. El viejo pensaba en su mujer. Se sentía culpable. No quería quedarse otra noche allí. Se empezaron a desesperar. Tenían hambre y sed. Don Carlos volvió a recorrer el túnel. Encontró tirado en un costado un palo largo. Tuvo una idea. Lo levantó, fue hacia el sitio donde habían caído e introdujo el extremo del palo en el agujero del techo. Llegaba bien. Con cuidado hizo caer parte de la tierra y las ramas que impedían que entrara la luz de afuera. Los chicos, entusiasmados, lo alentaban y le ayudaron a sostener el palo, que era algo pesado. Dirigió luego la punta a los bordes del orificio, a ver si podía agrandarlo. La tierra fue cediendo. Empezaron a percibir ruidos, voces lejanas, bocinas de autos. Eso los llenó de esperanzas. Se pusieron a gritar y a pedir auxilio. De pronto oyeron una voz que les hablaba desde arriba. Había alguien. Gritaron que habían caído al pozo y no podían salir. El hombre les respondió que aguantaran, les iba a tirar una soga. Cayó una soga con una piedra atada a la punta. Les avisó que los iba sacar de a uno. Tenían que poner los dos pies sobre la piedra y agarrarse a la soga. Primero salió Rodrigo, después Víctor y por último el viejo, que se esperó hasta el final, como un capitán de barco.

Los había salvado un ciruja, que pasaba con su carro por allí. Llevaba chapas y cartones que había encontrado y recogido en las calles de La Boca. Se detuvo un momento en el campito para que descansara su caballo y los escuchó. Tuvo la idea de arrojar la soga con la piedra y tiró con el carro hasta sacarlos del túnel a todos. Unos chicos del barrio, que estaban jugando al fútbol en el campito vecino, curiosos, se acercaron a ver qué pasaba. Vieron que ellos iban saliendo del pozo y se extrañaron. Les preguntaron qué les había ocurrido. Los tres se miraron y se dieron cuenta que no les convenía decir la verdad. Les explicaron que se habían acercado al pozo y la tierra cedió. No podían salir y ese señor por suerte los ayudó. Les preguntaron cuánto hacía que se habían caído. Les respondieron que no estaban seguros, probablemente una hora. El ciruja les dijo que no los molestaran y siguieran jugando al fútbol. Le dieron las gracias al hombre y se fueron caminando los tres juntos.

Habían estado todo el segundo día encerrados en el túnel. Faltaba poco para que oscureciera. Don Carlos se dio cuenta que se había dejado la mochila abajo. Dejaron atrás el estadio de Boca. El viejo le dio una última mirada admirativa a la Bombonera. Quién hubiera dicho que había estado en su mismo vientre, que ahora conocía sus secretos. Juró que nunca se los iba a revelar a nadie.

Les dijo a los chicos que era tarde y se iba a su casa a ver a su mujer. Rodrigo, muy serio, le avisó que no se podía ir todavía. Le hizo una historia que Don Carlos no supo si debía creer. Le pareció exagerada. Ellos, dijo Rodrigo, no habían ido a los potreros realmente para jugar a la pelota. Lo habían engañado. Esa tarde habían salido a robar. Tenían que volver a la casilla donde vivían con plata, sí o sí. Eran medio hermanos y su madre les pegaba si no traían dinero. Se drogaba y si no conseguía nada para tomar o inyectarse le daba un ataque de furia, se ponía como loca.

Ellos pasaban por allí y vieron el pozo. Les llamó la atención y se acercaron. Sentían curiosidad. Cuando llegó él, pocos momentos después, decidieron robarle e inventaron lo de la pelota. Le dijeron que se les había caído adentro y le pidieron ayuda. Él les creyó y se distrajo. Miró dentro del pozo. Lo habían tomado ya de los dos brazos para inmovilizarlo y meterle la mano en los bolsillos y pasó lo que pasó, un accidente. Terminaron los tres dentro del túnel. Don Carlos quiso tranquilizarlos y les dijo que le daba lástima que estuvieran en esa, él los comprendía, también era pobre, pero tenía algo de plata y se las daba.

Como un amigo. Lo que quería era irse y ver a su esposa. Necesitaba abrazarla. Había estado mucho tiempo fuera, ella se preocupaba. Seguro que estaba mal. Sacó el dinero de su bolsillo y se lo entregó a Rodrigo.

Los muchachos lo contaron y le dijeron que eso era muy poco, necesitaban más dinero. Antes de separarse e irse a su casa, tenían que hacer un robo juntos. Él los tenía que ayudar. Don Carlos les dijo que no podía, nunca había robado. Él trabajaba. Era empleado de un depósito de galletitas. Los chicos le dijeron que era fácil, lo iban a hacer entre los tres. Y que después del robo necesitarse cuidarse. No podía decir nada. Si hablaba estaba frito. Rodrigo lo miró amenazante y le mostró el revólver. Don Carlos, intimidado, trató de calmarlos. Les dijo, con tono paternal, que eran muy chicos y no sabían lo que hacían. Rodrigo, enojado, le pegó con el costado del revólver un golpe en la cabeza. Don Carlos cayó al suelo. Lo levantaron entre los dos y siguieron caminando.

Llegaron a la calle Martín Rodríguez y doblaron. En la esquina de Suárez vieron un supermercado chino. Víctor lo observó con cuidado, como alguien que entendía. Dijo que era fácil de robar. Cerraba a las diez de la noche. La mejor hora para robar allí eran las nueve, cuando la caja tenía más plata. Preguntaron la hora a un señor que pasaba, eran las siete y media.

Tenían hambre y sed. Decidieron ir a comer algo. Víctor propuso la pizería Banchero. Pagarían con la plata de Don Carlos. El viejo sufría, era el dinero para las compras que le había dado su mujer.

Rodrigo se metió el revólver en el cinturón del pantalón, y lo cubrió bien con la camisa. Tenían la ropa sucia. En la pizería llamaron la atención. Los hicieron sentar. Era lunes y no había demasiados clientes. Los turistas, que siempre merodeaban por La Boca, ya se habían ido. En la calle no se veían policías. A esa hora la mayoría de los negocios ya habían cerrado, excepto los mercados, los cafés y los restaurantes.

Don Carlos trató de hablar con los pibes y convencerlos de que no hicieran un disparate. Le dijeron que era un cagón, y que si no se callaba la iba a ligar. Les preguntó a qué escuela iban y los pibes se le rieron. Don Carlos pensó en su esposa. Estaba muy ansioso. Les dijo que iba al teléfono público para llamarla y avisarle que estaba bien. Le ordenaron que se quedara sentado y no se hiciera el vivo. Don Carlos trató de calmarse y se dijo que esa noche iba a volver al conventillo e iba a poder estar tranquilo en su pieza, con su mujer. Le dijo a Víctor que él seguramente era más grande de lo que parecía. Le respondió que había cumplido trece años en diciembre. Le preguntaron su edad. Había cumplido sesenta en septiembre del año pasado.

Hacía calor. Al mes siguiente terminaría el verano y empezaría el otoño. El mozo trajo una piza de muzarela, que los chicos se dispusieron a devorar. Les sirvió Coca-cola. Don Carlos dijo que para él piza no. Tenía sed y necesitaba un vaso de vino. Volvió con una jarrita de tinto y dos empanadas de carne. Se las veía riquísimas. Víctor le preguntó si conocía la villa que estaba en Pedro de Mendoza, debajo de la autopista a La Plata. Ellos vivían ahí. Don Carlos les respondió que había pasado cerca pero no había entrado. Los pibes se rieron.

- ¡Más te vale - le dijo Rodrigo - porque ahí te culean!

Los pibes le contaron que tenían amigos en el Dock Sud, frente a La Boca.

- El Doque está lleno de aguantaderos - dijo Víctor.

Don Carlos les preguntó qué les gustaría ser cuando fueran grandes. Se le burlaron.

- ¿Y a vos qué te gustaría ser? - le dijo Rodrigo.

Lo ofendía que esos mocosos se le rieran en la cara. Pero, a pesar que eran pequeños, les tenía miedo. Ya lo habían golpeado. Eran decididos. ¿Por qué querían que fuera con ellos? ¿Qué ganaban? Quizá pensaban que siendo él más grande podía intimidar al chino. O que lo podían usar de cabeza de turco si los buscaba la policía.

A las nueve pagaron y se fueron. Caminaron hacia el súper chino. Miraron desde afuera. Ya todos los empleados aparentemente se habían ido. Había solo un chino como de cincuenta años en la caja, seguramente el dueño. En las góndolas vieron a dos mujeres mayores comprando. Rodrigo, sin dudar, entró, sacó el revólver y le apuntó en la cabeza al chino.

- ¡La plata! - le gritó.

El chino levantó las manos. Víctor se adelantó y abrió la caja. Agarró una bolsa de plástico y empezó a meter la plata, que era bastante, en la bolsa. El chino temblaba. Las dos mujeres miraban, sin decir nada. Don

Carlos estaba junto a los chicos, aterrado. Nunca había hecho nada así. Rodrigo vio que el chino apretaba con la rodilla un botón rojo bajo la caja. Estaba avisando a la policía. Reaccionó con rabia y le dio un golpe en la cabeza con el revólver, y otro. El chino se fue inclinando y cayó al suelo.

- ¡Chino hijo de puta! - gritó Víctor.

Rodrigo le siguió pegando. El chino estaba tirado en el suelo, le sangraba la cabeza. La culata del revólver estaba llena de sangre.

- Vamos, vamos - dijo Don Carlos.

Salieron despacio los tres. Don Carlos creyó que lo habían matado. Se pararon en la puerta y miraron hacia los lados. Se fueron caminando por Suárez hacia Palos. A los pocos metros vieron a una señora que venía al supermercado. La mujer miró al viejo.

- Hola, Don Carlos, ¿cómo está? - lo saludó.

Don Carlos se quedó frío y no contestó. Siguió andando. La mujer llegó al supermercado y entró. Pocos segundos después se escucharon gritos. Los tres empezaron a correr. Los chicos doblaron en dirección al Riachuelo y se alejaron con rapidez. Víctor llevaba en la mano la bolsa con el dinero. Don Carlos no los siguió. No podía más. Dobló por Palos y se ocultó en un zaguán. Pocos minutos después pasó un patrullero a toda velocidad, con la sirena encendida. Don Carlos caminó en dirección opuesta, hasta Pinzón y dobló hacia Necochea. Había logrado escapar.

A medida que se iba acercando al conventillo se empezó a tranquilizar. Pensó en lo que le iba a decir a su mujer. Llegó y entró. Había varios vecinos en el patio y lo miraron. Se metió en su pieza. Su mujer estaba sentada frente al televisor. No sabía qué decirle.

- ¿Qué pasó? - le preguntó - ¿Y la mochila?

- La perdí - le respondió - Me robaron, me caí en un pozo - agregó.

- ¿Y en la cara qué te pasó?

- Me pegaron, tengo un poco hinchado - dijo.

Se tocó la cara.

- ¿No avisaste a la policía? - le preguntó a su mujer.

- No - respondió ella - pensé que me habías dejado, que te habías ido para siempre.

- ¿Por qué iba a hacerlo? - dijo Don Carlos.

- No sé – respondió ella.

Él le agarró las manos y luego la abrazó. Ella se puso a llorar. Se quedaron así en silencio, sin decir nada. Al viejo se le vencía el cuerpo por el cansancio.

Media hora después llegó la policía. Venían con la vecina que lo había visto frente al supermercado. Se los señaló.

- Acompáñenos - le dijo el Oficial.

Lo esposaron. Todos los vecinos se acercaron a ver qué pasaba.

- ¿Qué hiciste? - le dijo la mujer.

- Nada - respondió Don Carlos - Avisá en el depósito que no puedo ir a trabajar.

Lo metieron en el patrullero. Su esposa se quedó mirando como partía. La gente del conventillo estaba toda en el patio.

- Doña Olga - le dijo una señora - Ya va a volver, tómese un vasito de vino.

Doña Olga se sentó y se quedó mirando el piso, sin saber qué hacer. Y se bebió de a sorbitos el vaso de vino.

Los cirujas

Armando se puso otro pullover, saludó a su madre y salió de la casilla. Su hermano menor ya estaba junto al carrito, ajustando el espejo de bicicleta que había colocado en la tabla del costado. Armando le revolvió el pelo cariñosamente. Después agarró las varas y empujó. Las calles de la villa estaban envueltas en una luz opaca. El carrito se tambaleaba en los desniveles del camino. Juancho corrió hacia la parte de adelante y se echó en él. Por el espejito retrovisor espiaba a Armando. Le hizo una morisqueta y se rio. Pasaron por el campito. Unos chicos estaban jugando un picado. Armando vio como la pelota se perdía entre los pies de los jugadores en una nube de polvo. Uno de ellos levantó la mano saludándolos. Armando y Juancho hicieron lo mismo.

- Es el Cholo - dijo Juancho.

Sin responderle siguió la marcha. Cuando llegaron al asfalto ya era casi de noche. Armando detuvo el carro un momento. Una calle de casas bajas se abría frente a ellos. Había varios automóviles estacionados a lo largo de la cuadra.

Juancho bajó del carrito y se sentó en el cordón de la vereda.

- Vamos pibe, que hay que trabajar - dijo Armando.

Juancho fingió enojo, levantó los puños cerrados a la altura de la cara y desafió a su hermano. Lo esperó agazapado. Armando le siguió el juego. Juancho le tiró un golpe y otro. Su hermano le respondía con las manos abiertas. Poco después se detuvieron. Armando agarró las varas del carro y volvió a empujar. Las ruedas repiquetearon con monotonía en las irregularidades del asfalto. De pronto, una luz amarillenta iluminó la calle. Las ramas desnudas de los árboles proyectaron un tejido de sombras sobre las casas.

Armando le dio las varas del carro a Juancho y se lanzó en una carrera entrecortada contra los bultos blanquecinos arrinconados junto a las puertas de las viviendas. Los levantaba sin dejar de correr. Cargaba cuatro o cinco paquetes y volvía al carro. Juancho los iba acomodando. Al rato, Armando, fatigado, se detuvo. Su hermanito lo reemplazó. Recogía los envoltorios de basura mientras su hermano mayor empujaba el carro. Armando inspiró profundamente varias veces. Su respiración se sosegó. Minutos después le hizo señas a Juancho para que volviera y siguió él con el trabajo de la recolección.

Regresaron a la casilla pasadas las diez de la noche. El cielo se había despejado y brillaban algunas estrellas. Dejaron el carrito cargado de paquetes de basura a un costado y entraron. La madre y el padrastro ya se habían acostado y dormían abrazados en su catre. Ella escuchó el ruido y se levantó. Saludó a sus dos hijos y los besó.

- ¿Están bien? - preguntó.

Ellos asintieron con la cabeza. La madre encendió el calentador y preparó mate cocido. Sacó pan de una bolsa. Sobre la mesa había un plato con milanesas. Los chicos comieron en silencio. Se los veía cansados. Después de comer se fueron a acostar.

No había amanecido aún cuando el padrastro fue a despertar a Armando. Se levantó sin hacer ruido. Juancho dormía. La madre ya se había ido. Campos le tendió un tazón de mate cocido. Armando tiritó y se limpió la nariz.

- ¿No va a la escuela el Juancho? - preguntó Campos.

- No quiere ir más - respondió él.

Miró a su padrastro con su cara morena de adolescente hecho a la vida dura. Campos no dijo nada. Los había ayudado desde que al padre de ellos lo mató la policía. Los quería mucho.

Salieron. Hacía frío. Armando empezó a dar saltitos para calentarse. Estaba oscuro todavía. Campos enderezó las varas del carrito y empujó. Pasaron entre las casillas, bordeando la zanja de aguas servidas. El camino estaba poceado y la marcha era dificultosa. Anduvieron un rato.

A lo lejos se divisaba la masa heterogénea de chimeneas de la ciudad. El campo abierto traía un olor de pasto húmedo. El sol ya salía, como trepándose al horizonte. A los costados del camino fueron apareciendo montones de viruta oxidada sobre la tierra matizada de pasto. Después, montañas de basura que despedían un olor fuerte. Sobre ellas, algunos hombres se inclinaban, revolviendo con laboriosidad. Parecían hormigas.

- ¿Cómo va, Campos? - saludó uno.
- ¿Cómo va a ir? - respondió Campos, con voz ronca.

Dejaron el camino y se metieron por un sendero estrecho bordeado de pilas de basura. Junto a una de ellas, Campos volcó el contenido del carrito. Después, entre los dos, fueron abriendo cuidadosamente los paquetes.

- Hay bastantes latas y plástico - dijo Campos, aprobando.

Armando se sonrió.

- Yo saco el vidrio y las latas, vos el plástico y el cartón - agregó Campos.

Fueron apareciendo botellas de detergente, platos rotos, latas vacías, frascos de remedios, envases de desodorante. Los tenían que rescatar de entre los restos de comida: fideos gomosos, huesos mal descarnados, cáscaras de fruta. Tiraban lo que no servía en la montaña de basura y formaban pilas con todo lo útil.

Cuando terminaron, el sol ya estaba alto. Serían como las diez de la mañana. El olor que despedía la basura era más fuerte ahora. Varios de los otros también habían terminado. Estaban haciendo fuego al costado del camino, en una hondonada, protegidos del viento. Campos y Armando se acercaron al grupo. Uno les pasó una botella de vino y tomaron un trago. Armando se calentó las manos sucias en el fuego.

- Hoy nos tienen que pagar - dijo el Gallina.
- Vos Chancha, que sos el jefe… - dijo Campos - Hoy nos tienen que pagar.

La Chancha asintió con su cabeza enorme. Sus pequeños ojos miraron atentamente desde el fondo de su cara inflada.

- Se lo diré cuando lleguen, a ver qué pasa.
- Siempre se quejan. Dicen que juntamos pocas botellas y cajas de

cartón. Hacemos lo que podemos. Esto es lo que tiran los de la ciudad en la basura, no es culpa nuestra si no encontramos más - dijo otro.

- Hay que ponerse firmes hasta que aflojen y paguen lo que nos deben - agregó el Gallina.

Armando y Campos permanecieron junto al fuego en silencio. Armando se recostó a un lado sobre la tierra. Contrajo su cuerpo, como para retener el suave calor de los rayos del sol de invierno. Pensó en su madre, que a esa hora estaría limpiando los baños de las oficinas en el centro. Ella era muy buena, les pedía que estudiaran. "Vayan a la escuela - les decía - Déjenme el trabajo a mí."

Él a los once años había abandonado la escuela. No le gustaba. La maestra los trataba mal.

- ¡Todos Uds. son iguales! - les decía - ¡No hacen nada!

Y ahora Juancho no quería ir más. No sabía por qué. Su hermana mayor, la Julia, tampoco había terminado la escuela primaria. Se había ido de la casa y decían que hacía su vida por ahí. Tenía dieciocho años y era linda. Andaba bien vestida, pero no los ayudaba. La veían poco.

Él hacía cuatro años que tiraba del carrito, todas las noches y las mañanas, si no no se podía, la plata no alcanzaba. Suerte que Campos estaba con ellos. Hacía ya tres años que vivía con su madre. Un año después de que a su papá lo matara la policía. Campos había sido amigo del padre. Siempre les hablaba bien de él. Armando sentía admiración por Campos. A veces, por la tarde, después de trabajar juntos en los basurales, salía a ayudarle con las changas: algunos días tenían que hacer un pozo ciego para una cloaca, otros levantar una pared o descargar ladrillos.

Como a las diez y media se divisó al final del camino una nube de tierra. Eran dos camiones, precedidos por un auto blanco, que se aproximaban. Todos se pusieron de pie. Enseguida llegaron. Los vehículos frenaron, levantando polvo. Del auto descendió el Rubio. Armando lo conocía, lo había visto una vez con su hermana. Estaba vestido con un traje color natural que lo hacía más alto. El viento agitaba sus cabellos. Saludó con la mano y levantó sus anteojos ahumados sobre su cabeza para ver mejor. Los hombres lo rodearon. La Chancha, que era el líder del grupo, fue el primero en hablar.

- Hoy nos tienen que pagar - le dijo.

- No se apuren, muchachos - respondió el Rubio

- Hace quince días que nos tendrían que haber pagado.

- Esa plata ya la tenemos ganada de hace rato - dijo Campos.

- Uds. saben que somos generosos, lo que les pagamos nosotros no se los paga nadie. Tendrían que estar agradecidos - continuó el Rubio - ¿Qué hacen Uds.? Juntar basura. Es un trabajo fácil. Lo puede hacer cualquiera.

- Ud. sabe que somos de pocas palabras. No nos envuelva con tanto discurso. No podemos esperar más. O nos paga o no se lleva el plástico, el cartón, y todo lo que recogimos - dijo la Chancha.

Todos se miraron. Eso no lo habían acordado, pero nadie dijo nada.

- Nos tiene que pagar ahora - continuó.

- ¿Yo les dije que no les iba a pagar? - dijo el Rubio.

Permaneció unos segundos callado, como pensando.

- No entienden - agregó - ¿Se creen que nos vamos a quedar con la plata de Uds.? Hubieran tenido un poco de paciencia.

Se volvió y entró en el auto buscando algo. Los camioneros, atrás, observaban sin bajar de los vehículos. El Rubio salió con una cajita de metal azul. La abrió y un fajo de billetes apareció a la vista de todos. Los tomó y se los dio a la Chancha.

- Para que vean que cumplimos - dijo.

La Chancha los contó rápidamente.

- Esto es menos de la mitá - dijo con desagrado.

- Eso es todo - contestó el Rubio. Se arregló el nudo de la corbata, y después se puso a jugar con la solapa del saco, manteniendo sus brazos a la altura del pecho.

- Las entregas anduvieron flojas últimamente, Uds. lo saben. No podemos pagar más si no recogen la cantidad de cartón, de vidrio, de plástico que nosotros esperamos - agregó.

Los hombres se miraron, confundidos. La Chancha no sacaba la vista de los billetes que tenía en la mano. Su gran abdomen se movía al ritmo de su respiración agitada. Tenía la cara congestionada. Miró al Rubio.

- Nos tiene que dar todo ahora - dijo con voz pastosa - Queremos lo que nos debe.

El Rubio se estremeció. La Chancha dio un paso adelante. El Rubio, con movimiento nervioso, metió la mano dentro del saco y extrajo una pistola. La Chancha, enceguecido, se le echó encima. El Rubio no disparó. La Chancha lo tomó por la muñeca.

- ¡Soltá, hijo de puta! - gritó el Rubio.

La Chancha apretó más. Empezaron a forcejear. Los demás los rodearon. En el centro, el Rubio trataba de zafar su mano armada de la de la Chancha, firme como tenaza. En un esfuerzo desesperado por soltarse concentró todo el peso de su cuerpo sobre la mano derecha. Aún sostenía la pistola. Giró bruscamente el brazo. Sonó un tiro. Campos dio un paso adelante y se arrodilló lentamente. Se llevó la mano derecha al pecho como para contener el chorro de sangre que brotó de él. Fue cayendo hasta tocar el suelo, estiró su cuerpo sobre la tierra y quedó de espaldas.

La Chancha se acercó al cuerpo de Campos, se agachó con dificultad y lo dio vuelta. Sus ojos estaban muy abiertos. No podían hacer nada. La respiración se volvió ronca y entrecortada. Pronto cesó. Estaba muerto.

- ¡Esto es culpa de Uds.! - gritó el Rubio.

Nadie atinó a moverse. El grito histérico del Rubio no los conmovió. Parecían absortos en la contemplación de la muerte. A Armando lo recorrió un temblor. No podían quitar la vista del cadáver. Era un imán que atraía más y más. El silencio, como un luto, se había apoderado de todas las gargantas. Ninguno, excepto Armando, atinó a levantar su corazón por encima de la desgracia. Otra ráfaga nerviosa hizo que su cuerpo vibrase. Bajó la vista, y vio en el suelo, junto a sus pies, un trozo de vidrio largo y puntiagudo, como un cuchillo, que brillaba bajo el sol frío del invierno. Armando se agachó y lo agarró. Llevó inmediatamente su mano hacia la espalda, para que los otros no se dieran cuenta. Apretó el trozo de vidrio hasta que un hilo de sangre tibia le bajó por la mano y continuó hacia el suelo, en forma de gotitas espaciadas.

Sus ojos se clavaron con odio en la cabeza del Rubio, que le daba la espalda. La pistola colgaba de su mano derecha. Armando dio un paso hacia él, levantó su brazo terriblemente armado y descargó un golpe fulminante. La punta sucia del vidrio filoso se hundió en la cabellera espesa del Rubio, a la altura de la nuca. La sangre tiñó súbitamente sus cabellos de oro. Después cayó a tierra con todo el peso de su cuerpo. Era un hombre muerto. Su cara quedó sumergida con odio en el polvo, como para comérselo. A su lado, el cadáver sereno de Campos tenía los ojos abiertos, y parecía contemplar el cielo. La flor abierta de su corazón no había dejado de disparar efusiones de sangre.

Armando, elevado por su decisión y su valor, parecía crecer junto a los cadáveres, en su figura de vengador. Arrojó al suelo el arma precaria y dolorosa que había utilizado. El polvo la cubrió de un fino manto. El ruido de los camiones, al ser puestos en marcha, hizo reaccionar al grupo.

- ¿Y esos? - preguntó uno, señalando los camiones.

- Los camioneros lo vieron todo - dijo la Chancha - No podemos hacer nada. Mejor que se vayan.

El conductor del primer camión tenía la cara pegada al parabrisas. Era un hombre joven, con el pelo muy corto y bigote grueso. La Chancha le hizo señas de que se fuera. El primer camión giró con dificultad. El otro lo siguió.

- ¿Y ahora…? - preguntó el Gallina.

- Ahora va a caer la cana - respondió uno.

La Chancha levantó los brazos y se puso en el centro del grupo. Lo rodearon con impaciencia.

- Muchachos - dijo - que ninguno hable. Aquí nadie sabe nada. Váyase cada uno a su casa.

No era momento de discutir. La situación no lo permitía. Los cirujas fueron hacia donde estaban sus carritos, los sacaron por entre la basura y formaron una lenta columna entre el rechinar de ruedas y el polvo. Pasaron, en silencio, por delante de la Chancha y Armando y salieron al camino.

El adolescente, con una expresión de tristeza profunda, miró a sus compañeros. Sus labios gruesos parecían tallados en piedra. Sus pómulos querían salirse de su cara. El sol daba de lleno en su piel morena. La Chancha le entregó una parte del fajo de billetes que le había dado el Rubio. Armando le agradeció con la cabeza y se lo metió en el bolsillo.

- Les dije que se callaran, vos viste - le explicó - pero la policía nos va a buscar. Lo vieron los camioneros. Alguno va a hablar.

Armando lo miró agradecido. Sus ojos reflejaban sorpresa e incredulidad ante lo que había ocurrido.

- ¿Cuántos años tenés? - le preguntó la Chancha.

- Quince - respondió.

- Él mató a Campos. Vos de rabia lo mataste a él. Sos chico. No tenés edad para andar escapando. No te pueden dar mucho. Te van a mandar a una cárcel para jóvenes, seguramente. Entregale la plata a tu vieja - dijo la Chancha, como para convencerlo y convencerse de que eso era lo que más convenía.

Armando señaló el cuerpo de su padrastro e interrogó al líder con la mirada.

- Mejor dejalo donde está - dijo la Chancha - Andate a tu casa y estate tranquilo. Cuando la policía nos pregunte yo les diré que nos salvaste. Él estaba armado. Mató a Campos. Era peligroso. Dejá tu carrito aquí, yo te lo llevo más tarde.

Armando dio medio vuelta y empezó a caminar. Lloraba. Volvió su cabeza para mirar los cadáveres. Le dieron ganas de regresar y abrazar a Campos. Se contuvo. Apretó los dientes como para aguantar la pena de su dolor.

A la distancia el horizonte de chimeneas de las fábricas de la ciudad exhalaba un humo negro. Parecía una gran usina que devoraba todo.

Pronto Armando alcanzó las primeras casillas de la villa. Paredes de madera vieja cubiertas en parte con latas de Motor Oil y Nestlé. Siempre medio chuecas, como si se quejaran de su miseria. Vio una canilla y se acercó. Tomó un sorbo de agua y luego lavó su mano herida. Ya había dejado de sangrar. Llegó a su casa. Entró. Su madre estaba con Juancho.

- ¿Campos cuándo viene? - le preguntó, al verlo solo.

- Pronto - respondió Armando.

Miró a su madre y a Juancho.

- ¿Querés mate? – dijo ella, extendiéndole un tazón.

Sumergió en el tazón un pedazo de pan. Le gustaba mojarlo. Sentir el gusto fuerte del mate y el calor que le chorreaba por los labios. La puerta de la casilla dejaba filtrar un aire frío por las rendijas.

- Hay que arreglar la puerta – dijo, ensimismado.

- Arreglala vos - dijo Juancho.

- Ya la va a arreglar Campos - dijo la madre.

Se recostó en la cama. Sacó del bolsillo el fajo de billetes sin que lo vieran, levantó la punta del colchón que estaba más cercana a su cabeza y lo metió debajo. Hundió blandamente la cabeza en la almohada y estiró el cuerpo. Suspiró y se dejó vencer por el sueño. Al rato despertó. Se sintió tranquilo, el miedo había pasado. Ahora su mente estaba clara y pensaba con rapidez. Le parecía mentira lo que había sucedido. Había matado al Rubio. ¿Qué hacer? ¿Decirle todo a su madre? Imposible, no le saldrían las palabras. ¿Qué sería de ella ahora sin él y sin Campos? Juancho era aún muy chico, no podía trabajar solo con el carrito. Necesitaba ayuda.

La policía vendría pronto a buscarlo. Tal vez fuese mejor escapar. Pero no. Lo buscarían y después la policía lo mataría como a su padre. La Chancha le había prometido que lo iba a ayudar. Quizá mandara a algún chico para que empujara el carrito con Juancho. Había dejado suficiente dinero bajo el colchón como para que su madre tuviera sus necesidades cubiertas por un tiempo. La guacha de su hermana a lo mejor iría a llorar al Rubio. Estaba contento de haberlo matado. Había vengado a Campos. Se sentía un hombre. El Rubio ya no iba a hacer más daño a nadie.

Escuchó el ruido del motor de un coche que se acercaba. Una vecina gritó. Venían a buscarlo seguramente. Lo llevarían preso. La puerta de la casilla se abrió bruscamente y entró un policía armado con una pistola. La madre se llevó la mano a la boca para contener un grito. Él se incorporó lentamente en la cama sin dejar de mirar al policía.

- ¿Vos sos Armando Larrosa? - preguntó el oficial.

- Soy yo - dijo Armando.

Se hizo un silencio extraño. El policía se llevó la mano izquierda a la cara para alisarse el grueso bigote negro. Después levantó el brazo armado, le apuntó a la cabeza e hizo fuego.

La carnicería

A Carlitos Vacareza le fascinaban las carnicerías. Se había criado en un conventillo de Pinzón y Necochea, en La Boca. Su vecino era carnicero, y cuando tenía diez años lo llevaba con él a su local, en Palos y Olavarría. Su madre le dio permiso, pero le encomendó a Don Emilio que lo cuidara, que no lo dejara agarrar los cuchillos, se podía cortar. A Carlitos le gustaba el olor de la carne, tocar su frescura. Le gustaban las tiras de asado, el lomo, el peceto. Él gozaba estando en la carnicería. Le tenía miedo, eso sí, a la sierra eléctrica. Disfrutaba viendo como Don Emilio conversaba con las clientas, los chistes que les hacía, los comentarios groseros, las risas. En una palabra: soñaba con ser carnicero. Su madre trabajaba de sirvienta, y el novio de su madre (Carlitos no tenía padre conocido), que algo le ayudaba con el alquiler del cuarto, era empleado del supermercado Día, en la esquina de Almirante Brown y Pérez Galdós.

A Carlitos la escuela no le interesaba mucho. Iba a la primaria de Aráoz de Lamadrid, de jornada completa. Allí le daban el almuerzo, y eso tenía a la madre contenta. A los doce años le dijo que quería trabajar en la carnicería de Don Emilio. El carnicero dijo que no, no podía, era muy peligroso. Tenía que tener quince años por lo menos para empezar de ayudante. A los trece años terminó la primaria y ya no quiso estudiar más. La madre lo mandó a trabajar a la panadería "Las familias", en Aristóbulo del Valle y Necochea, a la vuelta del conventillo. Era clienta de la panadería y conocía a la dueña desde hacía mucho. Carlitos ayudaba, limpiaba el piso de la cuadra, hacía mandados, llevaba las bandejas de medialunas recién horneadas al frente del negocio, donde atendían al público. Siempre le regalaban las facturas y el pan del día anterior para que llevara a la casa. En el conventillo era bienvenido, porque traía más de lo que él, su madre y Toño, el novio, podían comer, y se terminaba haciendo una mateada general con las facturas que le daban. También le traía pan a Don Emilio, que para él era como un padre.

Finalmente Carlitos cumplió quince años y Don Emilio cumplió su promesa: lo llevó a trabajar con él a su carnicería. Tuvo que aprender todas las tareas básicas del carnicero. Le enseñó a destazar la media res, separando la carne de los huesos; a preparar los cortes: el lomo, el asado, el bife ancho y el angosto, la palometa, la falda, el osobuco, el matambre; a picar la carne y rellenar chorizos y morcillas. Todo le gustaba en la carnicería: la luz, la frescura de la carne, el olor de la sangre, la textura de las entrañas. Era lo suyo.

En un principio Don Emilio fue muy bueno con él, como un padre, pero poco a poco se empezó a poner más exigente. Carlitos tenía que atender el pedido de las clientas, cobrarles, darles el vuelto sin equivocarse y anotar en un cuaderno todo el dinero que entraba en la caja. Un día faltaron cien pesos y el patrón, sin vacilar, le echó la culpa a él. Carlitos pensó que quizá se hubiera equivocado en un vuelto. Don Emilio le dio una furiosa bofetada con el dorso de la mano, que le sacó sangre de la nariz, y le dijo que la próxima vez se lo descontaba de su salario y le iba a ir muy mal.

Don Emilio era un hombre duro. Desconfiaba de todos. Era oriundo de Corrientes y se había criado en Paraguay. En el conventillo decían que había sido cuatrero, pero seguro que era una broma. Abajo del mostrador guardaba un revólver calibre 38. En el último año no le habían robado. La Boca era un antiguo barrio popular, los residentes se conocían, pero esto no impedía que hubiese robos frecuentes.

Varios meses después entraron ladrones armados a la carnicería. Fue a la noche, antes de cerrar. Don Emilio levantó las manos y, cuando estaban vaciando la caja, se agachó y agarró el revólver que guardaba bajo el mostrador. Se sucedió un tiroteo y el carnicero hirió a uno de los ladrones, que lograron escapar. A él no le pasó nada y tampoco a Carlitos, que se quedó junto a la pared, asustado, sin moverse. Dos balas picaron junto a su cabeza. Don Emilio le dijo que había sido su bautismo de fuego, que ya sabía lo que era que alguien le disparara. Después se rio. "A mí no me roba nadie", dijo.

Pasó el primer año. La economía del país empezó a andar mal. Subió el dólar y la crisis se sintió primero en los barrios pobres. La gente iba menos a la carnicería y compraba los cortes más baratos. Pedía sobre todo carne picada. La picada la hacían con los requechos de carne que quedaban, y le agregaban bastante grasa. La ganancia de la carnicería mermó y, al tiempo, Don Emilio le avisó a Carlitos, que ya tenía dieciséis años, que si la situación no mejoraba lo iba a tener que despedir. A Carlitos casi se le cayeron las lágrimas, amaba su trabajo.

Le gustaba mucho hablar con las clientas, hacerles chistes igual que su patrón, decirles alguno que otro piropo, que le festejaban, y escuchar sus historias familiares. La carnicería, por momentos, parecía un salón de peluquería, donde las mujeres se cuentan la vida, o el consultorio del psicólogo, donde todos se lamentan de sus desgracias.

Don Emilio le dijo que tenía una idea, pero que era medio arriesgada, y le preguntó si lo quería ayudar. No le podía decir de qué se trataba, tenía que contestarle sí o no, y confiar en él. Carlitos, con cierto miedo, le respondió que sí. Don Emilio le dijo que iban a buscar un animal y lo iban a traer a la carnicería para faenarlo. Dos noches después salieron en su vieja pick up. Este llevaba sus cuchillos. Contra lo que se imaginaba Carlitos, Don Emilio fue en dirección a la cancha de Boca y las instalaciones del club. Pasaron el estadio. Le seguían los potreros, donde los muchachos jugaban al fútbol. Un poco más allá, se veía la obra en construcción de las viviendas de Casa Amarilla, que recién comenzaba. En los potreros se divisaban, pastando, varios caballos. Eran de los cirujas de la zona, que recogían cartón, plástico y madera con sus carros. Terminaban su ronda a las diez de la noche y dejaban allí sus caballos, para que pastaran y durmieran.

Don Emilio subió su pick up a la tierra y se acercó a un caballo blanco, que estaba atado a una cadena. Carlitos lo reconoció. Era el caballo de Cosme, el ciruja, que pasaba todas las tardes por los mercaditos y los depósitos del barrio, recogiendo cartón y madera. Su caballo lo obedecía como un chico. Él se apeaba del carro cuando veía madera o algún objeto en la vereda que le interesaba. Le silbaba y el caballo se acercaba para que lo cargara. Carlitos no lo podía creer. "¿Qué vamos a hacer?", le preguntó a Don Emilio. "Vamos a carnear el caballo", le respondió.

El caballo blanco los miraba, curioso. Aproximaron la caja de la pick up al animal y Don Emilio le bajó la tapa. Después, observando en distintas direcciones, tratando de asegurarse que no hubiera nadie cerca que los pudiera ver, sacó los cuchillos de la pick up, se acercó al caballo y le dio una cuchillada en la yugular. Un gran chorro de sangre le salió del cuello. Le empezaron a temblar las patas. Antes de que cayera, lo empujaron hacia la caja de la pick up. Don Emilio, que era corpulento y tenía mucha fuerza, le quitó la cadena del pescuezo, le pasó una soga y empezó a tirar. Le pidió a Carlitos que ayudara. Entre los dos metieron al animal, de costado, sobre la caja. El bicho pataleaba y seguía perdiendo sangre. Don Emilio cerró la tapa de la caja de la pick up y salieron hacia la carnicería. De la parte de atrás del vehículo iba chorreando la sangre.

Carlitos miró al animal por la ventanilla trasera de la pick up. Ya no se movía. Llegaron a la carnicería y Don Emilio abrió el portón del galpón de al lado, donde siempre la estacionaba. Metieron la pick up y cerraron el portón. Don Emilio salió y con un trapo de piso limpió la sangre que había goteado en la vereda. Carlitos vio que el caballo estaba muerto. Carlitos nunca había observado el galpón por dentro. En la parte de atrás tenía una estructura de hierro, de la que pendía una polea con cadenas. Don Emilio colocó la caja de la pick up bajo el arco de hierro. "Preparate", le dijo, "vamos a faenar al bicho".

Trajo de la carnicería, que se conectaba por una puerta lateral, varias bandejas grandes. Luego le pasó dos cadenas a las patas traseras del caballo y lo izó tirando de la polea, hasta que la cabeza del animal quedó en el aire, por encima del piso de la caja de la pick up. Retiró la camioneta y la dejó en un costado del galpón. Luego hizo descender la cabeza del animal hasta unos cincuenta centímetros del suelo y ahí comenzó el trabajo. Con un cuchillo, de un tajo, le abrió la panza. Le sacaron los intestinos y las vísceras y los metieron en las bandejas. "Esto lo tiramos", dijo Don Emilio, "no sirve para vender". Después le quitaron todo el cuero. "El cuero lo vendo en la curtiembre", dijo Don Emilio.

Trajo una sierra eléctrica portátil. Con la sierra el carnicero dividió al caballo en dos y le cortó la cabeza. Después de eso Carlitos lo ayudó a cargarse al hombro el medio animal y lo entraron en la carnicería. Lo colgaron en un gancho en la heladera. Hicieron lo mismo con la otra mitad. Después Don Emilio metió la cabeza, la cola, los cascos, las vísceras del caballo en unas bolsas grandes de residuos y las pusieron en la caja de la pick up. Con una manguera limpió la sangre de la camioneta. Hizo lo mismo con el piso del galpón. Luego le pidió que lo acompañara. Se subieron a la pick up y partieron. Cruzaron el Puente Avellaneda y se internaron en el Dock Sud. Se metieron en la autopista Buenos Aires-La Plata y anduvieron como veinte minutos. Salieron y bordearon la autopista por la colectora. A la derecha se veían las casillas de una villa miseria de varias cuadras de largo. En una esquina apareció un descampado que tenía montañas de bolsas de basura. Detuvieron la pick y bajaron las bolsas. Después volvieron a la Capital. "Mañana destazamos esas medias reses ", le dijo Don Emilio. "Estate listo, vas a tener mucho trabajo", y se rio.

Carlitos regresó a su casa pasada la medianoche. Se había lavado las manos y los brazos antes de salir de la carnicería, pero le quedaron manchas de sangre en su ropa. Su madre se despertó cuando llegó y le preguntó por qué venía tan tarde. Le dijo que había trabajado horas extras. "¿Por la noche?", preguntó su madre.

Al día siguiente destazaron las dos mitades del animal. Carlitos pensó que Don Emilio iba a vender cada corte por separado, pero le dijo que no se podía, había que picar toda la carne del caballo. Carlitos hizo la mayor parte del trabajo. Tomaba los trozos de carne muy roja y magra, y los metía en la picadora. Luego, a pedido del carnicero, agregaba como un veinte por ciento de grasa de vaca. "Es para mejorarle el gusto", dijo Don Emilio, "así nadie se va a dar cuenta". Ponía la carne picada en bandejas y las llevaba a la heladera de la carnicería. Sacaron una gran cantidad de kilos.

Empezaron a vender la carne picada de caballo y nadie se quejó. Por la noche Carlitos le llevó dos kilos a su madre, regalo de Don Emilio.

Ella preparó albóndigas y hamburguesas. Carlitos no las quiso probar, le dijo que no tenía hambre. Al ver la carne, se le aparecía la imagen del caballo blanco, que lo miraba. Veía el momento en que Don Emilio le clavaba el cuchillo en la yugular. El animal no se quejaba. Por la noche la imagen le volvió en una pesadilla. Se despertó sollozando, todo transpirado. Su madre se levantó para abrazarlo y le trajo agua.

Tenían demasiada carne en la carnicería. Don Emilio decidió hacer chorizos. Pusieron muchos kilos de carne picada en una gran bandeja de acero inoxidable. El carnicero le echó especias y empezaron la preparación. Carlitos era el encargado de meter la carne en unos tubos transparentes. Tenían una máquina especial que empujaba la carne en los tubos. Hicieron como 300 chorizos. Don Emilio congeló una parte de la carne de caballo para que no se echara a perder. Vender toda la carne picada le tomó como dos semanas. Don Emilio le dio a Carlitos 2000 pesos. Dijo que los guardara, eran para él. Le pidió que no se los entregara a su madre, porque pensaría que había hecho algo raro. Le guiñó un ojo.

Carlitos, ya con el dinero en sus manos, se empezó a sentir bien. Se compró unas zapatillas Nike que hacía mucho tiempo miraba en un negocio. Ya no le parecía un crimen la muerte del caballo. Al tiempo vio pasar a Cosme, el ciruja, con otro caballo. Era un caballo negro y fuerte, de gran alzada. Una señora del conventillo le comentó lo que había pasado. "Le robaron el caballo blanco", le dijo a Carlitos. "¿Y ese caballo negro?", le preguntó. "Se lo regaló la policía", dijo. "Era un caballo viejo de la policía montada. Lo iban a mandar a un frigorífico para hacer mortadela. Él denunció el robo en la comisaría de Pinzón. El Comisario le tuvo lástima y le consiguió el caballo."

Otra vez que Cosme pasó con su carro, Carlitos hizo un gesto con la mano para saludarlo. El ciruja le correspondió el saludo y se detuvo a recoger cartón en el almacén frente al conventillo. De pronto le silbó al animal para que se moviera, pero el caballo no obedeció. Cosme optó por agarrar la rienda y llevarlo él.

Carlitos pensó esa noche que la vida era dura y que quizá se había equivocado de trabajo. Trató de conciliar el sueño. De pronto escuchó a su lado las exclamaciones de placer de su madre y de Toño que se estaban acariciando. Se levantó de la cama y salió al patio. No le gustaba estar ahí cuando su madre hacía el amor, pero vivían todos en un mismo cuarto y no tenía un espacio propio. Miró con detenimiento el patio del conventillo. Era un edificio muy viejo. Fue al baño y vio que estaba sucio. Sólo había dos baños para todos. Se puso a caminar por el patio. La luz de la luna iluminaba los macetones de flores. Eran malvones rojos.

Pensó qué le gustaría hacer en su vida. Quizá fuera el momento de irse. Se dijo que un buen oficio para él sería el de camionero. Pero era aún menor, tenía que esperar hasta los dieciocho años. Podría recorrer el país. Podría tener novias en muchos sitios. Al rato se fue a dormir. Al otro día tenía que levantarse temprano para ir a trabajar.

Una visita al zoológico

Robertito Vicuña, o Tito, como le llamaban, vivía en la Villa 31. Tenía quince años. Sus dos mejores amigos, la Garza y el Rulo, eran algo menores que él. Andaban siempre juntos. Eran despiertos y los otros chicos de la Villa los respetaban.

Un puntero de la Villa, de apellido Merlo, fue un día a ver a Tito. Quería hablarle sobre algo importante. Tenía un trabajo para él y sus amigos. Se trataba de robar un animal del zoológico de Buenos Aires. Ya estaba todo arreglado con el director del zoológico, a quien conocía. Era una operación que traería buena ganancia. El director iba a dejar por la noche la puerta principal sin llave para que pudiera entrar el camión jaula. Tito tenía que meterse en el zoo con los otros pibes y maniatar a los dos serenos. Le iba a dar a él una pistola por cualquier cosa. Después de maniatarlos, tenían que vigilar por si venía la policía. Se iban a comunicar con el conductor del camión por celular. Le prometió a Robertito 5.000 pesos. Era mucha plata. Con eso se podría comprar unas zapatillas Adidas nuevas y ropa sport de marca. Era un trabajo fácil, le dijo el puntero. A los otros dos pibes les daría 1.000 pesos a cada uno. Él iba a ser el jefe. Era también el responsable. No se tenía que equivocar. Tito le preguntó al puntero qué animal iban a robar. Merlo lo miró a los ojos con rabia. Lo agarró de la camisa, lo atrajo hacia sí y casi lo levantó del suelo. Era un hombre alto y gordo. Le dijo que de eso se iba a enterar a su debido tiempo. Ellos debían mantener la boca bien cerrada. Tenían que andar derecho, porque a él nadie lo agarraba de gil.

Tito lo conocía bien y no dijo nada. Todo el mundo le tenía miedo a Merlo. Decían que debía una muerte y había sido en mala ley.

Habló con sus amigos y estuvieron de acuerdo en hacerlo. La operación sería el martes por la noche. El día señalado salieron para el zoológico. Esperaron cerca de la entrada. Era septiembre y hacía bastante calor. Se sentía muy mal olor. A las diez de la noche se acercaron a la puerta y probaron de abrirla. Tal como les había dicho Merlo, estaba sin llave. La empujaron y cedió. Entraron. Tito iba adelante y el Rulo y la Garza lo seguían. Eran algo más bajos que él. El Rulo era un pibe de piel oscura y cabello ensortijado. La Garza era muy delgado y parecía que no pisaba el suelo cuando caminaba. El zoológico tenía poca iluminación. Las luces molestaban a los animales.

Avanzaron con cuidado, escudándose detrás de los troncos de los árboles. Pronto llegaron al sector de las jaulas. Hacia un costado, junto a la jaula del león, vieron a uno de los guardianes. Estaba revisando la cerradura de la jaula. Tito se acercó despacio por atrás y le pegó un golpe en la cabeza con la culata de la pistola. El guardián dobló sus rodillas. El Rulo le puso cinta adhesiva en la boca y la Garza le cubrió la cabeza con una bolsa de trapo. Después entre los tres le ataron los pies y las manos, lo arrastraron y lo escondieron tras un árbol.

Rastrearon al otro guardián. Estaba cerca de las jaulas de las víboras. Tito dijo en broma que podían meterlo dentro de la jaula y los pibes celebraron la idea. Sería una broma formidable. Tito se acercó por atrás y le pegó un culatazo. Después repitieron la operación que habían hecho con el primero: lo amordazaron, le cubrieron la cabeza, lo maniataron y lo escondieron. Tito sacó el celular y llamó al número que le habían dicho. El camión llegaba en unos pocos momentos, le avisaron. Fueron a la puerta de entrada y abrieron los portones. Enseguida apareció el camión. Entró. Los chicos cerraron los portones. El camión avanzó. Ellos lo siguieron a pie. Después de 200 metros se detuvo y bajaron el chofer y su acompañante. Sin decirles nada se acercaron a una jaula. Era la jaula del tigre blanco, el animal más valioso del zoológico.

Tito enseguida entendió: iban a robar el tigre blanco. "La que se va a armar cuando se sepa", pensó. El chofer observaba la jaula con cuidado. La caja del camión estaba cubierta con lona. El chofer y el acompañante la destaparon. Apareció una jaula con barrotes de hierro. El chofer aproximó la parte de atrás del camión a la puerta de la jaula del tigre. La idea era abrir la jaula y hacer pasar al tigre a la jaula del camión. El chofer y su acompañante trajeron un soplete y empezaron a cortar la cerradura de la puerta de la jaula. La fiera adentro se había acurrucado en un rincón, estaba preparada para defenderse. Finalmente abrieron la puerta y el chofer acopló la caja del camión a la puerta de la jaula. El tigre tenía que pasar de una jaula a la otra. El chofer con una pistolita eléctrica le largó una descarga. El animal chilló de dolor, se levantó y en dos zarpazos escapó a la otra jaula. Había sido fácil. El chofer separó el camión de la jaula del zoológico y su ayudante cerró la puerta con un gran candado. Cubrieron la jaula con la lona. Toda la operación había durado media hora.

Los pibes fueron hacia el portón del zoológico, lo abrieron y el camión salió. Después se fueron ellos caminando, como si no hubiera pasado nada. En calle Santa Fe se tomaron el 152 y volvieron a la Villa. El puntero Merlo los estaba esperando. Ya sabía que todo había salido bien. Les dio el dinero y les dijo que tuvieran cuidado, y se hicieran ver lo menos posible por varios días. Robertito le devolvió la pistola, guardó su plata y se fue a dormir. A la mañana siguiente tenía escuela. Estaba en segundo año del secundario. Iba al Nacional No. 3 de San Telmo. Era buen estudiante. Quería ser ingeniero y construir puentes. Así decía.

Al otro día el noticiero anunció que habían robado el tigre blanco del zoológico. Acusaban a una banda de ladrones del Uruguay. No se sabía dónde podía estar el tigre. Especulaban que el secuestro podría haber sido ordenado por un conocido narcotraficante, que coleccionaba animales salvajes y tenía su propio zoológico al aire libre en una estancia de su propiedad en La Pampa. También había rumores de que podía haber funcionarios implicados en el robo.

Por la tarde Tito volvió del colegio y se encontró con los otros dos pibes, que estudiaban en una escuela de educación especial en la Villa. Fueron al centro a ver ropa deportiva. Tito se compró las zapatillas que tanto quería y un juego de remera y pantalones Adidas. Después fueron a los coreanos de 11 para que la Garza y el Rulo se compraran ropa de imitación, no les alcanzaba para los originales.

La policía informó todos los días del progreso de la investigación. Era un escándalo. No podía ser que desapareciera un animal tan importante. Entrevistaron al director del zoológico por televisión. Dijo que la investigación avanzaba rápidamente y la policía confiaba en identificar pronto a los ladrones. A la semana encontraron al tigre en un circo de Salta. Le habían pintado las franjas blancas del cuerpo de color amarillo, para disimular. Un trabajador del circo denunció el fraude. La policía agarró después al camionero que lo había transportado y lo empezó a apretar. Lo tuvieron dos días a pura paliza en la Jefatura, por traficar con animales salvajes. Al final cantó. Dio el nombre de su acompañante, un familiar suyo, a quien detuvieron, e implicó en el robo al puntero de la Villa 31 y a unos "pibes" que lo habían ayudado.

Cuando fueron a la Villa a buscar a Merlo ya se había escapado. Después fue un patrullero a la escuela de la Villa y hablaron con la maestra. Le preguntaron si había observado algo raro en el comportamiento de los pibes y si sospechaba de alguien. La maestra dijo que no, eran sólo chicos. Cuando el patrullero salió de la escuela unos estudiantes les tiraron piedras y le astillaron el parabrisas. Un agente se bajó para correrlos, pero se escaparon rápidamente por los pasadizos de la Villa. Los reputeó y los otros estudiantes de la escuela empezaron a silbar a la policía y a decirles que se fueran.

Dos semanas después el tigre volvió al zoológico y Tito y sus dos amigos fueron a verlo. Robertito posó frente a la jaula, y el Rulo le sacó una foto con un celular que Tito había robado hacía varios días a una turista norteamericana que se descuidó en La Boca. Después dieron una vuelta por el zoológico, se detuvieron frente a la fosa de los elefantes y salieron. No habían hecho más de cien metros por Av. Santa Fe, cuando vieron venir a un pibe como de catorce años con unas zapatillas Adidas nuevas rayadas a colores. Fue mirarse los tres y actuar. Robertito hizo como que le preguntaba algo. El chico se detuvo. La Garza se le puso atrás en cuclillas y Tito lo empujó. El chico se cayó de espaldas. Se le abalanzaron. Tito lo apretó contra el suelo para que no se moviera y el Rulo le sacó las zapatillas. El Rulo y la Garza salieron corriendo. Robertito se levantó y le empezó a dar patadas en la cabeza. El pibe gritaba. "No grités, la concha e'tu madre", le dijo, y se fue corriendo por donde se habían ido los otros pibes.

Diez minutos después se encontraron frente al monumento a Sarmiento. Los tres se pusieron a mirar al gran viejo. Les impresionó la estatua del maestro Rodin. Se probaron las zapatillas. Eran del número de la Garza. A Tito le quedaban chicas, y al Rulo grandes. La Garza les dio veinte pesos a cada uno como compensación. Se fueron caminando hacia Libertador. La Garza y el Rulo iban adelante agarrados de los hombros, como hermanos. Doblaron por Libertador hacia el centro. Tito miraba con interés la fachada de los edificios que daban a la Avenida. El Rulo encontró un trapo viejo sucio tirado en la banquina. La Garza vio una lata de durazno vacía dentro de un contenedor de basura y la agarró. En un bebedero de la Plaza Alemania la llenó de agua y mojaron el trapo. Se pararon en el semáforo de Scalabrini Ortiz y Libertador. Allí, cuando cambió la luz y se detuvieron los autos, Robertito se adelantó a un Mercedes Benz y le empezó a limpiar el parabrisas con el trapo sucio. El conductor empezó a gritar, diciéndole que se fuera. La Garza se acercó a la ventanilla y le pidió por favor que les diera algo. El hombre les tiró un billete de diez pesos, furioso, y Tito dejó de limpiar. Cambió el semáforo. Los tres se fueron a la vereda y se empezaron a reír. Hubo otro cambio de luces y repitieron la operación. Cuando juntaron lo suficiente se metieron en un taxi y le dijeron al conductor que los llevara a Retiro. El hombre les pidió que se bajaran y Robertito insistió que los tenía que llevar. Le mostraron el dinero. El taxista finalmente arrancó. Se sintieron como tres reyes andando por Avenida Libertador.

Cuando llegaron a Retiro se bajaron. El Rulo y la Garza dijeron que iban a entrar en la estación de trenes para pedir monedas. Ya eran las siete y pronto iba a oscurecer. Tito les dijo que él se iba a su casa. Al otro día tenía una prueba de matemáticas y quería estudiar. "Un día voy a ser ingeniero", les dijo. "¿Te vas a dedicar a construir villas miserias?", se burló el Rulo. Robertito siguió su camino y entró en la Villa 31. Miró en el celular su foto junto al tigre blanco. Anduvo por las calles de tierra hasta llegar a su casilla. Su madre estaba mirando televisión. Era un nuevo teleteatro que había empezado hacía poco, "El puntero". Una parte transcurría en una villa miseria. A Doña Esperanza le encantaba sentir que ellos también podían ser personajes en los teleteatros. La gente rica, que siempre los había despreciado, empezaría a verlos tal cual eran. Le preguntó a su hijo qué quería comer. Robertito le dijo que milanesa con puré. La madre empezó a preparar la comida. Tito agarró sus libros, se sentó a la mesa de la cocina y se puso a hacer la tarea y a estudiar para el examen del día siguiente. Doña Esperanza no podía ocultar su satisfacción. Estaba orgullosa de su hijo.

Historias militantes

Las huelgas salvajes de Villa Constitución

En mayo de 1964 comenzaron las huelgas en Villa Constitución. Primero pararon los obreros de Acindar, y pronto los siguieron los de Marathón, Metcon y Villber. Ernesto Galván, uno de los héroes de nuestra historia, trabajaba en Acindar desde hacía tres años. Entró poco después de terminar el servicio militar en Rosario. Tenía veinticinco años y era Peronista. Su padre, Juan, también era obrero de Acindar. La fábrica tenía más de mil obreros. El padre y el hijo no se encontraban necesariamente en el trabajo, estaban en secciones diferentes. En realidad, había más cosas que los separaban. Su padre era Radical, siempre había defendido al irigoyenismo y a Balbín. Su partido había ganado las elecciones presidenciales en 1963. El viejo Illia estaba en el poder y, aunque Juan prefería al Chino Balbín, defendía su gobierno. Decía que iban a salvar al país. No había demasiados obreros radicales en la fábrica, eran casi todos peronistas y a los radicales los trataban de "vendidos" y "acomodados".

Juan Galván había nacido en Rosario. Tenía 55 años. Se fue a vivir a Villa Constitución cuando se casó con Elisa. El padre de Juan también había sido radical, de los de Irigoyen. Cuando llegó el peronismo, en los cuarenta, Juan ya era un hombre de más de treinta años. Perón se llevaba bien con el ala radical de FORJA, que lo apoyó, pero formó su propio partido. Juan siguió siendo Radical, como su padre. Si bien le interesaba la política, no era un militante activo. Estaba apegado a la rutina de la vida diaria. Cuando abrió Acindar en Villa Constitución estuvo entre los primeros seleccionados para trabajar en la nueva fábrica.

En Argentina no había otra igual. Era la fábrica de acero más moderna del país.

Su esposa, Elisa, era una mujer paciente y bondadosa. De jóvenes se llevaban bien. Pero Juan fue cambiando y, en los últimos años, la relación se había vuelto distante. Era un hombre más bien osco, no le gustaba hablar mucho. Cuando volvía de la fábrica escuchaba la radio y se ponía a leer el diario. Compraba "La Capital" de Rosario. Para él era algo así como la Biblia. Lo leía cada día, al menos media hora. Era lo único que leía.

En la pequeña ciudad había un comité del Partido Radical. Lo manejaba el almacenero Rodena. Cada tanto Juan iba al almacén a visitarlo y jugaban al truco. Una vez al año, por lo menos, hacían un asado e invitaban a las esposas. Era como un club de barrio. Los militares, que habían perseguido a los peronistas durante los golpes de estado, habían sido tolerantes con los radicales. Y en esos momentos, con el Presidente Illia en el poder, Juan estaba contento, porque ellos eran gobierno.

Villa Constitución había crecido y en esa época pasaba los 20.000 habitantes. Estaba muy cerca de Rosario. Los villenses tenían su mundo. Elisa, la mujer de Juan, había nacido y vivido siempre en Villa Constitución. Había conocido a quien sería su marido en los bailes de carnaval del Club Provincial de Rosario en 1933. Tenía 23 años. Se pusieron de novio y se casaron en 1937. Ella quiso quedarse a vivir en Villa. Allí estaban sus padres, y Rosario le parecía demasiado grande. Juan no había sido su primer novio, pero sí el que más había querido. En 1939 nació Ernesto, y en 1941 Rosa, su hija.

Por las mañanas Elisa trabajaba en una panadería para ayudar a su marido. Su madre le cuidaba los chicos. Tiempo después Juan le dijo que ya no hacía falta que siguiera trabajando. En Villa Constitución se vivía con muy poco. Con lo que él ganaba era suficiente para mantener la casa. El padre de Elisa siempre les traía verduras de su huerta. Juan conseguía huevos baratos y embutidos caseros en las chacras. Alquilaban una antigua casa chorizo de tres piezas. Los chicos ocupaban una pieza grande, ella y su esposo otra y la tercera les servía de sala para las visitas. Comían por lo general en la cocina y los fines de semana Elisa ponía la mesa en la sala. Al atardecer, después del trabajo, se sentaban en el patio a charlar y tomar mate. Los chicos, a veces, llevaban la mesa de la cocina al patio para hacer allí los deberes.

Su hija fue la primera que se casó, a los 20 años. Su hijo tenía novia, pero por el momento no planeaba casarse. Era una relación reciente. Cuando su hija le anunció su casamiento, Elisa se dio cuenta lo mucho que había engordado con el paso de los años. Su vestido de fiesta ya no le entraba. Tuvo que salir a comprarse otro de talle más grande. Su marido le dijo que no le importaba que estuviera gorda, la quería igual. Hacía mucho tiempo que Elisa y su esposo no tenían una buena vida sexual. Se habían ido olvidando del amor. Más les gustaba el compartir. Siempre escuchaban radio juntos. Ella amaba los radioteatros. Él le prometió que pronto le iba a comprar un televisor.

Elisa casi no se enteró de todos los cambios que habían ocurrido en el país: el golpe de estado de los militares y la caída de Perón, la proscripción del Peronismo, el gobierno del General Aramburu, el de Frondizi, el de Illia. La política mucho no le interesaba. Ella estaba dedicada a su familia. En Villa Constitución había bastante trabajo, allí tenían como ganarse el pan. Ernesto, su hijo, era un muchacho inquieto. Había terminado la secundaria, pero no quiso estudiar en la universidad. Prefirió trabajar en Acindar con su padre. Su familia era una familia obrera. Su hija se había casado con un obrero de Marathón, y ella también trabajaba allí, en las oficinas de la fábrica. Villa era una ciudad enteramente proletaria: el puerto, el ferrocarril, las fábricas.

Ernesto había empezado a militar en el Peronismo a los dieciocho años. Fue durante 1957, en plena Resistencia. El General Perón había ordenado que empezaran los ataques contra el régimen militar. Villa era uno de los cuarteles obreros de la resistencia popular. Los militantes empezaron a poner "caños" en Rosario, en Villa Constitución y en San Nicolás. Era el corredor industrial más importante del país. La represión no se hizo esperar. Operaban en la clandestinidad y todas las reuniones eran secretas. Tenían que cuidarse mucho. Había infiltrados de la patronal y policías que espiaban. Ese ambiente peligroso y clandestino le atrajo a Ernesto. Tenía espíritu de aventura. Le gustaba ser obrero.

Idealizaba a los compañeros más militantes. Eso lo fue distanciando de su padre, a quien consideraba un conformista.

Se reunía con los muchachos para leer las cartas que enviaba Perón. Tenían un ejemplar de *La fuerza es el derecho de las bestias*. Después les mandaron *Los vendepatria* de Venezuela. Se encontraban por las noches para leerlo. El jefe del Peronismo en Villa Constitución era Antonio López. Él había dirigido la Unidad Básica desde antes del golpe de 1955 y estuvo preso a la caída de Perón. Luego lo reincorporaron a la fábrica y organizó a los peronistas en la clandestinidad. Era un hombre viejo, que había nacido con el siglo, y en 1964 se acercaba a la jubilación. Conservaba todo el fuego y la mística de viejo luchador. Era un gran orador y había leído mucho. Era un hombre feo, muy flaco, narigón, no muy alto, pero tenía carisma. Cuando hablaba, algo en él se transformaba. Cuando él leía las cartas y las órdenes secretas de Perón se hacía un silencio religioso. Había nacido para líder. Ernesto lo admiraba.

Pasaron cosas en el Peronismo: después de la traición del Radical Frondizi a Perón en 1958, los militantes peronistas empezaron a pedir que el General regresara al país clandestinamente. Era absurdo que su líder estuviera en España. El pueblo lo reclamaba. Villa Constitución, decía Antonio, tenía puesta la camiseta peronista. Los militantes de los otros partidos eran minoría. Había pequeños comités de radicales y comunistas. Los domingos, los peronistas se reunían para escuchar los partidos de fútbol (eran casi todos "canallas" centralistas, y unos pocos de Newels) y hablaban de política. Se rumoreaba que la CGT planeaba una huelga general. Después se dijo que la cosa era más seria. El General había ordenado la toma de fábricas en todo el país. Parecía una locura, pero los peronistas podían hacerlo. El gobierno de Illia era débil. Los militares y la iglesia lo digitaban a gusto. Todas las fuerzas gorilas se habían unido para atacar al pueblo. Los peronistas leían las columnas de Jauretche, que delataba a los cipayos y a los vendepatria.

Finalmente en mayo de 1964 comenzaron las movilizaciones que culminarían en las tomas de las fábricas. Los militantes de Acindar empezaron a agitar a sus compañeros. A las nueve de la mañana leyeron un comunicado del General Perón, que afirmaba que los vendepatria se habían apoderado del país, y que el gobierno no representaba al pueblo.

El pueblo, dijeron, era peronista, y estaba proscripto por los gorilas, igual que su jefe. Reclamaban el regreso de Perón al país, y la renuncia del gobierno ilegítimo. La Confederación General del Trabajo de Villa Constitución exigía libertad política plena para el Peronismo, y el fin de la proscripción.

Un obrero pidió la toma del establecimiento y todos aprobaron. Un grupo se dirigió a las oficinas del personal jerárquico y les anunció que la fábrica estaba tomada. La CGT respaldaba el paro nacional. Todas las fábricas y establecimientos comerciales del país se estaban plegando a la medida. Ordenaron apagar los hornos, a pesar de las quejas de los ejecutivos, que amenazaban con llamar al Ejército. Establecieron piquetes de guardia en las puertas de acceso para evitar que entrara la policía.

Ernesto formaba parte de la comisión interna de la fábrica. Juan, su padre, se encontraba manejando una grúa en el muelle de Acindar sobre el Paraná, cargando láminas de acero en un barco, en el momento en que apagaron los hornos. Al enterarse, decidió no sumarse a la protesta. Él era radical y ese paro trataba de desacreditar a su partido, que estaba en el poder. Era un sabotaje de Perón contra Illia. Salió de la fábrica y se dirigió a su casa. Llegó furioso. Su mujer, al verlo así, trató de calmarlo. Decía que estaban locos y que los iban a fajar. Si no liberaban pronto la fábrica, iban a empezar los tiros. Su mujer preguntó por su hijo. Juan le preguntó a su vez si no sabía "lo que era Ernesto". Su mujer le dijo que qué quería decir. "¡Peronista, tu hijo es peronista! ¡Yo soy radical", gritó Juan, "y tu hijo es un contreras!" Elisa le dijo que iba a la fábrica a ver lo que pasaba. Su esposo le pidió que no fuera, era peligroso, iba a llegar la policía y el Ejército. No le hizo caso. Se abrigó bien y salió.

En el camino encontró a otras mujeres que caminaban hacia la fábrica. Pronto se formó una columna. Al llegar vieron que la policía se había estacionado frente a la puerta principal, que estaba cerrada por dentro. Las mujeres hablaban entre sí. Decían que la ocupación iba a durar solo unas horas. Un delegado salió y le dijo a la policía que la toma terminaba a media noche, y el turno nocturno podría entrar a trabajar. Dijeron que los empleados jerárquicos estaban seguros. Los estaban custodiando. Pronto les iban a dar un comunicado. Después de un par de horas Elisa decidió volver a su casa y regresar más tarde. Tenía frío y eso iba a durar todo el día.

Llegó a su casa y preparó algo de comer. Decidió llevarle comida en una ollita a su hijo más tarde. Su esposo le dijo que no la iba a necesitar, seguro que los que decidieron la ocupación habían calculado todo. Volvieron a discutir. Después de comer se acostó un rato. Quería estar preparada para lo que pudiera ocurrir. Si tenía que quedarse toda la noche frente a la fábrica se iba a quedar. Regresó al anochecer. Al llegar, vio los fuegos que habían encendido los familiares que aguardaban afuera de la fábrica en unos tambores vacíos para calentarse. Decían que adentro estaban negociando. Uno tenía una radio portátil. Las radios de Rosario informaban que había más de 500 establecimientos industriales tomados en el país. Todo era parte del plan de lucha peronista. El Ministro del Interior hizo un llamado a la concordia. Dijo que las ocupaciones eran ilegales y que si los trabajadores no desocupaban rápidamente los lugares de trabajo se los iba a echar sin indemnización y se iban a hacer juicios penales contra los cabecillas. Advirtió que si dañaban las máquinas en los establecimientos fabriles cometerían un delito contra la propiedad y los responsables serían apresados y juzgados.

A las doce de la noche se corrieron rumores de que se iban a abrir las puertas para que salieran los obreros. Habían llegado refuerzos policiales de San Nicolás y de Rosario, y un batallón de infantería rodeaba la fábrica. Los delegados dijeron a la policía que la salida iba a ser pacífica y que hicieran espacio y no provocaran a los obreros. Todas las mujeres y familiares aguardaban con ansiedad. Había tanquetas y carros hidrantes y los policías estaban muy nerviosos. Abrieron las puertas y empezaron a salir las columnas de obreros. Todo iba bien hasta que cantaron "La Marcha Peronista". Apenas escucharon "Los muchachos peronistas/ todos unidos venceremos", los policías presionaron el cerco contra ellos. Se produjo un forcejeo y empezaron los insultos. Los policías daban bastonazos. Algunos obreros estaban armados con palos y empezó la pelea. El Ejército no se metió. Los obreros se defendían a palazos y trompadas. Elisa y todos los que miraban retrocedieron. De pronto, de lejos, Elisa vio a su hijo. Gritó llamándolo, pero era imposible que la escuchara. Junto a otros compañeros se enfrentaba a la policía. Una tanqueta lanzaba chorros de agua contra ellos. Los policías trataban de separar a los trabajadores de su grupo, los esposaban y los metían por la fuerza en un blindado. De pronto un policía se acercó a Ernesto y le pegó un palazo fuerte. Ernesto cayó al suelo. Elisa lo vio todo. Estaba sin aliento. Entre dos policías lo llevaron arrastrando a un celular. El camión hidrante avanzó hacia la gente que miraba para que retrocediera. No querían testigos. Los vecinos se fueron mezclando con los obreros que lograban escapar. Se fueron retirando. El Ejército avanzó en orden lentamente contra la multitud para despejar el lugar. No debía quedar nadie en las inmediaciones de la fábrica. Trabajadores y familiares caminaron hacia el centro de la ciudad. La policía cerró las puertas de ingreso de Acindar. Adentro solo quedó el personal jerárquico. Pronto partieron los celulares con los presos hacia la comisaría.

Elisa no sabía cómo reaccionar. Habló con las otras mujeres. Tenían que encontrar ayuda. Había que liberar a los presos. Una señora le dijo que a esa hora ya no podían hacer nada, era mejor esperar hasta el día siguiente. Le pidió su dirección, su hijo también estaba preso. Apenas supiera algo pasaba a avisarle. Elisa llegó a su casa de madrugada. Su esposo la esperaba en la puerta. Estaba muy nervioso. Le dijo que Ernesto se lo tenía bien merecido, y que no se preocupara, que no le iba a pasar nada. Elisa se puso a llorar. Nunca hubiera pensado que su esposo pudiera ser tan bajo. Se fue a acostar al dormitorio de su hijo, no quería estar cerca de su marido.

A la mañana temprano la señora con la que había hablado la vino a buscar. Dijo que había una reunión a la que podían asistir. Fueron al centro de la ciudad y entraron en una mueblería. En el fondo había un grupo considerable de personas reunido. Estaba hablando un hombre muy flaco, de nariz prominente. Era Antonio. Elisa, al verlo, se sintió impactada. Antonio levantó su mano derecha con el puño cerrado y su voz, de un timbre perfecto, sonó como un metal bien templado. "Somos peronistas", dijo, "la toma de la fábrica ha sido un éxito". La patronal y el gobierno, explicó, eran impotentes ante la protesta de los obreros. "Nosotros somos el trabajo", decía, "y sin nosotros la sociedad se hunde". La CGT estaba liderando la lucha. Perón había dado todo su apoyo a la actual comisión directiva. Muy pronto iban a liberar a los que estaban presos, y el comité de la fábrica no iba a permitir que se echara a nadie. Elisa se acercó a él y se presentó, dijo que era la madre de Ernesto. Antonio había oído hablar de ella a su hijo. Le apretó la mano con cariño y comprensión, y la miró a los ojos. En ese momento Elisa se sintió bien.

A la noche liberaron a los presos. Eran cerca de sesenta. Contaron que les habían pegado "para que hablaran". Querían saber los nombres de los cabecillas. Todos contestaban que el líder era Perón, y que todos los problemas se iban a acabar cuando levantaran la proscripción contra el peronismo y el General volviera al país. Elisa abrazó a su hijo. Estaba orgullosa de él. Los compañeros rodearon a Antonio. Cuando vio a Ernesto, Antonio lo abrazó. "Tu madre es una valiente", le dijo. Elisa y su hijo fueron a su casa. Al entrar el padre empezó a criticar a Ernesto, le dijo que eran unos locos. Ernesto no le contestó. Pronto se fueron a dormir todos. Al otro día regresaron al trabajo. La fábrica otra vez estaba operando a pleno.

Ese fin de semana la hija y su marido vinieron a visitar a sus padres. Los dos habían estado en la ocupación de su fábrica, Marathón. La novia de Ernesto vino también a la casa. Era una muchacha tímida y acababa de terminar la escuela secundaria. Se pusieron a hablar de lo que había pasado durante el paro y la ocupación. Juan estaba malhumorado y participó poco en la conversación. Todos sabían lo que pensaba. Para él estaban saboteando al gobierno. Elisa le dijo a su hijo, en voz baja, que la próxima vez que se reuniera con sus compañeros le avisara, ella también quería ayudar. Ernesto se puso contento. El lunes le informó que se reuniría con los militantes de la Unidad Básica clandestina esa noche en la mueblería. Quería ir con ella.

Madre e hijo fueron a la reunión. La presidía Antonio. Ernesto le dijo que su madre simpatizaba con las luchas obreras y quería colaborar con el Movimiento. Antonio le agradeció su presencia y le advirtió que había cierto peligro. "No tengo miedo", respondió Elisa. "Quiero ayudar a mi hijo". Antonio le pidió un número telefónico de contacto y Elisa le dio el de su casa. En la reunión hablaron de la Resistencia. Antonio informó sobre la toma de fábricas en Rosario. Después leyeron un mensaje de Perón y discutieron las estrategias a seguir. Finalmente se despidieron y madre e hijo regresaron a su casa.

Dos días después Antonio la llamó por teléfono. Le dijo que necesitaba una persona que fuera a buscar unos volantes a Rosario. Le preguntó si se animaba y podía contar con ella. Elisa le respondió que sí. El sábado le anunció a su esposo que iba a visitar a su hermana a Rosario, y que volvía por la noche. Tomó el colectivo y se bajó en el barrio de Tiro Suizo, al sur de la ciudad. Fue a la dirección que le indicó Antonio y le dieron una caja con volantes. Elisa agarró la caja y se fue a tomar el colectivo de regreso. Abrió la caja y leyó lo que decía el volante. Hablaba de la Resistencia, del Plan de Lucha y citaba palabras de aliento de Perón. Terminaba con el saludo peronista: Perón Vuelve. Había que continuar la lucha.

Al llegar a Villa Constitución, Antonio la estaba esperando en la parada del colectivo que venía de Rosario. Le entregó la caja. Antonio le agradeció y la invitó a tomar algo. Entraron en un café. Antonio le contó cosas de su vida. Le dijo que era viudo, y que había empezado a militar en el 45. En el 55 lo habían encarcelado durante varios meses. De joven había querido ser cura, pero su destino era ser obrero. Se sentía bien ayudando a los otros. Elisa le dijo que a ella también le gustaba ayudar. "Somos almas gemelas", le respondió Antonio. Se despidieron, y Antonio le dijo que le iba a hablar pronto.

Esa noche Elisa se sintió extraña, y no sabía por qué. Se durmió, y tuvo un sueño que, al otro día, al recordarlo, la hizo avergonzar. En el sueño era joven, y su marido le estaba haciendo el amor. Era la noche de bodas. Pero la cara de su marido no era la de Juan, sino la de Antonio. Lo reconoció por la nariz, y por la dulzura de la voz. Miró lo que tenía entre las piernas, y vio que su miembro era muy grande, a diferencia del de su marido.

A la mañana siguiente se levantó con buen ánimo. Le habló con tacto a su esposo, que estaba de mal humor. Juan había discutido con su hijo y se había quedado con bronca. Le dijo a Elisa que, si Ernesto no iba a respetarlo, que se fuera de la casa. Elisa se puso a llorar. Esa noche, durante la cena, continuaron los argumentos entre padre e hijo. Elisa le rogó a Ernesto que no le faltara el respeto a su padre.

El plan de lucha continuaba en el país. Los peronistas estaban tomando fábricas en varias provincias. Illia, en un discurso radial, llamó a la concordia y a la unión entre los argentinos. Ernesto dijo a su madre que, mientras no regresara Perón, no iba a haber paz en Argentina. A la semana siguiente hubo varias explosiones en Rosario. La policía dijo que eran atentados con bombas caseras hechas con caños, y responsabilizó a los peronistas. No hubo que lamentar víctimas.

Antonio volvió a comunicarse con Elisa un día jueves. Su hijo y su marido estaban en el trabajo. Antonio le preguntó si lo podía acompañar a Rosario a buscar "material". De paso, podían charlar. Él había pedido el día en la fábrica por "razones de familia", volverían antes de la noche. Se encontraron en la estación de colectivos. Apenas se vieron, empezaron a hablar como viejos amigos. Elisa se fue vestida con cierta elegancia. Llevaba un tapado negro que disimulaba su gordura y se maquilló los ojos. En el viaje conversaron poco de política. Antonio le decía cosas graciosas, estaba contento. Empezaron a reírse como dos jóvenes. Llegaron a Rosario y tomaron un taxi al barrio Echesortu. Tocaron timbre en una casa de dos pisos. Los recibieron. Antonio presentó a Elisa como "una compañera". Les entregaron dos cajas con documentos. Salieron. Antonio invitó a Elisa a tomar algo en el centro.

Fueron al bar Manhattan. Ella pidió un remo y un Carlitos, tenía hambre. Conversaron. Él le preguntó cosas de su vida. La miraba a los ojos y la trataba con ternura. Elisa se dio cuenta que se estaban enamorando y se sintió ridícula. Era una mujer vieja y estaba casada. Pensó que había vivido por más de veinte años con su marido y posiblemente no lo había querido. O el amor se fue terminando, y lo que pasó durante la toma de la fábrica fue el golpe de gracia. Ya no sentía respeto por Juan.

Fueron a caminar al monumento a la bandera y a la estación fluvial. Se apoyaron en una baranda para mirar el río. Allí Antonio la tomó de la mano, y ella no se la retiró. Después la besó. Elisa sintió que le estaba pasando algo maravilloso. Al regreso pasaron por la Catedral. Antonio quiso entrar. Le dijo que era muy católico, y que Perón también lo era. Le tomó la mano y rezó por ellos en voz alta. Le pidió a Dios que los comprendiera y los perdonara.

Varios días después volvieron a verse. Antonio le pidió que fueran a su casa. Sabía lo que significaba. Quería tener sexo. Se sentía ridícula. ¿Cómo mostrar su cuerpo gordo y deformado? Pero fue. Antonio le sirvió ginebra. Pasaron al dormitorio. Hacía décadas que no estaba con otro hombre que no fuera su marido. Ella le pidió que apagara la luz. Se desnudó y se metió en la cama. Sintió el cuerpo de él junto al suyo. Era delgado y duro. Tenía un gran miembro. Su nariz prominente le acarició el rostro y después descendió a sus pechos. Le dio vergüenza y quiso retirarlo, pero él no le hizo caso. Después bajó a su pubis y ella cerró las piernas. Nunca se lo habían hecho antes. Se sintió una tonta y tuvo ganas de llorar. Luego se le subió encima, la penetró y le hizo el amor. Era ágil y gozaba como un hombre joven. Con esfuerzo se vinieron los dos. Después, cubiertos con las frazadas, encendieron la luz y se pusieron a hablar. Vio que Antonio tenía los ojos iluminados: era el amor. Le pareció buen mozo, y su nariz no tan grande. Se pusieron a hacer chistes. Él le dijo que era linda, y ella le insistió que era gorda. "Yo soy demasiado flaco", dijo él, "no tengo más que piel y huesos". "A mí me gusta como sos", le respondió ella. Empezaron a acariciarse y a besarse. Ella se preguntó qué pensaría su hijo si se enteraba, creería que su madre era una cualquiera.

Esa noche regresó a su casa contenta. Pensó que esa situación era anormal, y no podía continuar por mucho tiempo. Su marido quiso hacer el amor y ella sintió repugnancia, pero le dejó que lo hiciera, no quería que se diera cuenta que estaba viviendo otra cosa. Elisa no tenía confidentes, ni verdaderas amigas en Villa Constitución. Era un pueblo grande. La gente era mal intencionada y chismosa, sobre todo las mujeres. Algo dentro suyo le quemaba, necesitaba hablarlo con alguien, se sentía mal. No se animaba a decírselo al cura o a confesarse. Había ido a su iglesia por años y él conocía a su marido. No tenía cara para contarle algo así. Finalmente optó por tomarse un colectivo a irse a San Nicolás. Allí nadie sabía quién era. Entró en una iglesia y se confesó. Le dijo al cura que sentía mucha vergüenza, no entendía lo que había pasado y se sentía mal. El cura le aconsejó que dejara a Antonio. El matrimonio era de por vida. Debía resignarse. Ella le aseguró que ya no amaba a su marido. "El amor no es todo en el matrimonio", dijo el confesor. "Te ha dado hijos. Piensa en el amor de dios, que a la larga es el que cuenta."

Elisa regresó a Villa Constitución más angustiada de lo que había salido. Durante todo junio se vieron semanalmente con Antonio. Él estaba enamorado, le ofreció irse a vivir juntos a Rosario. Se iba a jubilar en unos pocos meses. Elisa no aguantó más y decidió hablar con su hijo. Necesitaba que él lo supiera. Era el único que podía comprenderla. Ernesto la abrazó y le dijo que estaba contento por ella. Su padre no la merecía, y Antonio era un gran líder. Se hablaba de que lo iban a llevar a Buenos Aires para ocupar un puesto importante en el Comité Central del Movimiento. El General se estaba preparando para regresar al país. En unos meses más caerían los radicales, habría una revolución.

La relación con su marido se fue deteriorando. Una vez lo llamó cobarde, y Juan la abofeteó. Ella se puso a llorar, y su hijo se abalanzó contra su padre y gritó que si volvía a tocarla lo iba a golpear. Su padre dijo que él había sido un buen padre y un buen marido, que había hecho todo por su hogar, y ahora lo trataban como a un perro. Él tenía ideales, creía en el gobierno radical.

Elisa pensó que en Villa Constitución había gente que se estaba dando cuenta o sospechaba de su situación. Antonio alquiló un cuarto en una pensión de Rosario, cerca de la Estación de Ómnibus. Empezaron a viajar y verse allá. El viaje demoraba una hora. Salía por la mañana y regresaba antes que terminara el turno de la fábrica de su esposo. Antonio pedía el día, sin goce de sueldo. Decía que tenía algunos problemas médicos. Y era verdad, tenía angina de pecho, su corazón estaba algo delicado.

Elisa se sentía bien. Comprendió que no había sido feliz en su vida antes. Juan y ella no tenían mucho en común. Lo único que le agradecía eran sus hijos, chicos maravillosos. Ernesto era la persona más noble del mundo. Pensó en separarse de su esposo. En escapar con Antonio, como si fueran adolescentes. Pero sabía que no se iba a atrever, su esposo la buscaría y le pediría que volviera, y ella sentiría lástima y regresaría con él. Ya era tarde para ellos.

A las dos semanas Antonio tuvo una descompensación cardíaca y lo internaron. La ambulancia fue a buscarlo a la fábrica y lo llevó al hospital. Ernesto lo fue a visitar allí. Estaba rodeado de dirigentes del partido. Ernesto le hizo un gesto, en señal de complicidad, dándole a entender que su madre le mandaba saludos, y a Antonio se le humedecieron los ojos. A los dos días había fallecido. Lo velaron en la funeraria de la ciudad. Hubo un desfile de militantes y dirigentes frente a su féretro. Elisa le pidió a su hijo que la acompañara, quería verlo por última vez. Fueron juntos. Los que rodeaban el féretro se hicieron a un lado cuando la vieron. Elisa le aferró el brazo a su hijo y se apoyó en él. Sintió que desfallecía. Luego volvieron a su casa y se puso a llorar amargamente. Su hijo no sabía cómo consolarla.

Durante los días siguientes casi no se levantó de la cama. Estaba deprimida y lloraba. Su esposo, que no se dio cuenta de nada, quiso llamar al médico, pero ella se negó. Finalmente logró levantarse.

A principios de agosto ya se sentía mejor. Un domingo su hijo invitó a su novia a almorzar con ellos. Querían darles una buena noticia: Graciela estaba embarazada y se iban a casar. Su madre lo abrazó emocionada. Le dio gracias a Dios. Juan abrazó a su hijo y después a su mujer. Se tomaron de la mano. "¿Viste Elisa que Dios es bueno?", le dijo. Elisa asintió.

Se quedarían solos en la casa. Quizá le conviniera buscarse un trabajo. Le gustaba la repostería. Le dijo a Juan que iba a preparar tortas para venderles a las esposas de los compañeros de la fábrica. Así se ganaría unos pesos. Juan le dijo que no era necesario. Ella le respondió que quería ser independiente y tener su propio dinero para hacerle regalos a su nieto. Al primero, y a los vinieran después. Ya era hora de que también su hija le diera nietos. Juan le dijo que a él le iba a gustar ser abuelo.

Esa noche durmieron abrazados. Él quiso hacer el amor, pero ella no quiso. Le preguntó a su marido si él creía que en la vida había que resignarse. Juan le dijo que en cierto modo sí, cuando uno era viejo ya había vivido lo suyo. Ya no se podía empezar de nuevo. Pero a ellos, gracias a dios, no les faltaba nada.

El padre

Marcelo Casares era profesor de Historia en el Colegio Nacional No. 2 de Avellaneda y tenía horas en dos colegios más de Capital. Había enseñado Historia Argentina en el Profesorado de La Plata, pero, después de varios años, lo dejó. Era demasiado viaje. Tenía que ir tres veces por semana hasta La Plata y el salario no lo justificaba. Entre Avellaneda y Capital tenía más de cuarenta horas de cátedra y ganaba un sueldo respetable. Estaba separado de su mujer y tenía una sola hija. Evangelina había nacido en 1955, después de la caída de Perón.

El Peronismo había marcado a toda su generación. Cuando cayó Perón él ya era profesor y los militares lo suspendieron en varias de sus cátedras. No le explicaron por qué. Un colega le sugirió que estaban averiguando antecedentes. Querían saber si había apoyado al régimen. En el Nacional de Capital, fue el portero quien le avisó que ya no podía dar clases. Por suerte, un mes después el interventor le devolvió sus horas de trabajo.

Marcelo no era militante, pero le interesaba la política. Todos sus amigos y compañeros de trabajo eran antiperonistas. Él no. Se había dado cuenta que el Peronismo era un fenómeno complejo, y sus colegas no lo entendían. Sostenían que Perón era fascista y él creía que no lo era. Era populista, y no todo populismo era de derecha, como el fascismo. Podía haber un populismo de izquierda, como era, por ejemplo, el populismo del General de Gaulle en Francia. Sus colegas no se habían horrorizado cuando la aviación golpista bombardeó la Plaza de Mayo repleta de civiles durante el levantamiento fallido de junio del 55. Él dijo que había sido una masacre de personas inocentes realizada a plena luz del día de manera premeditada. Un acto genocida. Marcelo no desfiló por el centro de Buenos Aires, dando vivas, como muchos de sus colegas y amigos cuando tomó el poder la Libertadora. Tampoco justificó que proscribieran al Peronismo. El Ejército estaba dispuesto a todo. Habían pasado tantas cosas en Argentina.

Marcelo era un individuo talentoso y de carácter contradictorio. Tenía grandes ideas, pero no era un hombre de acción. Era tímido y depresivo. Se había criado en Barracas, en un ambiente obrero y militante. Se casó en 1953, al año siguiente de la muerte de Evita. Su esposa era de su barrio, hija de una familia vecina. Alquilaban una casa en Avenida Montes de Oca y Brandsen. Estaba cerca de la estación Constitución. Con un colectivo se llegaba al centro en minutos. Podía también ir fácilmente a su trabajo en Avellaneda.

A su esposa se la había elegido, en cierto modo, su mamá. Sus amigos decían que él tenía poca personalidad y se dejaba dominar por las mujeres. No lo creía, es que su madre era especial. Había sido maestra y era una gran lectora. Ella hubiera querido que él estudiara letras y fuera escritor. Pero a él le gustaba la historia y la política.

Él confiaba en su madre. Amalia, su novia y después su esposa, se había hecho amiga de ella. Al tiempo su madre le empezó a decir que la hija de los vecinos era una chica muy inteligente. Era poeta y podía invitarla a salir y hablar con ella de literatura. Para no contrariarla aceptó su sugerencia y al tiempo se hicieron novios. Ella estudiaba letras, pero luego dejó y empezó a trabajar de Secretaria Ejecutiva en el Banco Provincia. Era un buen trabajo, con horario corrido y excelentes beneficios.

Cuando quedó embarazada, a principios de 1955, ya la relación entre ellos no andaba bien. Él sentía que ella quería controlar todo y a él no le gustaba que lo dominaran. Amalia era manipuladora y usaba a su mamá para conseguir lo que quería. Su papá se lo había advertido antes de casarse. Le había dicho que esa chica era acomplejada y difícil. Pero él fue débil. Debiera haberse impuesto. Lo mató su pasividad, a todo le decía que sí.

Su timidez también le traía problemas en su trabajo. Sus colegas se aprovechaban de él. Se la pasaban intrigando para hacerlo quedar mal con el director del Colegio. Él se sentía criticado y rechazado y se aislaba más. La situación fue empeorando con los años.

El 20 de noviembre de 1955 nació su hija. Estaba feliz. Se parecía a él. La relación con su mujer, después del nacimiento de la nena, no mejoró. Les resultaba muy difícil gozar juntos en la cama. Él procuraba estar fuera de la casa todo lo posible. Los fines de semana se iba a estudiar a la Biblioteca Nacional en la calle México. Cuando regresaba a casa se ponía a jugar con su hija. La levantaba en brazos, la acunaba y le hablaba como si él también fuera un bebé. Evangelina se reía y celebraba todas sus monadas.

La casa donde vivían era grande y estaban cómodos. Tenía dos dormitorios y una sala grande. Su mujer pasaba mucho tiempo en la cocina, y él se ponía a leer o a corregir tareas en la sala. Cada tanto iba al dormitorio de su hija para tenerla en brazos y ver si estaba bien.

Con su esposa conversaban muy poco. Marcelo no tenía personas de confianza en su trabajo. Sus colegas eran muy chismosos. Sus padres vivían cerca de ellos y venían seguido a visitar a su nieta. Su madre era una mujer inteligente. No le interesaba la política, sólo hablaba de novelas y de poesía. Su padre era empleado de comercio y discutía con él sobre cuestiones sindicales. Era tímido también y las conversaciones terminaban pronto. El silencio y el aburrimiento los iba ganando. La ciudad, la vida en Buenos Aires, tenía en esos momentos un tono menor, apagado y monótono.

Los obreros de las fábricas de Barracas y Avellaneda resistían. Los pobres eran peronistas. Conspiraban y se reunían en secreto, ponían "caños". En el Colegio la mayoría de los profesores simpatizaba con la política del gobierno militar. Casi todos eran "gorilas". Marcelo hablaba poco con ellos. Vivía en su propio mundo, en sus fantasías. Era excelente lector. Le gustaba la historia argentina del siglo XIX. Sus autores favoritos eran Sarmiento y Mansilla. Investigaba sobre las guerras civiles. Admiraba el *Martín Fierro* y celebraba el coraje de Hernández, que había denunciado al Ejército por los atropellos que cometía contra los gauchos y paisanos. El problema no había desaparecido. El autoritarismo se veía dondequiera. Los militares trataban a la población civil como a delincuentes. Los mismos profesores se contagiaban y muchos humillaban a los estudiantes.

Cuando su hija cumplió tres años, él y su mujer se separaron. En Argentina no había divorcio, así que tenían que quedarse en esa condición indefinidamente. Le pidió ayuda a su mamá para que arreglara con Amalia el tema de las visitas a la nena. Él le pasaba a Amalia una cantidad generosa de dinero todos los meses. Trabajaba mucho y no tenía demasiado en qué gastar. Prefería que su hija estuviera bien. Se fue a vivir a una pensión en Constitución, en calle Brasil. Le quedaba cerca de la casa de su ex-mujer, estaba bien conectado con el sur y el centro de la ciudad. Además, le gustaba el color local del barrio. Había mucha gente del interior que vivía en el "hotel", como le llamaba la dueña. Obreros peronistas. Le gustaba el mundo popular, lo idealizaba. Había leído mucho de marxismo y creía que en unos pocos años la Argentina estaría lista para una revolución. Ya los peronistas habían logrado muchas cosas. Cuando triunfó la revolución cubana, en 1959, y el Che empezó a aparecer en las tapas de los diarios, pensó que se venían grandes épocas de cambio en Hispanoamérica.

Llevaba a pasear a su hija todos los sábados y domingos. Su interés en la nena fue en aumento. Todo el amor que no sentía por la madre, a quien no aguantaba, lo sentía por la hija. Sus "diálogos" infantiles con Evangelina eran tiernos y poéticos. Podía estar horas jugando con ella. La llevaba con frecuencia a la casa de la abuela. Se entendían muy bien. Había sido maestra muchos años y sabía cómo tratar a las niñas. Le leía poemas, que Evangelina parecía disfrutar inmensamente.

Pasó el tiempo y Evangelina aprendió a leer. Le encantaba la escuela. Era una niña despierta y coqueta. El padre sentía que su hija lo quería mucho. Esperaba que llegara el fin de semana para salir a pasear con ella. La llevaba al cine con frecuencia. Se tenía que quedar a ver la misma película dos o tres veces, porque Evangelina no se conformaba con verla una sola vez. "¡Otra, otra!", le decía, y él se resignaba a repetir las películas de Walt Disney hasta el cansancio. Al tiempo la madre se puso de novio, y aceptó que la nena se quedara con él los sábados por la noche en la pensión. La dueña agregó un catre en su habitación, para que cada uno tuviera su cama. Dormir en compañía de Evangelina era de lo más divertido. Ella no paraba de hablar y de reírse. Saltaba en la cama y conversaba con las muñecas.

Marcelo se hizo amigo de una vecina, Graciela, una señora relativamente joven, que lo pretendía. En la pensión Marcelo era "el profesor" y lo respetaban. Para los pensionistas, entre los que había estudiantes universitarios venidos del interior y trabajadores pobres con familia, el de profesor era un título importante. Admiraban a las personas que sabían, y algunos lo consultaban y le pedían consejos.

Graciela trabajaba en una fábrica de plásticos en Parque Patricios. Se había encariñado con él. Lo invitaba con platos de comida que ella preparaba y a veces le lavaba la ropa. Cuando traía a Evangelina los fines de semana, lo ayudaba. Ella no tenía hijos. Le compraba muñecas y juguetes. Graciela se conformaba con tener a Marcelo cerca y, cada tanto, acostarse con él. No aspiraba a mucho más. El profesor no era fácil. Le gustaban las mujeres cultas de clase media.

Marcelo era depresivo y hacía poco por escapar de su soltería. No salía a buscar amigas ni frecuentaba mujeres de su edad. Carecía de iniciativa y terminó, por conveniencia, aceptando a Graciela. Casi siempre cenaban juntos. Esta le preparaba empanadas, pastel de papa y otras comidas criollas, a las que les llamaba sus "comidas peronistas" (Graciela era peronista y se la pasaba hablando de Perón, decía que iba a volver pronto). Por la noche, le tocaba la puerta, entraba y se le metía en la cama. Una vez allí era bastante buena. Era una mujer tierna y tenía sentido de lo erótico. Él no estaba enamorado, pero le gustaba dormir en compañía.

La relación de su ex-mujer con su novio se hizo más formal y se querían casar. Le propuso a Marcelo divorciarse de él en Paraguay por poder. Si bien no tenía valor legal en Argentina la haría sentir mejor. Se podía volver a casar en Asunción. Él aceptó y le dijo que le firmaría los papeles. Los fines de semana su pareja se quedaba con ella en su casa y él iba a buscar a la nena y la traía a la pensión.

Evangelina se hizo amiga de Graciela. La mujer le enseñaba a cocinar. Ya sabía hacerle el repulgue a las empanadas. Entre los poemas que le leía la abuela y las empanadas que preparaba con Graciela, Evangelina se estaba transformando en una argentinita modelo. Cuando cumplió nueve años el padre se la llevó a veranear a Río Ceballos. Fueron los dos solos. Se bañaban en un arroyito de agua fría y salían a caminar y a andar a caballo. Al principio le tenía miedo al animal, pero, cuando vio que era manso, Evangelina se encariñó con él y le hablaba. El caballo parecía escucharla.

Fueron pasando los años y a su hija le llegó la adolescencia. Evangelina se preparaba para entrar a la Escuela Normal. Era el año mágico de 1968. Marcelo ya no vivía en la pensión ni seguía su relación con Graciela. Se había ido a vivir a un departamento alquilado de dos ambientes en el centro, en Charcas y Cangallo. Le encantaba caminar por las calles del centro: Florida, Corrientes. Le gustaba mucho ir al teatro. Había podido establecerse bien en su trabajo y vivía cómodamente. Su relación con su hija se había ido afianzando con los años. Evangelina y su papá hablaban mucho. Eran dos charlatanes interminables.

Marcelo llevaba a su hija al teatro con frecuencia, especialmente al San Martín y al Cervantes. Veían todo tipo de obras. Ibsen, Shakespeare, Brecht y las creaciones de los jóvenes directores argentinos: Talesnik, Gorostiza, Dragún y Cossa. En 1969 Marcelo vio una película que lo impactó profundamente: *La hora de los hornos*. La proyectaron en una fábrica de Barracas y duraba nueve horas. Era una película documental clandestina. La había recomendado un compañero de trabajo. En la puerta había unos obreros de custodia, por si venía la policía. La película hacía una historia del movimiento peronista y de la Resistencia, y estudiaba las relaciones de poder en la política nacional. El mundo estaba en esos momentos en convulsión. Rosario y Córdoba se rebelaron. La insurrección estaba en el aire.

En el colegio los estudiantes le empezaron a pedir nuevos contenidos. Hicieron huelga y no querían entrar a clase. Un día, en su curso de Historia les habló de un libro de Perón, *La hora de los pueblos*, y los muchachos dijeron que querían leerlo. El libro estaba prohibido, les explicó, no podía traerlo a la clase. Desde ese momento le hicieron fama de "profesor peronista". Por la noche, a veces, iba a tomar café al bar "La Paz", que era un refugio de artistas e intelectuales. Muchos eran guevaristas, se dejaban crecer la barba y soñaban con ir a pelear en la guerrilla. Otros eran hippies. La vida en Buenos Aires estaba transformada. Llevó varias veces a su hija al bar "La Paz".

Evangelina se acercaba a los 15 años, tenía muchas amigas en su escuela y ya miraba a los muchachos. Los adolescentes hacían reuniones y fiestas, y con frecuencia le decía a su padre que no podía verlo porque tenía que salir con sus amigas. Marcelo lo aceptaba, pero presentaba sus quejas. Le decía que nada debía romper el vínculo entre ellos. Era probable que en el futuro se vieran menos, pero el diálogo no debía interrumpirse.

Evangelina era una chica inquieta, estaba bastante bien informada, pero a su edad lo más importante eran las reuniones con sus amigas. Se había hecho compinche de su mamá, que seguía con la rutina de su trabajo en el Banco. Su ex-mujer se había separado de su pareja y ahora tenía un nuevo novio, que era abogado, y pasaba mucho tiempo en su casa. Evangelina simpatizaba con él, aunque le parecía demasiado serio.

Marcelo se iba quedando más solo, y sabía que tenía que aceptarlo. Había pasado los cuarenta años y le era difícil acercarse a la gente. Le hubiera gustado militar en algún movimiento. La actividad política era clandestina y, por lo tanto, heroica. Pero él era un hombre depresivo, introvertido. Su personalidad no servía para eso. Era una lástima, porque esa era una época apasionada y uno podía sentir la fuerza de la historia. Había vivido buena parte de su vida bajo gobiernos militares, dictaduras. Sabía que resistir y luchar eran importantes. Él, desgraciadamente, era un rebelde de café y de escritorio. Todo pasaba por su fantasía. Su realidad era de rutina y trabajo. Quizá para él ya fuera demasiado tarde. No sabía cómo cambiar.

Salía poco por las noches. Si no veía a su hija, o no hacía algo con ella, se quedaba en su departamento a estudiar. Se puso a escribir un ensayo sobre *Los condenados de la tierra*, de Frantz Fanon. No era habitual para él escribir. Prefería leer y estudiar.

Quien realmente se aficionó a la escritura fue su hija. A los quince años le dijo que estaba escribiendo poemas y le mostró algunos. Él pensó que eran buenos, tenía talento para la literatura. Era 1970, el año en que aparecieron los Montoneros. Los Montos secuestraron, juzgaron y asesinaron a Aramburu. En el café La Paz tuvo largas discusiones con amigos, sobre si un ejército del pueblo tenía derecho a hacer un juicio y condenar a alguien a muerte. Él pensaba que sí. Aramburu era un tirano. Todos lo odiaban. Había usurpado el poder y fusilado a trabajadores en La Plata. Era responsable por el desastre político de los últimos quince años. Estaba bien que el pueblo lo juzgara.

Los militares persiguieron a los Montos. Pocos meses después, la mayor parte de los responsables del secuestro habían muerto. La guerrilla peronista se reorganizó y se recrudeció la lucha armada. La Federal se metía a cada rato en el La Paz a amenazar e insultar a la gente. A veces se llevaban detenido a alguno. La ciudad se puso peligrosa.

Evangelina se estaba volviendo una adolescente hermosa. Era muy sociable y tenía muchos amigos. Marcelo notó un cambio en la conducta de los estudiantes del colegio. Hablaban en voz alta de política. La dictadura ya no los amedrentaba. Evangelina evitaba salir con él los fines de semana, decía que ninguna de sus amigas hacía planes con el papá. Marcelo trataba de explicarle que la relación de ellos era distinta, siempre habían sido amigos, y un padre y una hija necesitaban hablar.

Marcelo estaba muy apegado a su hija. Su vida personal no era buena. Vivía solo. Su hija era para él un gran consuelo. Un cable a tierra.

Evangelina había sacado cosas de él. Le interesaba la política. Tenía buen carácter. Era popular en la escuela con sus amigas. A los dieciséis años empezó a militar en un movimiento estudiantil clandestino. En esa época las reuniones políticas estaban prohibidas. No se lo contó a su padre, pero él sospechaba. Evangelina había madurado, hablaba del país, le preguntaba sobre los años del peronismo y le pidió que le explicara qué eran el marxismo y el guevarismo. Él le dijo que tuviera cuidado, que no se metiera en problemas. Pero las adolescentes no escuchan. Él a veces iba a verla a la salida de la escuela. Si ella estaba con sus amigas no se acercaba. No quería inmiscuirse en su vida o que pensara que la vigilaba. Sólo quería verla. Siempre había chicos que iban a buscar a las chicas a la Escuela Normal. Pronto descubrió que ella también tenía un amigo que la esperaba. Era bastante alto, hacían buena pareja. Al principio sintió un poco de rechazo, pero después pensó que era propio de la edad.

En 1972 los militares convocaron a elecciones. 1973 fue un año muy agitado. Perón regresó al país y el Presidente Cámpora ordenó que se abrieran las cárceles. Los prisioneros políticos recuperaron su libertad. Luego Cámpora renunció para que hubiera nuevas elecciones con Perón: no se podía excluir del proceso político al líder más popular de la Argentina. En los colegios los jóvenes se rebelaron contra las viejas autoridades, que habían asumido durante la dictadura, y hubo una toma general. En el suyo él apoyó a los estudiantes. Le preguntaron si quería asumir algún cargo directivo. Los jóvenes lo querían. Dijo que no, pero recomendó a un colega, que era progresista y tenía talento administrativo.

Su hija, pudo él comprobarlo, estaba militando. Finalmente era legal pertenecer a un partido político. Marcelo le habló directamente del asunto y le preguntó. "Soy peronista", respondió Evangelina, "de la J. P." Cuando regresó Perón al país su hija fue a Ezeiza a recibirlo con un grupo de jóvenes del partido. Marcelo escuchó que había habido un tiroteo en las inmediaciones del aeropuerto y temblaba de miedo. Temía que le pasara algo a su hija. En el año 74 Evangelina tenía 18 años y empezó la universidad. Decidió estudiar Abogacía. También le interesaba Letras, pero prefirió seguir Derecho. Le dijo que quería tener una carrera que la pusiera en contacto con la realidad del país y le permitiera hacer cosas, cambiar el mundo. Necesita involucrarse en la vida política. No se sentiría bien de otro modo.

Marcelo pensó que su hija era todo lo que él había querido ser y no había podido. Su timidez, su falta de decisión, habían sido sus enemigos. Le había costado tanto vivir. Pasaba pocos momentos buenos. Tenía sus libros, eso sí, la historia, pero la soledad le provocaba sufrimientos. Estaba feliz de tener una hija como Evangelina. Ella continuaría su sueño: era inteligente, decidida, arriesgada. Tenía ideales. Se sentía justificado como padre.

En el 74 murió Perón, y la situación política se precipitó. El país estaba sumergido en una crisis. Marcelo, preocupado, habló con su hija. Le preguntó si era Montonera. Su hija se lo admitió. Dijo que el peronismo era el futuro del país. No creía en el ERP. Los marxistas se equivocaban. Había que luchar por los pobres, pero todos unidos como país, en una comunidad nacional organizada. Perón había dejado un gran legado. Estaba en el Centro de Estudiantes de su Universidad. Confiaban en su liderazgo. Marcelo le preguntó si seguía escribiendo poesía. Reconoció que no mucho. Más importante que escribir era hacer la revolución. Era lo que el pueblo esperaba de ellos.

Durante el 75 Marcelo la veía poco. Se había hecho novia de un muchacho de su misma tendencia política. Los parapoliciales de la Triple AAA mataban cada vez más militantes de izquierda. Marcelo sufría por su hija.

Quizá fuese un buen momento para escribir un ensayo. Estaba siendo testigo de un momento histórico importante. Había nacido en 1928, como el Che, y llevaba una chispa rebelde oculta en su interior. Sus clases de historia argentina eran muy populares. Sus estudiantes celebraban sus ideas. No militaba, pero no por cobarde. Si llegaba la ocasión, se decía, sabría demostrar su valor. Había algo dentro suyo que le impedía abrirse a los demás. Miraba al mundo como si estuviera detrás de un cristal. Cuando quería ser parte de él, algo se lo impedía. Ser historiador, quizá, sea ser testigo, se dijo, y no mucho más. Le parecía una contradicción. Sentía culpa muchas veces por no ser diferente.

Evangelina dejó su casa. Ya no vivía con la madre. Se fue a vivir con varios amigos. Compartían una casa grande en Palermo. Finalmente llegó el golpe del 76. Los militantes entendieron que se venía la pesada. Los militares empezaron a secuestrar gente. Un día Marcelo fue a buscar a su hija a su casa en Palermo y ya no estaba. Un amigo de su novio le dijo que se habían ido, por cuestiones de seguridad. El Ejército los estaba persiguiendo. Le pidió por favor que le dijera a Evangelina que necesitaba verla. Que se pusiera en contacto con él.

Un día salía de dar clase en el Colegio cuando vio al novio de su hija en la esquina. Le hizo señas. Marcelo se acercó. Le dijo que lo iba a llevar adonde estaba Evangelina para que la viera. Los esperaba un auto. Se subieron y anduvieron un buen rato. Llegaron a una casa en el sur de la ciudad. Era una calle arbolada. Su hija salió a recibirlo, se abrazaron largamente. Le dijo que no sabía cuántas veces iba a poder verlo en el futuro cercano. Era muy peligroso ver familiares. Quería decirle que lo quería mucho y había sido muy importante para ella. Le confesó que tenía confianza en la lucha, y que había heredado de él el temple y el amor a la verdad. Marcelo sintió que quería llorar, pero optó por apretarle la mano.

Después lo regresaron hasta la parada de ómnibus y se volvió solo. Pasaron meses sin que la volviera a ver. Un profesor amigo le dijo que la situación se estaba poniendo imposible para los militantes. El Ejército secuestraba, torturaba, asesinaba. No se sabía cuántos habían caído. Las organizaciones políticas luchaban a muerte.

Se planteó qué haría si le pasaba algo a su hija, si la encarcelaban, si la torturaban. ¿Y si la mataban?...La idea lo aterraba. La vida de su hija valía mucho más que la suya. Tenía que defenderla. ¿Pero cómo? ¿Cómo? Como fuera, pensó. Quizá lo mejor sería dejarse llevar por la desesperación. Comprarse un arma. Pero sabía que no podría. Era más fácil dejarse matar que herir a alguien. El mundo en que vivía, se dijo, llamaba a la acción. Él no estaba preparado. A pesar de eso, defendería a su hija a cualquier precio. Si la apresaban iría a rescatarla, a defenderla. Nadie podría hacerle mal.

El día tan temido llegó. Recibió una llamada telefónica de su ex-mujer. Le dijo que habían secuestrado a su hija. Trató de averiguar más. Su ex-mujer no sabía nada. Quiso volver a la casa donde se había encontrado con su hija, pero no pudo reconocerla. Finalmente recibió una llamada del novio de ella. Le dijo que la habían herido y se la habían llevado a la Escuela de Mecánica de la Armada. Temían por su vida. Pensó en el sufrimiento de Evangelina, ¿la torturarían aun estando herida?

Estuvo toda la noche pensando qué hacer. Llamó a uno de sus nuevos compañeros de trabajo que militaba en el Partido Radical y le preguntó qué sabía sobre la Escuela de Mecánica de la Armada. Este le confirmó que allí tenían a militantes presos. Había gran cantidad de desaparecidos. Era febrero de 1977. Le dijo que quería ir allí a preguntar por su hija. El otro le advirtió que era demasiado arriesgado. Podía no salir. Torturaban y había familiares de los militantes que también habían desaparecido. Marcelo lo pensó. ¿Podía él aceptar que su hija no regresara, no verla más? Tantos años de verla crecer...¿qué era su vida sin ella? No la podía abandonar en esos momentos. No se lo perdonaría nunca.

El peligro era grande. No sabía qué podía pasarle, pero decidió ir. Nunca había hecho nada que valiera la pena, ni se había dejado llevar espontáneamente por sus sentimientos. Quizá esa fuera su única cuota de valor.

Se sintió justificado. Se sintió fuerte. Sintió indignación. Sintió coraje. Sintió ganas de enfrentar a los oficiales del Ejército, decirles lo que pensaba del golpe militar, insultarlos. Quizá fuese una locura, pero era lo que sentía.

Finalmente se tomó el colectivo 29 y fue hasta la Escuela de Mecánica de la Armada. Se presentó a la guardia.

- Soy el padre de Evangelina Casares - les anunció - Me dijeron que mi hija puede estar aquí.

Los dos soldados de guardia se miraron. Uno agarró el teléfono.

- Aquí hablan de la guardia. Un señor busca a una tal Evangelina Casares. Dice que es el padre.

Al rato aparecieron dos hombres de uniforme. Uno se presentó.

- Soy el Capitán Acosta. ¿Ud. busca a Evangelina Casares?

- Sí, señor - le respondió con firmeza.

- Pase, pase, yo lo voy a llevar adonde está la señorita Evangelina Casares.

Caminaron hacia el edificio encolumnado de la Escuela. Contempló los pinos que flanqueaban el frente. Estaba oscureciendo. Respiró hondo, para darse valor. Sintió que en pocos momentos más se iba a encontrar con su hija. Sospechaba lo que podía pasarle. Se dijo que no tenía miedo.

El vuelo

"Los vuelos de la muerte eran una forma
de exterminio implementada por la dictadura
cívico-militar en Argentina –autodenominada
Proceso de Reorganización Nacional -,
entre 1976 y 1983."

Lo habían capturado esa tarde. Enseguida lo llevaron al interrogatorio. Lo torturaron durante media hora. Era todo lo que había necesitado. No había sido más bravo ni más duro que los otros. Al principio no quería hablar, gritaba mucho, lloraba, llamaba a su madre. Pero cuando el Ángel le acercó la picana a los huevos allí todo cambió. Se retorció como un alambre y gritó y lloró al mismo tiempo. Dijo que pararan, que iba a hablar. Dio dos o tres nombres. Juró que era todo lo que sabía. Seguramente era cierto, pero por las dudas siguieron torturándolo durante la media hora reglamentaria.

Pusieron cuidado. No querían que tuviera un paro cardíaco y se muriera, ni que se cagara encima. El Ángel era un experto, sabía cómo hacer las cosas. En las tetillas, en la boca, en los huevos. También le pegaron con un palo...en el pecho, en las piernas, en la espalda... Tenía la capucha puesta. Podía oír las voces y las risas, y escuchaba las amenazas. Repitió los mismos nombres una y otra vez y agregó otros más. Los anotaron e Inteligencia procedió a enviar a los Grupos de Tarea a buscar a los nuevos sospechosos. En un día o dos pasarían por allí, seguramente, y los interrogarían. Se proponían terminar con todos. ¿Con todos? Con todos...

Lo sacaron del cuarto de torturas y lo llevaron a una celda. Lo arrojaron al suelo sobre una colchoneta. Le tiraron una manta para que se cubriera. Hacía frío. Era el mes de mayo. Le dolían los músculos de todo el cuerpo. No se había desmayado durante la tortura. Pensó que ya había pasado lo peor. Había hablado. Sintió culpa. Pero se dijo que estaba todo calculado. Así había quedado con sus compañeros. Aguantar todo lo posible la tortura y después cantar. Los otros, al ver que él no se comunicaba, se esconderían, escaparían y la célula se salvaría. Si podían...

Trató de dormir...Pensó en todo lo que había vivido. En el grupo de hombres armados vestidos de civil que irrumpió en casa de su madre, a poco de haber llegado él, en medio de gritos. El llanto aterrorizado de esta y él tratando de calmarla, diciéndole que todo iba a estar bien. Pidió a los que le apuntaban que no le apuntaran a ella, que era un mar de lágrimas. Se entregó. Lo arrastraron al Falcon, en medio de culatazos. Lo encapucharon. Lo tiraron al piso y después de media hora entraron en un edificio. Lo metieron en un cuarto y lo dejaron esperando. De allí lo sacaron para interrogarlo, para torturarlo. "Decí todo, la puta que te parió", le gritaban. Y le daban picana.

Allí oyó por primera vez el nombre "Ángel". Le llamó la atención y le pareció una burla. Él también tenía su apodo de guerra, era "Ernesto", como el Che. Se preguntó si habrían capturado a los otros. Rogó que no. Los peronistas sabían defenderse y luchar, eran resistentes. Perón les había enseñado que la guerra era política. No se ganaba sólo con las armas, había que tener la razón y los derechos. Y los militares tenían armas, pero no la razón. Eran ilegítimos, cipayos al servicio del imperialismo, como tantas veces los había denunciado Perón. Buscaba la victoria, no le gustaba perder. Pensó en su madre, que estaría llorando, asustada. Un día el mundo sería diferente, triunfaría el pueblo, habría justicia social. Finalmente se cubrió con la manta y se durmió.

Tuvo un sueño extraño. Soñó que iba en un avión. Todo era muy azul. Aparecieron algunas nubes. De pronto se sintió en el aire. No entendía bien qué pasaba. Estaba rodeado de pájaros. Veía el sol a lo lejos, como una esfera brillante. Estaba volando. El viento le acariciaba la cara. Al fondo veía una superficie verde esmeralda. Era el mar. Estaba planeando encima de él. Se iba acercando a la superficie. Enseguida se zambulló, como una grulla o un pez. Sintió el placer del contacto del agua. Nadó hacia la profundidad del océano. Vio pasar peces de colores que lo miraban con asombro. A medida que avanzaba todo era más oscuro, la noche del mar. Se desesperó. En la profundidad vio una luz. Nadó hacia ella. Era la entrada de una gruta marina. Se introdujo. En el centro de la gruta había un gran resplandor. Miró fijamente y vio a Dios, vestido de blanco. Tenía el pelo largo y barba, como el Cristo de las estampitas. Dios le dijo que había llegado el momento. El juicio final se acercaba. Y la resurrección de la carne. Vio que a su alrededor había otros, esperando ese momento. Sintió que alguien le tocaba el hombro. Se dio vuelta. Se encontró con la mirada de Perón. De la mano llevaba a Evita. Ella era pequeña, casi una niña. Él le dijo a Perón: "Hasta la victoria". Empezó a recitar un poema sobre Dios y la vida eterna. En el estribillo repetía la palabra "Argentina".

El sueño concluyó de repente. Se despertó. Se movió, incómodo, sobre la colchoneta. Se acurrucó. Tenía frío. Le dolían los músculos. Trató de relajarse y volverse a dormir. En el entresueño su mente se pobló de imágenes. Recordó los días de su adolescencia cuando iba al Colegio. Salía muy temprano por la mañana, aún estaba oscuro. Recordó los focos de luces amarillas de la calle, moviéndose con el viento. Recordó las visitas que hacía a su abuela española. Le ofrecía manjares cocinados por su mano. Le preparaba las comidas que le gustaban: papas fritas, bife a caballo, arroz con leche. Recordó cuando fue a jugar el picado de fútbol con los compañeros de sexto grado. Los chicos pobres de la villa que estaba frente al parque donde jugaban los desafiaron a un partido. Ellos, los chicos de clase media, les ganaron. En venganza, los chicos de la villa los atacaron. Iban y venían piñas y patadas. Los villeros eran más duros. Finalmente él y sus compañeros huyeron. El campo fue de los otros.

Se despertó momentáneamente. Sintió que le dolía el cuerpo, pero aún más le dolía el espíritu. Sentía vergüenza y culpa. Había hablado. Pensó en su novia, Elvira. Ella también era militante y estaba en una célula distinta a la suya. El Partido lo había hecho a propósito. Si algo iba mal, no querían que los agarraran juntos. Rogó que estuviera libre. No aguantaría la tortura. Era demasiado tierna y dulce. Recordó cuando hacían el amor. Últimamente ya no se cuidaban. Así era la guerra. Apostaban a la vida y sabían que la muerte los cercaba. Querían vivir. Pensó que quizá ella estuviera embarazada. Si así fuera nadie la tocaría en caso que la agarraran. Los militares no se animarían a torturar a una embarazada. Nacería su hijo. Si algo le pasaba a él, su hijo un día lo vengaría. Rogó a Dios por Elvira. Que no le pasara nada. La amaba. Hacía dos años que se habían conocido. Habían convivido los últimos seis meses. Él había cumplido ya los veinte años, y ella tenía diecinueve. Empezaron a militar en la escuela secundaria. Se conocieron en el Centro de Estudiantes. Dos de sus amigos del Colegio habían desaparecido. Pensaban que los habían asesinado.

Cuando terminó la secundaria entró a estudiar Derecho. Se puso a leer a Perón. Otros leían a Marx, él prefería aprender del viejo. Perón tenía su doctrina, a pesar de lo que decían los marxistas. Si hubieran leído *La hora de los pueblos* y *Modelo argentino* se hubieran convencido de que sabía mucho. *Modelo argentino* era el testamento político del gran viejo. Lo había anunciado en su último discurso del 1º de mayo, antes de morir. Pensó en los fundadores de Montoneros y en el General Aramburu. Fueron los únicos que se animaron a juzgarlo. Había sido un enemigo del pueblo. Ellos habían tenido la autoridad para hacerlo. Aramburu era un símbolo de la arrogancia del Ejército, que había traicionado a la nación. Los militares habían creado un estado policial al servicio del imperialismo. ¡Cipayos! Así los llamaba Perón. Aramburu había fusilado a trabajadores inocentes en La Plata. Era un genocida. Los líderes de Montoneros lo habían juzgado por sus crímenes en nombre del pueblo argentino y ese acto era parte de la gloria de la agrupación. El General Aramburu había recibido su castigo. Se había hecho justicia.

No sabía lo que iba a pasarle. Lo habían "chupado". Esperaba que después de un tiempo lo trasladaran a otra prisión, lo transfirieran. Creía que su calabozo estaba en un sótano. ¿Dónde? No sabía. Cuando iba tirado en el piso del auto donde lo llevaban pudo ver por el costado de la capucha que entraban en un recinto arbolado. Quizá estuviera en

Palermo o en Belgrano. ¿Sería la Escuela de Mecánica de la Armada? Al que lo torturó le decían Ángel. No le pudo ver la cara. Daba lo mismo. Eran todos iguales. Enemigos del pueblo. Elvira, ¿estaría embarazada? En esos momentos deseó intensamente tener un hijo, era su manera de aferrarse a la vida.

Pensó en el General Quiroga. Siempre pensaba en Facundo cuando algo le iba mal. Su amigo, Dalmacio, y él lo admiraban. Se sentían montoneros. Juntos habían leído el *Facundo*, solo para refutar a Sarmiento, para demostrar que el sanjuanino estaba al servicio del imperialismo inglés, que quería derrocar a Rosas y tener el país a sus pies. Facundo había luchado toda su vida contra los enemigos del pueblo, y lo habían asesinado infamemente. Rosas lo hizo enterrar de pie, listo a salir de su tumba el gran Tigre, a luchar contra los enemigos de la patria. Habían visitado con su amigo su tumba en la Recoleta. Morir luchando. Era una idea hermosa. Facundo había pensado que nadie iba a animarse a matarlo, nadie tendría el coraje. Su nombre metía miedo. El hombre que pudiera matarlo no había nacido todavía. Pero lo mataron. Se equivocó Facundo. No importaba. Su sombra terrible vivía, su alma estaba en el pueblo. Planeaba sobre los barrios pobres y las villas miserias, para proteger a los descamisados. Su sombra los impulsaba a luchar. La sombra de Facundo. La sombra de todos los montoneros que defendieron la patria contra el imperialismo cipayo: Facundo, Felipe Varela, el Chacho Peñaloza. La reacción se había encarnizado contra ellos, pero jamás habían bajado las armas. La lucha era a muerte. ¡Patria o muerte!, se dijo. La patria no tenía precio, no se vendía. Estaban en el país, sin embargo, aquellos que la negociaban, los infames militares de la anti-patria. Los cipayos que avergonzarían a San Martín. Debería regresar de la historia el Gran Capitán, para echarlos de la Casa Rosada con un látigo, como echó Cristo del templo a los mercaderes. Habían transformado a la patria en un infame mercado. Ahora había que liberarla. Esa era una guerra de liberación y ellos eran los soldados de Perón. La lucha continuaría, hasta la victoria. Después de los militares, vendrían ellos. Los milicos caerían y ellos ocuparían el poder. Los militares servían intereses espurios. Eran los lacayos del imperialismo y la falsa religión. Una parte de la iglesia se había vuelto contra el pueblo.

Se encontraban por un lado los curas y monjas valientes que amaban a la gente y se jugaban con ellos, los curas villeros, los curas militantes, los sacrificados, los santos, y, por el otro, los curas de la anti-patria, los que se aliaban a la curia internacional, los que adoraban el oro de Washington y complotaban con los yanquis contra los pueblos.

Tenía frío. La cobija sucia que le habían dado para taparse no era suficiente. La colchoneta sobre la que estaba tirado era muy delgada y sentía el frío del suelo de la celda. Le dolían los músculos en los sitios donde le habían aplicado la picana. Tenía los testículos inflamados y necesitaba orinar. Se dijo que ya había pasado lo peor. Era necesario aguantar. Había que pensar en el futuro. En la lucha y en la victoria. Al final llegaría la victoria. Como había dicho el General Bolívar, durante las guerras de Independencia, cuando el pueblo ha decidido ser libre nadie puede pararlo, aunque se pierdan muchas vidas. Y allí estaba el ejemplo contemporáneo de Vietnam. El genocidio yanqui no había logrado detener la lucha del pueblo vietnamita. Habían bombardeado a los campesinos misérrimos con napalm, los habían envenenado con agente naranja. El combustible líquido de las bombas quemaba sus chozas y se metía en las cuevas donde se ocultaban. Así los mataban. Los yanquis no mostraban piedad ni compasión. Habían tenido la desfachatez de masacrar cientos de miles, millones de campesinos pobres por el delito de querer ser libres, y se llenaban la boca hablando de libertad. Esos grandes asesinos de la historia. Pero los pueblos habían aprendido a luchar. Si no fuera por esos milicos cipayos…vendidos al oro del imperialismo…Eran la vergüenza de su patria…después de los grandes ejércitos populares del pasado, tener ahora a esos cobardes hambreando a la gente y cobrando los dineros de Judas de sus amos. Sólo el ejército nacional en épocas de Sarmiento y Avellaneda había sido tan infame. El General Roca había dirigido la campaña del desierto. De un "desierto" muy poblado. Habían sido los responsables de las masacres de indios. Se habían robado las 45.000 leguas y después se llenaban la boca llamándose civilizados. Asesinos de pueblos. Pero después vinieron Irigoyen y Perón y cambiaron la historia. El pueblo siempre generaría sus líderes.

Pensó en el Che. Él les había enseñado que había que luchar por la Patria

Grande, el gran sueño de Bolívar. Las luchas nacionales continuarían más allá de las fronteras, hasta reunir la patria latinoamericana. Como había dicho Perón, el siglo XXI los vería unidos o esclavizados. ¿Cómo sería el siglo XXI? Quién podía saberlo. ¿Llegaría él al siglo XXI? Quizá su hijo, si lo tenía (rogaba que su compañera estuviera embarazada), fuera a ver el nuevo milenio. Quizá pudiera vivir en una Argentina libre, en un mundo sin imperios, habitado por pueblos felices.

Sentía los efectos de la picana. Le dolía todo el cuerpo. Pensó que pronto vendrían a levantarlo. Lo dejarían ir al baño, le darían algo caliente que tomar, tal vez mate y pan. Sería una bendición.

Al rato sintió que se abría la puerta de su celda. "Preparate", le dijo una voz. "¿Para qué?", preguntó. "Va a haber un traslado. Te van a llevar en avión." "¿Adónde?", quiso saber. "A otro sitio, creo que al sur", le respondió. Lo hizo poner de pie, le sacó por primera vez la capucha. Pudo ver a su carcelero. Era un soldado moreno, seguro que un cabo, o un suboficial de menor jerarquía. Se oyeron pasos y apareció un hombre joven, vestido de civil. Tenía un rostro agradable, de primer actor. Debía ser Ángel. "Tenés suerte", le dijo. "Te vamos a trasladar. Vas a volar. Donde te llevamos vas a estar mejor." Reconoció la voz, era el que le había aplicado la picana. Ángel sería, pero ángel de la muerte.

Vino un enfermero. "Te voy a dar una vacuna. Es contra el tétano, para que te conservés sano", le dijo. Lo inyectó en el brazo. De inmediato se empezó a sentir más ligero. Luego, un cansancio extraño se fue apoderando de él. Pensó en el sueño que había tenido durante la noche, cuando se sumergía en el mar, y llegaba a una gruta iluminada y lo veía a Cristo. Allí estaba también el General junto a Evita. Dios los había recibido. Pensó en un mundo eterno. Mientras se dormía se repetía las palabras: "Hasta la victoria General, hasta la victoria siempre".

Viva la patria

El Comandante del III Cuerpo de Ejército, General de División Luciano Benjamín Menéndez, arribará hoy a la provincia para presenciar ejercicios militares, informando al respecto que "no son movimientos bélicos sino ejercicios de instrucción…"

Consultado sobre las posibilidades de arribar a una solución en el diferendo limítrofe con Chile, se declaró optimista… Retomando el tema de los ejercicios… afirmó que "la obligación del Ejército es prepararse para la guerra"…

La Nación, 17 de octubre de 1978.

El jueves 21 de diciembre de 1978 reclamará seguramente una página de los estudiosos de la política exterior de la Argentina y de Chile…un hecho nuevo suspendió el jueves los aprestos militares para una crisis que tendía a "precipitarse en forma inminente"… El hecho nuevo fue la comunicación oficial de Juan Pablo II a los gobiernos de Argentina y de Chile de su disposición a enviar un representante personal…y examinar "la posibilidad de un honorable arreglo pacífico" del litigio…la Casa Rosada se apresuró a hacer saber a la opinión pública que el ofrecimiento papal había sido aceptado…También lo aceptó Chile.

La Nación, 24 de diciembre de 1978.

Hacía un rato que había salido la luna y las masas oscuras de montañas mostraban su accidentado perfil contra el cielo estrellado. En el valle se divisaban las manchas blanquecinas de las tiendas de campaña. Dentro de una de las tiendas, dos soldados conversaban en voz baja.

- ¿Estuviste con la patrulla del Sargento Soto? - dijo uno.

- No, por suerte - respondió el compañero.

- De la que te salvaste. Está hecho un hijo de puta.

- Les están dando con todo también a ellos.

Se quedaron en silencio por un momento. Les llegaban de fuera los rumores y ruidos nocturnos. La luna proyectaba su luz opaca sobre las paredes de la tienda. Pasó la sombra de un centinela.

- Lo fusilaron al Rana, ¿te enteraste? – continuó.

- Sí - dijo el compañero - lo mataron ayer a la noche. Yo oí la descarga, pobre pibe…

- El flaco Gutiérrez se la pasó llorando…

Los dos rostros se volvieron casi al mismo tiempo, hasta enfrentarse.

- Y al final, ¿qué va a pasar? - preguntó uno.

- ¿Quién lo sabe? - dijo el otro.

- ¿Vamos a entrar en batalla o no?

- Ya entramos en batalla…¿no te das cuenta? La batalla entre los Oficiales y los soldados.

- Quiero decir…con los chilenos.

- No lo sé.

- No aguanto más todo esto - confesó su amigo, con la respiración entrecortada - Me vuelven loco, creo que me voy a volver loco.

- Los Oficiales tienen la culpa. Ellos son los que crean esta tensión.

- Cada noche durmiendo vestidos, con las ametralladoras al alcance de la mano. No aguanto más… - dijo con un hilo de voz, cubriéndose la cara con las manos.

- Es como oler la muerte - comentó su compañero - Me contaron que uno en el Segundo Batallón se piantó totalmente. Agarró la ametralladora, empezó a gritar y tiró ráfagas para cualquier lado. Mató a dos e hirió a uno antes de que lo mataran a él. Al soldado que hirió le tuvieron que cortar las piernas.

- Y nadie sabe concretamente qué es lo que está pasando, ¿te das cuenta? Siempre rumores, rumores que circulan y pueden ser ciertos o no.

- Pasan de boca en boca y se deforman - murmuró - El miedo…es el miedo…

Miró hacia los costados. Se percibían en la penumbra los cuerpos extendidos de los otros soldados. Luego se volvió hacia su camarada.

- ¿Cómo podemos vivir así? - le preguntó.

- Y…- justificó el otro, abatido - uno se va acostumbrando…

- Acostumbrando, sí, acostumbrando a morirse. Un día nos dirán: "Bueno, llegó el momento, ese es el enemigo, está avanzando hacia ustedes, ¡disparen!"

- Y nosotros haremos lo que ellos mandan.

- Y los otros, los enemigos, harán exactamente lo mismo.

Escucharon los pasos del centinela junto a la tienda. Se quedaron en silencio por unos instantes. Oyeron voces de otros compañeros que, como ellos, murmuraban. El soldado le toco el brazo y el otro volvió su cabeza hacia él.

- ¿Quién gana en este infierno? - le preguntó.

- Los que no están aquí. Nosotros todos perdemos, ya no somos nosotros.

- Si solamente pudiéramos sacarnos la incertidumbre de encima, saber cuándo y cómo… - murmuró, oprimiéndose las sientes - …si desaparecieran estos fantasmas…

Se pasó la mano por la garganta y volvió la cabeza hacia el costado.

- Es hora de dormir - dijo su amigo, tapándose más con la manta.

- Imposible, no podré pegar los ojos, como anoche.

El centinela se detuvo un momento en la puerta de la tienda; luego, continuó la ronda.

-¿En qué pensás? - preguntó el soldado al compañero.

- Pienso, ¡si pudiéramos hacer algo!

- Sacátelo de la cabeza, es una locura.

- ¿Por qué? - insistió.

- Nos agarrarían y nos matarían, nos fusilarían como al Rana.

- Al Rana lo fusilaron porque robó.

- Es lo mismo - dijo, molesto.

- Lo que se está planeando es diferente. Estamos aquí, en este desierto montañoso, aguardando que nos ordenen avanzar y entrar en batalla, sin saber si los Generales ya decidieron el momento para empezar la guerra, o si por el contrario van a desistir y retirar las tropas. Y allá, en las ciudades, hay hombres como nosotros, que esperan el desenlace de todo esto para saber si tendrán que trabajar con los mismos patrones o con otros nuevos.

El compañero no respondió al argumento. Permanecieron callados por breves momentos.

- ¿Qué hacías antes de venir al frente? - preguntó después.

- Era obrero en una planta química.

- No sé - dijo, volviendo al argumento inconcluso - todo me parece improvisado. Tengo miedo.

- Yo también tengo miedo - confesó sinceramente el que era obrero.

- ¿Y entonces…por qué te metés en eso?

- Tengo que hacerlo para defenderme - dijo - Mientras estos tengan la manija siempre habrá otra guerra.

El compañero se quedó pensativo por un momento.

- ¿Cómo van a vincularse con los de la ciudad? - preguntó luego.

- Ellos están imprimiendo panfletos y mañana a la noche enviarán a alguien para traerlos hasta las inmediaciones del campamento nuestro. Yo saldré a su encuentro para buscarlos.

- ¿Y si nos agarran…?

- No nos tienen que agarrar, Teodoro - sentenció.

Teodoro lo miró, angustiado.

- ¿Y hay que pasar una parte de los panfletos al lado chileno después? - preguntó.

- Sí - contestó el otro - los llevaré yo mismo. Me escurriré por la loma, en dirección al campamento de ellos. Alguien me esperará a medio camino.

Teodoro extendió su mano por encima de la manta y estrechó la de su compañero.

- Está bien, Ramírez… Estoy con Uds. - le dijo.

- ¡Bravo! - exclamó Ramírez.

- Si pasamos esta… - dijo Teodoro.

Ramírez no respondió. Guardaron silencio. Desde el interior de la tienda se percibía el rumor de la noche.

La luz tenue de la luna iluminaba las laderas pedregosas de las montañas vecinas al campamento. Por una de ellas se deslizaba trabajosamente el cuerpo de un hombre. Se detuvo y observó con atención el terreno grisáceo y opaco a su alrededor.

- ¡Eh! - llamó.

Otra voz le respondió desde un punto que no pudo precisar bien.

- ¿Quién vive?

- Veintiuno - dijo el recién llegado.

Detrás de un montículo de piedras cercano se asomó la cabeza de un hombre. Le hizo una seña y el recién llegado se incorporó lentamente con los brazos en alto.

- Está bien - dijo el que aguardaba. - ¿Los trajiste?

- Sí - respondió el otro, bajando lentamente los brazos - los tengo conmigo.

Llevaba una mochila a la espalda. Se la quitó, la abrió y sacó de ella un envoltorio. Ramírez, frente a él, permaneció inmóvil.

- ¿Es la primera vez que te veo, no?

- Sí - respondió el recién llegado.

- ¿De dónde sos?

- Soy de Neuquén.

- Yo soy de Rosario - dijo Ramírez, ahora con una sonrisa.

El neuquino abrió el envoltorio. Contenía un paquete de hojas impresas, atado cuidadosamente con hilo. Lo tomó. Lo iluminó con una linterna de luz muy tenue y procuró leer. Tuvo que acercar más el impreso a su rostro.

- ¿Qué te parece el encabezamiento? - preguntó a Ramírez, indicándole un título en letras grandes, y leyendo con énfasis - "Soldados argentinos y chilenos, unámonos contra el enemigo común: los Oficiales y Generales de ambos Ejércitos."

- Perfecto - exclamó Ramírez, muy entusiasmado - ¿qué más dice?

- No puedo ver bien, mi linterna casi no tiene pilas - dijo el neuquino - es algo como…."Los Generales, lacayos de la burguesía, son los carniceros de los soldados de Argentina y Chile. Organicemos la resistencia. Unámonos todos los soldados con los obreros de las ciudades para derrocar a los Generales y a las burguesías de nuestros dos países. Comité de soldados argentinos y chilenos. ¡Abajo la guerra nacionalista! ¡Viva la revolución!"

- Fenómeno - exclamó el rosarino, satisfecho, palmeándole el hombro a su camarada - Yo me encargo de los panfletos. Espero que regreses sin contratiempos. Gracias por traer esto.

Tomó los panfletos y los puso en su mochila.

- Buena suerte - dijo el neuquino.

Sin aguardar respuesta, el neuquino dio media vuelta y, agazapado, desapareció, entre los arbustos y las piedras. Ramírez se arrastró en dirección opuesta a la de su compañero, ladera abajo. Pronto se detuvo y permaneció sin moverse, como aguardando algo. Oyó un ruido de ramas quebradas y alguien habló.

- ¿Sos vos, Ramírez? – dijo la voz.

- Sí, soy yo.

A unos metros de distancia un soldado se incorporó lentamente y se acercó a él.

- ¿Y? - le preguntó.

Ramírez le alcanzó la mochila que cargaba.

- Aquí están - dijo.

Teodoro la abrió y extrajo el paquete de panfletos. Trató de sacar uno tirando despacio por las puntas, sin quitar el hilo, pero no pudo. Finalmente, tomó una linterna e iluminó el panfleto que estaba en la parte superior del paquete.

- A ver qué dice…- leyó por un momento en voz baja - ¡Huum…! ¿No se les va la mano? - preguntó - ¿Unir a chilenos y argentinos, con la bronca que nos tienen los chilenos?

- ¡No seas boludo! - reaccionó Ramírez - ¿Qué puede tener en contra tuya el pobre laburante al que mandan a la guerra?

- Ellos quieren lo mismo que nosotros: las tres islas - justificó Teodoro.

- Nadie quiere las islas. ¡Qué se metan las islas en el culo!

- ¿Quiénes, los chilenos? - preguntó Teodoro.

- ¡Nooo, los Generales! - dijo Ramírez - Ahora nos mandan a la guerra, y si nos salvamos de morir aquí tenemos que volver a la villa miseria y a la fábrica, para que nos hambreen…¿no te das cuenta que lo que quieren es matarnos?

Teodoro asintió. Se quedo callado y bajó la cabeza, como reflexionando.

- Voy a pasar los panfletos al lado chileno - anunció Ramírez.

- ¿Querés darme una parte y la llevo al campamento nuestro? - le preguntó Teodoro.

- No, está bien - le agradeció Ramírez - Va a ser mejor que los lleve yo a mi regreso.

Ramírez metió los panfletos en la mochila.

- Tené cuidado… - le pidió Teodoro.

- Nos vemos mañana para el desayuno, o si no en la formación.

Ramírez se agazapó, miró a su alrededor y se alejó por la ladera de la montaña. Su cuerpo pronto se perdió en la oscuridad. Teodoro lo vio desaparecer y miró hacia el cielo: las nubes ocultaban la luna. Luego descendió hacia el valle, donde estaba el campamento.

La mañana siguiente amaneció con neblina. Las montañas que rodeaban el campamento habían quedado parcialmente ocultas por el manto blanco. Los soldados iban y venían con impaciencia entre las tiendas de campaña. A un costado, el cocinero atizaba los leños del fuego, que chisporroteaban bajo los calderos humeantes. Unos soldados formaban fila, esperando su turno para recibir el mate cocido. Otros, cerca, bebían de sus jarros y sumergían en el líquido trozos de pan. Teodoro se aproximó a Ramírez, que estaba a pocos pasos de él.

- ¿Todo bien anoche? - le preguntó.

- Sin problemas - respondió Ramírez. Luego bajó la voz y agregó - Todo salió como estaba planeado. Alguien me estaba esperando a mitad de camino.

Teodoro bebió un sorbo de su jarro.

- No te sentí cuando volviste - le dijo.

- Estabas durmiendo como un tronco.

- Al principio no me podía dormir - le confió – Me puse a pensar en lo que podía pasar. Sentí miedo. Pero después caí rendido y dormí bien.

- Mejor para vos.

Teodoro observó el rostro demacrado de Ramírez.

- Tenés cara de sueño - le dijo.

- Te imaginás… - respondió el otro, e hizo un gesto de disgusto - Casi no pegué los ojos…Pero hay que aguantársela.

Más soldados se habían incorporado a la fila del mate. La niebla se iba levantando poco a poco y aumentaba la intensidad de la luz. Soplaba un viento frío. Por encima de las montañas que encerraban el valle aún no había aparecido el sol.

- ¿Hay misa también hoy? - preguntó Teodoro a Ramírez.

- Seguro - dijo Ramírez - el cura estará preparando el sermón.

- La puta que los parió, todos los días lo mismo.

Se volvieron. En una elevación del terreno, como a ciento cincuenta metros, la figura de un hombre se confundía con el vuelo de una manta blanca. Finalmente logró dejar la manta inmóvil sobre una superficie horizontal.

-Está preparando el altar - comentó Ramírez.

Teodoro movió la cabeza, negando, hacia ambos lados e hizo una mueca de disgusto. Sorbió el contenido del jarro y luego lo escupió, con asco, en el suelo.

- Este mate cocido no se puede tomar - dijo.

- Tiene mal gusto - asintió Ramírez - Seguro que se les humedeció o se les mojó la yerba. Se les debe estar pudriendo en las bolsas.

- Ayer anduve todo el día mal del estómago. Me dio diarrea - se quejó Teodoro - Nos podrían dar mejor comida. Ya no aguanto más los guisos inmundos.

- Mejor comida... - dijo Ramírez, resignado - eso sería pedir demasiado...

- Lo que les interesa es que comamos hostias ...

Teodoro volvió su cabeza y miró otra vez hacia la elevación.

- Hablando de Roma, mirá - dijo a su amigo - el cura ya se está poniendo la ropa de misa.

El cura, frente al improvisado altar, extendía los brazos, colocándose la casulla.

- Ese cura...tiene una pinta...- dijo Ramírez - ni que lo hubieran sacado del loquero.

- Fijate durante la misa cómo abre los ojos, parecen dos huevos fritos.

- Lo hace para impresionar - explicó Ramírez - Pero no me hablés de huevos fritos que me da hambre.

Vieron a un Suboficial que se acercaba corriendo hacia el área de la cocina donde ellos estaban.

- Zas - dijo Teodoro - ahí viene el Sargento a sacarnos a todos rajando.

- ¡El desayuno terminó, soldados - gritó el Sargento - todo el mundo a misa! ¡Vamos, vamos!

Los soldados dejaron sus jarros y se dirigieron hacia la elevación donde estaba el altar. Una vez que estuvieron todos quietos y en silencio, con las cabezas descubiertas, el oficiante, frente a la tropa, abrió sus brazos y empezó la misa. Tras él, un gran crucifijo desnudo dividía al sol naciente en cuatro.

- Dios padre misericordioso - exclamó el sacerdote - te damos gracias otra vez. Déjanos llenarnos de tu espíritu. En el nombre del Padre...

- ...y del Hijo...y de la puta que lo parió...amén...- dijo Ramírez.

- Guarda que el Sargento te puede oír - le advirtió Teodoro.

- Que se vaya a la concha de su madre.

Ramírez miró hacia donde estaba el Sargento. Este, junto a los Oficiales, seguía la evolución de la ceremonia, a unos seis o siete metros de ellos. Teodoro se cubrió los ojos con la mano.

- El sol está tan fuerte que me hace arder los ojos.

- Es que justo lo tenemos de frente.

El sacerdote miró a los soldados y levantó los brazos. Teodoro tocó a Ramírez con el codo.

- Che, Ramírez - le dijo, mientras todos se arrodillaban.

- ¿Qué?

- ¿Te puedo hacer una pregunta? - susurró.

- Bueno, dale.

- ¿Tenés novia en Rosario? - dijo, bajando aún más la voz.

- Sí. No me hagás pensar en ella por favor, que me da nostalgia - se lamentó Ramírez.

Teodoro se le acercó al oído.

- ¿Ella es comunista también? - preguntó.

- No, no sabe nada - respondió Ramírez, nervioso.

El cura dio a la tropa la orden de levantarse; luego juntó sus manos y rezó en voz baja. Teodoro miró hacia ambos costados para cerciorarse de que no estaban llamando la atención. Los rostros iguales de los soldados cercanos a ellos seguían la ceremonia con gesto inmutable.

- ¿Por qué andás en todo esto? - continuó Teodoro.

- Ya te lo dije, para defenderme. No quiero que me agarren con los brazos cruzados, listo para el matadero.

- ¿Pero no es una contradicción? - lo cuestionó su camarada - Sabemos que nos pueden matar en la guerra, y a eso ahora agregamos la posibilidad de que los Oficiales descubran nuestra conspiración, nos agarren y nos fusilen, dos posibilidades en contra en vez de una. Arrodillate.

- ¡Son pesados! - exclamó Ramírez, clavando sus rodillas en tierra, con disgusto.

- Hay cosas que no me cierran - dijo Teodoro.

- Pensá que si los soldados de los dos ejércitos, el argentino y el chileno, nos unimos contra los Oficiales y confraternizamos, van a tener que retirar las tropas, la guerra se les va a ir a la mierda.

- Y si la guerra se les va a la mierda... - concluyó Teodoro - perderán la manija política.

Ramírez lo palmeó suavemente en la espalda, aprobando la lógica correcta de su deducción.

- En las ciudades están llamando a una huelga - susurró en el oído de Teodoro.

Teodoro lo miró con asombro.

- ¿No me digas? - exclamó.

- Sí te digo. Calculá que en el frente se les pongan mal las cosas y después desde las ciudades les calienten el culo…

- No se van a sentir demasiado confortables, ¿no te parece? - dijo irónicamente Teodoro.

A una señal del sacerdote se pusieron de pie.

- Cagamos…- dijo Teodoro - el sermón.

El sacerdote miró a la tropa por un momento. Era un hombrón de ojos claros; tenía un corte de cabello militar y sus ademanes eran bruscos y autoritarios. Su voz estentórea y metálica llenó el espacio.

- Soldados de la Patria, hijos dilectos del Señor: Hoy tenemos que aceptar el camino doloroso de la guerra con obediencia y sacrificio, como buenos cristianos. La cruz cede su lugar a la espada. Pero la espada es la aliada de la grandeza. Cuando el Ángel se presenta al Señor lo hace armado de espada. En tiempos como estos la cruz y la espada son una misma cosa. Lo supieron los intrépidos conquistadores españoles que difundieron el mensaje de Dios a los salvajes de América; gracias a ellos hoy vivimos en una nación civilizada. La víbora del mal será cortada en dos contra la piedra y sonará entre nosotros, elevándose desde los valles, la trompeta del Ángel. ¡No permita Dios ver nuestro suelo patrio hollado por el enemigo! ¡La muerte antes que la derrota! El pueblo todo será testigo del sacrificio de Uds., jóvenes héroes. Si en el campo de batalla el dedo de Dios los señala, acepten su destino con resignación cristiana: por el bienestar de nuestra Patria. ¡Adelante, por la victoria!

- ¡¡Patria o muerte!! ¡¡Venceremos!! - gritaron todos a voz de cuello.

El sacerdote regresó al improvisado altar para continuar con la ceremonia.

- Che, Teodoro - dijo Ramírez.

- ¿Qué?

- Este cura es cruel.

- ¿Cruel? - susurró Teodoro - Es un fascista sádico.

- Como le gustaría ser Inquisidor - dijo Ramírez.

163

- Es un hijo de puta.

- Le encantaría prendernos fuego a todos y mandarnos al Infierno - concluyó Ramírez.

El Oficial que ayudaba en la misa, de rodillas junto al altar, agitó una campanilla tres veces. El sacerdote levantó una hostia grande; luego inclinó su cabeza y se la llevó a la boca. Tomó la copa del cáliz y bebió. Se volvió hacia el Oficial ayudante e introdujo una hostia en su boca.

- Hay que ir a comulgar - dijo Teodoro.

- ¡Aahj…hipócrita! - exclamó Ramírez, con desprecio - las hostias serán muy blancas pero este tiene las manos llenas de sangre.

Se incorporaron. El grupo de soldados se fue cerrando hasta que de él se desprendió una fila que avanzó hacia el altar. Los muchachos se arrodillaban frente al sacerdote, recibían la hostia, se persignaban y volvían hacia donde estaban los otros. La fila adquirió un movimiento circular.

- Después de la misa seguro que nos hacen hacer ejercicios de combate - dijo Teodoro a su compañero.

- Sí, ejercicios de combate…dijo irónicamente Ramírez - Salto rana, carreras, cuerpo a tierra, arrastrarse y después, encima, cavar zanjas en la tierra requemada, con el sol rajándonos la cabeza.

- ¿Tenés alguna novedad? ¿Te dijeron algo más?

- No, nada - respondió Ramírez, mientras iba avanzando, acercándose al altar - Y la espera nos duele, nos va minando de a poco. A veces siento que nos están limando los nervios. Cuesta aguantar esta ansiedad.

- Aún no ha habido combates - se consoló Teodoro - La guerra formalmente no comenzó. Al menos en nuestro frente.

Llegó el turno al soldado que estaba delante de Ramírez. El joven se adelantó y fue hacia el altar donde lo esperaba el sacerdote.

- Al atardecer hay una reunión con los compañeros del Comité de Soldados - dijo Ramírez a Teodoro - Junto al árbol que está detrás de la loma.

- Está bien - asintió Teodoro.

El soldado se levantó y con las manos unidas en oración fue hacia donde estaban los que ya habían comulgado. Entonces Ramírez se arrodilló frente al altar y el sacerdote introdujo la hostia en su boca.

Después de la misa los soldados se prepararon para hacer los ejercicios de combate. El sol brillaba con intensidad y hacía calor. Los Oficiales se pusieron al frente del Batallón, y asignaron a los Suboficiales la dirección de los grupos de tareas y comandos en el campo de operaciones. A Teodoro lo mandaron a hacer práctica de tiro y lanzamiento de granadas; Ramírez salió en un comando que debía abrir zanjas para trincheras.

El grupo de Ramírez, dirigido por un Sargento, avanzó por un terreno seco y rocoso. Después de andar un rato el Suboficial les mandó detenerse y empezaron a trabajar.

- Ramírez - lo llamó uno.

Ramírez volvió la cabeza. Se inclinó sobre la pala y se secó la transpiración del rostro.

- ¿Qué querés, hermano? - dijo.

El otro soldado lo observaba.

- Me da rabia no saber cómo salió Boca - le explicó.

El soldado, buscando compartir su nostalgia, se dirigió también a otro compañero.

- ¿A vos no te pasa lo mismo, Peralta? - le preguntó.

- Sí - contestó Peralta - ¿Habrá jugado?

- Seguro, muchachos - dijo Ramírez - aunque estemos al borde de la guerra, la vida en Buenos Aires no se detiene. Habrá partidos.

- Habrá bailes, mujeres… - agregó Peralta.

El Sargento se aproximó a su grupo, les dio indicaciones y luego fue hacia otro que trabajaba en una zanja cercana a la de ellos. Siguieron con su tarea. Ramírez echó el peso de su cuerpo sobre el mango de la pala; la hoja rebotaba contra la tierra dura. Cavaron un buen rato. La tierra se abría lentamente, centímetro a centímetro, con el esfuerzo. La zanja alcanzó unos quince centímetros de profundidad. En el cielo limpio la intensidad de la luz del sol crecía y crecía.

- ¿Tenés novia, Ramírez? - le preguntó Peralta, sin dejar de trabajar.

- Sí, desde hace tres años.

- Estás enganchado.

- Sin remedio - aceptó Ramírez - ya no me suelta más.

- ¿Y pensás mucho en ella?

- Más o menos - dijo Ramírez - Ahora lo importante es sobrevivir.

Peralta se detuvo y se pasó el antebrazo por la frente.

- ¡Qué calor que hace! - exclamó - Dame un poco de agua…

- Esto es el infierno, viejo - dijo el otro, alcanzándole una cantimplora casi vacía.

- Y para colmo de males ni siquiera sabemos lo que pasa. No llega un diario ni de lástima - dijo Peralta.

Le señaló a Ramírez una pala de hoja más angosta que estaba cerca de él, sobre la tierra.

- Alcanzame esa pala - le pidió.

Ramírez levantó la pala del suelo.

- Tomá - dijo, entregándosela - Lo hacen a propósito, para desconectarnos de la vida política de las ciudades.

- ¿Y por qué quieren desconectarnos de la política? - preguntó Peralta.

- Porque nos tienen miedo - respondió Ramírez - y si no sabemos lo que pasa creen que nos van a controlar mejor. Por eso somos todos de diferentes lugares: ustedes son de Buenos Aires, yo de Rosario, los otros del Norte, nadie conoce a nadie.

- Pero a todos nos gusta el fútbol - bromeó el otro - ¿sos de Central?

- ¡A muerte!

- ¡Ah, Ramírez viejo nomás! ¿Dónde trabajabas?

- Conseguí un trabajo en Duperial poco antes de que me llamaran al servicio - dijo Ramírez - Mi viejo trabajó allí muchos años. ¿Y vos? - le preguntó al otro soldado.

- Yo estuve casi un año sin empleo por culpa del servicio militar. Nadie me quería tomar.

- ¿Y vos Peralta?

- Yo trabajaba como electricista en la construcción.

Siguieron cavando. El Sargento pasó junto a ellos, vigilando el trabajo. Empezó a soplar un viento cálido y seco.

- ¡Qué viento que hay, joder! - se quejó Peralta.

- Viento, sí - dijo el compañero - pero parece que el aire saliera de un horno.

- ¡No veo la hora que esto termine! - exclamó Peralta.

- Terminará - dijo el otro - cuando nos maten a todos.

- No - lo interrumpió Ramírez - va a terminar antes.

- ¿Cómo...? - preguntó, sorprendido.

Ramírez miró hacia los lados hasta que dio con el Sargento; estaba como a diez metros de ellos. Se acercó a sus compañeros.

- Les tengo que decir algo - explicó confidencialmente Ramírez - Pero cuidado con comentarlo a nadie, es muy peligroso. Sé que en ustedes puedo confiar y en esto nunca me equivoco.

- Estate seguro, Ramírez - dijo uno, intrigado - de nosotros no saldrá ni una palabra.

Ramírez apoyó la pala sobre la tierra y puso su mano en el hombro de Peralta.

- Nos estamos organizando para patear en contra - dijo con énfasis.

- ¿En contra de los chilenos...? - preguntó Peralta, confundido.

- No, no seas bruto. En contra de los Generales y los Oficiales. Formamos un Comité de Soldados.

- ¿Un Comité de Soldados? - dijo el otro, incrédulo - ¿Y qué van a hacer?

- Bueno, como se dan cuenta, estamos todos armados - explicó Ramírez - Si los Oficiales saben que nos organizamos en contra de ellos no se van a arriesgar a dejarnos salir al campo de batalla.

- Y el Comité, ¿sobre qué base se formó? - preguntó Peralta.

- Primero - dijo Ramírez - boicotear la guerra contra Chile. Nosotros no tenemos nada que ganar en una guerra. Segundo, unirnos con los soldados chilenos contra los Generales chilenos y argentinos. Esos son los dos puntos sobre los que nos pusimos de acuerdo. Estamos recibiendo apoyo de los trabajadores de las ciudades; nosotros también les prometimos respaldarlos. Los trabajadores están organizando una huelga.

Los dos compañeros de Ramírez reflexionaron por unos instantes.

- Parece todo bien pensado - aceptó uno de los soldados - y en el momento actual hay que tomar partido. No se puede ser tibio.

- Y vos Peralta, ¿qué decís? - preguntó Ramírez.

- Yo estoy de acuerdo con los dos puntos que sostiene el Comité. Pero me parece demasiado arriesgado, no podemos ganar.

- No seas derrotista - dijo el otro soldado - ¿No te das cuenta, con lo que nos explica Ramírez, que hay un criterio político de lucha de clases detrás de todo esto?

- Sí, viejo - agregó Ramírez - pero además es para defender el pellejo, antes que nos asesinen mientras nos quedamos cruzados de brazos.

El Sargento se acercó otra vez y los soldados echaron todo el peso del cuerpo sobre las palas, tratando de herir la tierra dura y rocosa.

Al anochecer, después de la cena, un grupo de soldados se reunió detrás de la loma, bajo un árbol de ramas retorcidas y achaparradas. Era un encuentro secreto. Sentados sobre la tierra, miraron como el sol se ocultaba tras las montañas y el valle quedaba en penumbras. Permanecieron en silencio hasta que uno de ellos dio la señal de empezar. Primero se enumeraron:

- Diecinueve - dijo uno.

- Doce.

- Nueve.

- Trece.

- Creo que estamos todos - dijo Ramírez.

- Catorce - indicó un soldado - vos pasaste anoche al lado chileno. ¿Cómo van las cosas por allá?

- Muy bien - respondió Ramírez - Hay un grupo de muchachos que trabajaban en las minas y ahora están dirigiendo al grupo de soldados chilenos que participan en el Comité de Soldados argentino-chilenos.

- ¡Perfecto! - dijo el otro, satisfecho - Yo por mi parte tengo una gran noticia. Esta noche nos envían los periódicos impresos en la ciudad. En la primera página, como encabezamiento, con letras grandes: "Soldados chilenos y argentinos, unidos contra los Generales y Oficiales. No habrá guerra."

- ¡Buenísimo! - exclamó alguien.

- Serán muy importantes para hacer trabajo de agitación - continuó quien parecía ser el líder - El artículo explica que los trabajadores de las ciudades nos respaldan, que si nos dan órdenes de entrar en batalla tiremos en lo posible al aire, tratando de no avanzar.

- De acuerdo - dijo Ramírez - ¿Quién pasa al lado chileno esta noche?

- Paso yo - propuso un soldado.

- Está bien - dijo el líder, aprobando al voluntario - Decinos tu nombre de guerra, en caso de que haya algún problema.

- Cabrera.

- Está bien - asintió el líder – Iremos a la montaña con el Doce esta noche a buscar los periódicos; le pasaré la mitad de estos a Cabrera para que los lleve al lado chileno, y entre todos nosotros distribuiremos la otra mitad en nuestro campamento.

El líder preguntó si alguien quería agregar algo más, y después dio por terminada la reunión. Los soldados se pusieron de pie y fueron dejando el sitio de a uno. Antes de irse, Teodoro palmeó a Cabrera en la espalda y le deseó suerte.

Amanecía. Las moles oscuras de las montañas adquirían poco a poco un matiz pardo y grisáceo. Soplaba un viento frío. En el campamento ya había movimiento. Los Oficiales y Suboficiales gritaban sus órdenes a voz de cuello. Los soldados iban y venían alrededor de las tiendas de campaña. Un grupo se había arrimado al fogón de la cocina. El cocinero llamó para el desayuno, y los soldados fueron pasando en fila frente a las ollas humeantes. Teodoro se acercó a Ramírez.

- ¡Qué frío que hace! - exclamó, bebiendo un sorbo del líquido caliente de su jarro.

- Sí, como siempre a esta hora - aceptó Ramírez - Pero más tarde saldrá el sol y se pondrá hecho un horno.

- Estoy tiritando - dijo Teodoro, encogiéndose de hombros y contrayendo los músculos de su cuerpo.

Ramírez se llevó el jarro a la boca.

- Este mate está horrible - afirmó, haciendo una mueca de disgusto. Tocó a su amigo en el brazo y pidió que le alcanzara un pan.

Un soldado se aproximó a ellos. Los dos lo miraron interrogativamente.

- Muchachos - dijo, angustiado, apoyando la mano sobre el hombro de Ramírez - Tengo malas noticias.

- ¿Qué...? - preguntó con ansiedad Ramírez.

El otro hizo un esfuerzo, le costaba hablar.

- Agarraron a Cabrera - dijo - Lo agarraron cuando regresaba del lado chileno. Ya había entregado los periódicos.

Se quedaron mirándolo, con gesto incrédulo.

-¿Cómo lo saben? - preguntó Teodoro.

- No respondió al contacto. Parece que lo estuvieron torturando toda la noche para que cantara.

- ¡La puta que los parió! - exclamó Ramírez, agarrándose la cabeza.

- ¿Lo fusilarán? - preguntó Teodoro.

- Por ahora está vivo.

- Capaz que se salva - balbuceó Teodoro.

- No creo - dijo Ramírez.

Se quedaron los tres quietos, en silencio, con la cabeza baja y el cuerpo levemente echado hacia delante, como atraídos por la tierra. Teodoro tomó un pan y se lo ofreció a Ramírez.

- Comé, dale.

- ¡No puedo, gracias - exclamó Ramírez, rechazándolo - No puedo comer!

El soldado palmeó la espalda de Ramírez y se apartó con sigilo. Teodoro y su amigo se quedaron en silencio. Los otros soldados, ignorantes de todo, desayunaban. El Sargento llegó corriendo hacia ellos.

- ¡A formar, soldados! - gritó.

Sorprendidos por la orden, interrumpieron el desayuno. Dejaron sus jarros y fueron hacia el área asignada para la formación. Cada uno ocupó su puesto en la fila.

- Parece que viene el Comandante - murmuró alguien.

- Seguro que van a tratar de intimidarnos - le dijo Ramírez a Teodoro.

Miraron hacia el camino que venía de las montañas y desembocaba en el campamento. A lo lejos, divisaron la polvareda.

- Miren, allá viene un jeep - señaló un soldado.

De la nube de polvo había salido un jeep. Pronto el jeep volvió a desaparecer dentro de la nube y otra vez apareció. Estaba como a quinientos metros.

- Lo traen a Cabrera - dijo Ramírez, comprendiendo todo.

Detrás del jeep se movía la figura de un soldado. De pronto cayó sobre el camino. El jeep se detuvo. Alguien bajó e incorporó al caído. El jeep volvió a moverse, la figura tambaleante detrás.

Los soldados estaban formados en una sola línea recta. El jeep se acercó más: estaba a unos doscientos metros. El cuerpo volvió a caer. Esta vez el vehículo no se detuvo.

- Mirá como lo arrastran, hijos de puta - dijo entre dientes Ramírez, sin poder contener la rabia.

- No hables en voz tan alta - le pidió Teodoro.

El jeep frenó frente a la tropa. Del paragolpe trasero salía una cuerda y al final de la cuerda estaba el cuerpo. El Comandante, que venía en el asiento delantero del vehículo, se puso de pie; era alto, de abdomen abultado y vestía uniforme de combate. Una papada gruesa acollaraba su rostro, de nariz chata. Bajó del jeep, fue hasta el cuerpo de Cabrera e inclinándose sobre él lo sacudió del hombro.

- ¡Levantate, perro! - gritó el Comandante.

Mientras esperaba una respuesta, miró, amenazante, a la tropa. Cabrera no se movió. El Comandante le dio un puntapié. Tampoco se movió. Entonces lo agarró por los cabellos y fue tirando. Pronto los soldados pudieron ver el rostro de Cabrera, que era una máscara de lodo y sangre.

- ¡Cómo le pegaron, qué animales! - susurró Ramírez, mordiéndose los labios de impotencia.

El Comandante siguió tirando del cuerpo hasta que Cabrera quedó semiincorporado, de frente a la tropa. Estaba inconsciente, y su cuerpo se aflojaba y amenazaba con desplomarse, pero el Comandante, que ahora lo sostenía por el cuello de la camisa, apretó el puño y lo mantuvo en pie. Su cabeza, como la de un muñeco, se inclinó hacia un lado. El Comandante lo sacudió y Cabrera, lentamente, entreabrió los ojos.

- ¡Soldados! - gritó el Comandante con ira - Esta basura, este canalla, anoche, así como lo ven, se fue de paseo…¿Saben adónde? - interrogó - Al lado chileno. ¿Y para qué? Para entregar unos pasquines, unas páginas de propaganda mugrienta, con el siguiente encabezamiento: "Abajo la guerra nacional, soldados argentinos y chilenos unidos contra los Generales y Oficiales de ambos Ejércitos. Viva la Revolución." ¿Qué les parece? Esta rata miserable entregó esa basura a nuestros enemigos. Y más ratas como esta, por supuesto, repartieron pasquines similares entre nuestros soldados. A esos no los agarramos todavía, pero ya les va a llegar el turno. ¡Hijos de puta! ¿Quiénes son los maricones que se atreven a hablar contra nuestra Patria a favor del invasor chileno? ¡Traidores, perros traidores! ¡Juro por Dios y por mi madre que al que agarre lo voy a cortar en pedazos! ¡Mantenete firme, hijo de puta! - dijo, alzando más el cuerpo de Cabrera - ¿Cómo te animás a llamarte argentino? ¿Quién te crió a vos? ¡No habrá sido una mujer digna, sino una reverenda puta! Un hombre como este, que no respeta nuestras tradiciones, nuestro pasado histórico de valor, no merece vivir. Es un traidor, y tendrá la suerte que merecen los miserables traidores a la patria. ¡Perro comunista!

El Comandante soltó el cuerpo inmóvil de Cabrera, que cayó al suelo. Un Subteniente se acercó al Comandante.

- ¿Le vendamos los ojos al traidor, mi Comandante? - preguntó.

- ¡Nada de vendarle los ojos - gritó el Comandante - nada de pelotón, a esta rata la mato yo! ¡Alcánceme mi pistola, me gusta matar ratas!

El Subteniente fue al jeep y trajo una pistola en una funda de cuero. El Comandante la sacó de la funda. La pistola, negra, pequeña, apareció desnuda en su mano.

- ¡Levantate, hijo de puta! - ordenó.

Cabrera permaneció inmóvil, su cara sobre la tierra. El Comandante lo tomó por el cuello de la camisa y tiró con fuerza, hasta que el cuerpo se fue incorporando.

- ¡Despertate, perro comunista, te quiero despierto! - gritó.

Cabrera, como si hubiera entendido la orden, entreabrió los ojos. El Comandante aprovechó y empujó el cañón de la pistola contra su boca.

- ¡Abrí la boca, hijo de puta! - gritó.

La boca no se abrió. El brazo del Comandante forcejeó hasta que finalmente el cañón entró en la boca. El Comandante levantó su cabeza y sostuvo su mirada fija en la tropa por un momento. Su rostro tenía una expresión de ira y de triunfo. Luego se volvió hacia Cabrera.

- ¡Así te quería tener, traidor - exclamó - ...tomá...hijo de puta!

Sonó el disparo. El cuerpo de Cabrera se sacudió. Un borbotón de sangre salió de su boca. El Comandante abrió la mano que lo sostenía y el cuerpo cayó a tierra. Largó otro borbotón de sangre y otro. La sangre se mezcló con el polvo.

- ¿Les gustó? - gritó el Comandante, buscando las miradas aterradas de los soldados - ¡Esto es sólo el principio, van a haber muchos más!

Las miradas convergían sobre el cuerpo inmóvil de Cabrera. Dos oficiales se inclinaron ante el cuerpo, lo tomaron por los hombros y piernas y trataron de alzarlo. No pudieron. El cuerpo ya estaba rígido. Con esfuerzo, lo levantaron unos centímetros del suelo. Finalmente lo dejaron caer.

- Griten - dijo el Comandante - ¡Viva la Patria!
- ¡Viva la Patria! - respondió al unísono la tropa.
- ¡Más fuerte! ¡Viva la Patria!
- ¡¡Viva la Patria!! - gritaron a voz de cuello.
- ¡Viva Argentina! - exclamó el Comandante.
- ¡Viva Argentina!
- ¡Muera Chile!
- ¡Muera Chile! - gritaron los soldados.
- ¡Mueran los traidores!
- ¡Mueran los traidores!
- ¡Mueran los perros comunistas!
- ¡Mueran los perros comunistas!

Apoyados sobre las palmas de las manos y las puntas de los borceguíes, los cuerpos tensos, transpirados, se sostenían a pocos centímetros del suelo; las cabezas, levantadas, apuntaban hacia donde estaba el Sargento, en cuclillas, observando.

- ¡No toque el suelo, soldado...no toque el suelo! - gritó.

El cuerpo de un soldado casi se apoyaba sobre la tierra. El Sargento caminó hacia él.

-¡Levántese, soldado! - le ordenó.

El soldado tensó con dificultad los músculos de su cuerpo

convulsionado, hasta que logró sostenerse sobre sus brazos, la espalda arqueada bajo el peso del fusil ametralladora.

El Sargento, fríamente, miró a la tropa.

- Abajo - dijo.

Los cuerpos se dejaron caer sobre la tierra.

- Arriba - ordenó.

Lentamente volvieron a levantarse.

- Abajo…arriba… - dijo el Sargento, repitiendo la orden varias veces, mientras los soldados renovaban su esfuerzo, tratando de obedecer.

Caminó entre los soldados, controlando la posición de sus cuerpos, hasta que quedó satisfecho.

- Está bien - dijo, mirando su reloj - diez minutos de descanso.

Se levantaron, sacudiéndose el polvo. Se sentaron en grupos y pasaron las cantimploras.

- Estos ejercicios me están matando - dijo uno.

Ramírez se incorporó, fue hasta un grupo vecino al suyo y tomó a un soldado por el brazo. El soldado se levantó y caminaron juntos unos pocos pasos.

- Esta noche tenemos que llevar periódicos al lado chileno - le dijo Ramírez.

- No podemos - dijo el otro - van a estar vigilando. Sería un suicidio.

- No, hay muchos pasos - insistió Ramírez - Usaremos uno poco conocido o cortaremos por la montaña. Nos guiará un arriero.

- ¿Y si nos vende? - dijo el soldado.

- No - dijo Ramírez - Vendrá con uno de los muchachos de la ciudad. Es de confiar.

El otro se quedó callado, reflexionando. Bajó la cabeza dubitativamente. Después miró a Ramírez.

- Ojalá que nos vaya bien - le dijo.

- Nos están probando - argumentó Ramírez - Si hoy no los pasamos, pensarán que somos pocos y estamos aislados. Pero si lo hacemos…

El otro asintió con la cabeza. Convinieron la hora del encuentro y volvieron a sus grupos.

Ese día los ejercicios se habían extendido más de lo acostumbrado, y ya el sol se ponía tras las montañas.

- ¡Vamos, vamos! - gritó el Sargento - El descanso terminó, a mover las piernas.

Los soldados se incorporaron y empezaron a trotar, ladera arriba, hacia donde moría el sol.

La neblina del amanecer se disipaba rápidamente. Hacía un viento frío. Los soldados terminaron de tomar el desayuno y el Oficial de servicio llamó a formación. Teodoro vio a Ramírez y se acercó a él. Ramírez lo retuvo un momento.

- Tengo malas noticias, Teodoro - le dijo.

- ¿Qué? - preguntó su amigo, alarmado.

- En el lado chileno descubrieron que anoche pasamos periódicos.

Teodoro quedó clavado en su sitio.

- ¿Y cómo? - balbuceó - ¿Agarraron a alguno?

- No - dijo Ramírez, con sorna - los Oficiales argentinos encontraron varios periódicos en nuestro campamento, telefonearon a los Oficiales chilenos y les alcahuetearon.

- ¿Ah sí? - exclamó Teodoro, irónico - ¡Qué bien! Ahora los Oficiales de los Ejércitos enemigos se unen contra sus soldados. Les estamos moviendo el piso.

- Dicen que se odian, pero son todos lo mismo - dijo Ramírez.

- Manga de carniceros ignorantes.

- Todos tienen las manos manchadas de sangre - sentenció Ramírez.

A pocos metros de ellos los soldados se formaban en una larga fila. Ramírez y Teodoro fueron caminando despacio para ocupar su lugar.

- Parece que hay un enviado del nuevo Papa tratando de mediar en la contienda - le dijo Teodoro - Va a ayudar a resolver la cuestión de límites.

- ¿El Papa? Ese polaco es un anticomunista número uno - le advirtió Ramírez.

- Dicen que quiere impedir la guerra entre dos países cristianos - comentó irónicamente Teodoro.

- ¡Qué buenos sentimientos! Si un día los norteamericanos barren a los rusos el Papa hace una orgía para festejarlo.

- Va a suprimir la misa y la reemplazará por las bacanales - dijo, divertido, Teodoro.

- La próxima misa la celebra en Wall Street - siguió Ramírez - en la comunión tragarán dólares en vez de hostias.

- Y va a usar la bandeja de plata de Juan el Bautista para que le traigan las cabezas de los burócratas del Kremlin - dijo Teodoro.

Ramírez rio de buena gana. Se colocaron en la formación.

El Oficial, a cien metros de ellos, conversaba con el Sargento. Los soldados esperaban en posición de descanso, aprovechando para cambiar unas pocas palabras con algún compañero.

Un soldado se acercó a Ramírez y a Teodoro.

- ¡Muchachos! - los llamó.

- ¿Qué pasa? - dijo Ramírez.

El soldado tenía en su rostro una expresión de gran angustia.

- En el lado chileno están torturando - susurró - La Policía Militar chilena se llevó a tres de la formación y los van a fusilar.

- ¿Tienen algo que ver? - preguntó Ramírez.

- No, los agarraron al azar, para intimidar. Dicen que si no aparecen los culpables, matarán a los inocentes.

- No hay que aflojar - dijo, con firmeza, Ramírez.

- Quieren que nos pongamos los unos contra los otros, sembrar el terror... - dijo el soldado.

Los rayos intensos del sol de mediodía caían sobre el valle. Unos helicópteros volaban sobre el campamento. Camiones con soldados armados cruzaban el campo. Un grupo cargaba ametralladoras antiaéreas en un vehículo. Las voces se confundían con el ruido de los motores. Movimiento.

Unos soldados aguardaban, de pie, junto a unas cajas apiladas. Un camión se detuvo frente a ellos; se abrió la puerta de la cabina y bajó un Sargento.

- ¡Carguen las cajas de municiones en el camión! - ordenó.

Dos soldados levantaron una de las pesadas cajas y la llevaron lentamente, con cuidado, hasta la plataforma trasera. Otros soldados los siguieron. El Sargento volvió a trepar a la cabina del camión. Teodoro vio a Ramírez cargando una de las cajas con otro soldado, aguardó a que la depositaran sobre la plataforma y se acercó a él.

- ¿Entramos en batalla? - preguntó Teodoro, sin entender a qué se debía todo ese movimiento de material bélico.

- No - contestó Ramírez, con fingida indiferencia - volvemos a los cuarteles…

- ¿Qué? - exclamó Teodoro, incapaz de contener su sorpresa.

- ¡Volvemos a los cuarteles! - dijo Ramírez, con una sonrisa de triunfo.

Teodoro, loco de alegría, aferró a su amigo por ambos brazos.

- ¿Ganamos? - preguntó.

- Sí, no habrá guerra - dijo Ramírez, abrazándolo - se asustaron. Abandonaron las amenazas y las torturas y están retirando las tropas. Ya no les importan más las islas - continuó - se les dio vuelta la tortilla. En las ciudades los trabajadores declararon la huelga. Los mineros de Chile también están parando. Y esto es solo el principio.

Alguien lo llamó desde el camión; Ramírez volvió su cabeza y vio a un soldado que, inclinado sobre la plataforma, acomodaba una caja de municiones. El soldado levantó el brazo derecho con el puño cerrado, saludándolo. Ramírez, a su vez, alzó el brazo y mantuvo el puño en alto, apretado, por unos segundos. Tenía en su rostro una sonrisa amplia. Luego se volvió hacia Teodoro.

- Seguro que van a decir que no van a la guerra para obedecer al Papa - le comentó Teodoro, con sorna.

- Claro - dijo irónicamente Ramírez - todo fue obra del Espíritu Santo.

177

Santos populares

El Gauchito Gil

Antonio Mamerto Gil Núñez nació en la estancia "La Trinidad", cerca del pueblo de Mercedes, o Pay Ubre, como él lo llamaba, el 15 de septiembre de 1844. Su padre, un gaucho oriundo del departamento de Goya, era peón de la estancia. Su madre, una china hija de madre paraguaya y padre correntino, había nacido en un pueblo cerca de la frontera con Paraguay. Era una mujer muy linda, de ojos negros y pelo lacio y renegrido, que se recogía en dos trenzas. Su padre se la llevó de su tierra a Pay Ubre, donde tenía trabajo. Era un hombre muy respetado en la zona. Se lucía en los rodeos, era buen jinete y arreaba con el silbido y el lazo en los terrenos más difíciles.

Antonio, que tenía la cara linda de su madre y ojos muy negros, se quedaba con ella en el rancho cuando su padre salía a trabajar. Su hermano mayor, que le llevaba seis años, lo acompañaba a los rodeos y las yerras. Su madre le hablaba a Antonio en castellano y en guaraní. Él podía comprender la lengua indígena, pero no la aprendió a hablar bien.

1850 fue un año difícil en Corrientes. La guerra civil no terminaba nunca, se sucedían los combates, y los gauchos seguían a sus caudillos. No ir era de cobardes y de flojos. Los paisanos se preciaban de su coraje y no aguantaban una mancha en su reputación.

Su padre se fue a la guerra y no regresó. Les dijeron que lo habían muerto en un entrevero con los soldados de un comandante entrerriano. La madre quedó sola con sus hijos en el rancho de adobe. El patrón de la estancia, Don Indalecio Santamaría, cuando supo que el gaucho Gil no había vuelto de la patriada contra los entrerrianos, le pidió a su mujer que los ayudara, como correspondía. Don Indalecio protegía a su gente en momentos difíciles. Al hijo mayor, que era fuerte y hábil como lo había sido su padre, aunque joven todavía, le dio trabajo en su estancia como peón. Su señora, Doña Catalina, llevó a la china a trabajar a la casa. Ayudaba en la cocina y hacía la limpieza. Le dieron un cuarto en una vivienda vecina al caserón de la estancia para que se alojara junto a su hijito, con el personal de servicio. Su hijo mayor dormía en el galpón de los peones. Antoñito, que era un niño muy menudito y tranquilo, hacía mandados y ayudaba en lo que podía. Cuando no tenía tarea, jugaba solo en el corredor de la casa.

El casco de la estancia de "La Trinidad" era grande, trabajaban allí más de treinta personas, entre peones y sirvientes. Había también tres esclavos negros, un hombre y dos mujeres, que servían en la casa. La señora del patrón, que tenía tres hijos, hizo venir a una maestra de Corrientes para que les enseñara a leer y escribir. Por la mañana, después del desayuno, la maestra se sentaba con los niños bajo la enramada, y allí les hacía aprender el alfabeto, y les enseñaba a deletrear y a escribir. Antoñito miraba con curiosidad e interés. Doña Catalina, viendo esto, le pidió a la maestra que le enseñara también a él. Antoñito, que era despierto e inteligente, aprendió a leer y escribir con gran facilidad, antes que los otros niños. Estos le agarraron envidia y lo acusaban de todo tipo de cosas para que su madre lo castigara. Le decían que les robaba los dulces y les pegaba. La señora de la estancia no les creía y miraba al niño con simpatía.

En el 51 llegaron noticias del pronunciamiento de Urquiza. El dueño de la estancia era federal y la situación le preocupó sobremanera. Los unitarios conspiraban contra el país. Rosas había mantenido a los franceses y a los ingleses alejados de la frontera, acorralados en la ciudad vieja de Montevideo, durante muchos años. Don Indalecio era un estanciero próspero y se había enriquecido con la política de Rosas. Todos los años arreaba sus animales hacia el sur y los vendía en Buenos Aires a los saladeros, que preparaban charqui para los mercados de esclavos del Brasil. También tenía comercio de cueros, que embarcaba en el puerto de Corrientes. Hacia allá salían sus carretas cada tantos meses. El hombre se fue con sus peones gauchos a Buenos Aires, a defender a Rosas, siguiendo a un comandante amigo y no regresó en muchos meses.

Cuando volvió se supo que había caído mucha gente en la lucha. Rosas había sido derrotado en Caseros y se había ido del país. El General Urquiza, de Entre Ríos, había quedado al frente de la Confederación. Habían llegado al país muchos brasileños y otros extranjeros. Al poco tiempo, la maestra que les enseñaba a los chicos regresó a Corrientes. No vinieron más maestros a la estancia. A veces, la esposa del patrón, por la tarde, se sentaba en la enramada con los niños y les hacía leer la *Biblia* en voz alta. Si Antoñito estaba allí le pedía que leyera. El niño prefería el *Génesis* y el *Evangelio de San Juan*. Leía de corrido, con voz clara. A diferencia de los otros niños, casi nunca se equivocaba. Pronunciaba con cuidado, dándole a cada frase un énfasis especial.

La madre de Antoñito continuó trabajando en la cocina. Era una mujer atractiva y los gauchos la cortejaban. Le decían piropos y cumplidos, que ella no respondía. Finalmente aceptó a un enamorado, Juan Prieto, un gaucho rumboso que usaba aperos llamativos y se emborrachaba cada vez que había baile. Al hombre le molestaba que el niño estuviera siempre entre él y la mujer. Le dijo a la madre que Antoñito estaba muy apegado a sus polleras y que tenía que hacerse hombre. Ya había cumplido once años. El tenía un peón amigo que podía llevarlo al campo, para que aprendiera a trabajar con los animales y se hiciera gaucho.

Lo mandaron con Pancracio, un gaucho de pelo largo y vincha, que era famoso por su habilidad con el cuchillo. Pancracio se encariñó con Antoñito, le enseñó a amansar caballos, a arrear el ganado, a marcar, a carnear y a cuerear. También le enseñó a vistear. En esos pagos había que saber defenderse. Lo llamaba Gauchito en lugar de Antoñito. "¿Gauchito cuánto?", le preguntó alguien. "Gauchito Gil", respondió el muchacho y ya le quedó ese nombre.

Cada tanto el Gauchito regresaba a los pagos a visitar a su madre, que se fue a vivir a un rancho con el gaucho Juan Prieto. Una vez que llegó se dio cuenta que estaba embarazada, iba a tener un hermanito. El niño nació prematuro y murió enseguida. Su madre perdió mucha sangre en el parto y al poco tiempo moría ella también. El Gauchito amaba profundamente a su madre y la pérdida le causó un gran dolor. La enterraron en un camposanto en Pay Ubre. A los dieciséis años se había quedado huérfano.

Al tiempo el patrón envió a Pancracio con un encargo a Corrientes y el Gauchito se fue a trabajar como ayudante de un cazador que vivía en los esteros. Se llamaba Venancio. Cazaba aves y vendía sus plumas más finas, que eran muy apreciadas. Casi nadie, entre los gauchos, tenía fusil, que era un arma de los ricos. Cazaban con trampas y con bolas. El Gauchito se hizo un cazador diestro. Podía bolear a los patos en el aire. En los esteros andaban en canoa. Atravesaban grandes peces con lanza y los comían asados. Dormían en una choza de junco que se habían armado. El Gauchito se enamoró del paisaje, de sus sonidos y de las noches estrelladas. Venancio se había criado en la frontera con Paraguay y sabía poco castellano. Le hablaba casi siempre en guaraní. El Gauchito le entendía y le respondía en castellano.

A los dieciocho años el Gauchito decidió volver a la estancia. Le dijo a Venancio que quería andar por su cuenta y se despidió de él. Regresó a "La Trinidad", donde había crecido, y le dijo al patrón que estaba buscando trabajo. Poco después Don Indalecio lo llamó. Un amigo suyo había muerto en una batalla grande en el arroyo Pavón, en Santa Fe, y su esposa, que había quedado sola, necesitaba ayuda en su campo. Don Indalecio sabía que el Gauchito era un muchacho listo e inteligente. Le dio una carta y lo envió a "La Estrella", cerca de Mercedes.

La viuda lo recibió. Era una mujer de unos treinta años, hermosa, y de cuerpo algo grueso. Se llamaba Estrella, como la estancia. Su marido le había puesto ese nombre en honor suyo. Desde un primer momento el Gauchito le llamó la atención. Era un muchacho bajito, con cara de niño. Aparentaba menos edad que la que tenía. Después de hacerle algunas preguntas, le ofreció el trabajo. El capataz lo puso a cargo de una cantidad de animales. Era buen jinete y sabía seleccionar y apartar el ganado. Los arreaba a las aguadas y a los pastizales.

Un día, en un fogón, un gaucho grandote se burló de él. Los otros se rieron y el Gauchito se ofendió. Lo desafió a pelear y desenvainó su cuchillo. El grandote sacó el suyo y se trenzaron. El capataz se interpuso y los desarmó. Les dijo que en la estancia, por orden de la patrona, estaban prohibidas las peleas y los hizo azotar.

Los gauchos arreaban con el rebenque y el lazo. El Gauchito prefería las boleadoras. Como era bajo, se las ataba alrededor del pecho, en lugar de la cintura. Decía que le resultaba más cómodo. El capataz lo mandaba en persecución de las reses que escapaban y las inmovilizaba con un tiro de bolas. Una vez que estaban en el monte boleó a un jabalí. Los otros gauchos festejaron su hazaña. Comieron el jabalí asado a las llamas. Lo abrieron en dos, lo clavaron en una cruz de hierro, hincaron la cruz en la tierra, lo cubrieron con una montaña de ramas de espinillo que juntaron e hicieron una enorme fogata. Pocos minutos después extinguieron el fuego. La carne estaba a punto.

A los veinte años se dejó crecer el bigote para parecer más grande. Tenía un rostro bondadoso y ojos penetrantes. Muchos lo consideraban afeminado y lo miraban con sorna. Como buen correntino, respetaba las creencias de su tierra. Se hizo grabar en el esternón un tatuaje de San La Muerte a punta de cuchillo. San La Muerte lo protegía de las alimañas peligrosas cuando estaba en el monte y en los esteros. Había ocelotes, víboras y yacarés. Sus fieles creían que los protegía también de los peligros de la guerra. Las luchas civiles asolaban la región. Cada dos por tres venían a buscar gente para alguna refriega. El Gauchito no había ido a la guerra todavía, pero sabía que en algún momento le iba a tocar.

Por la noche, si no andaba lejos, en un arreo, regresaba a la estancia. Dormía en un galpón de techo alto, junto a los otros peones. Las noches de luna salía a contemplar el campo. A la patrona, Doña Estrella, le gustaba sentarse en el corredor de la casa. La mujer lo observaba y se empezó a interesar en él.

Algunas veces, cuando lo veía por las noches, la viuda lo llamaba para hablar. Le preguntaba por sus cosas. Cuando supo que sabía leer, le pidió que le leyera la *Biblia*. Lo hizo pasar a la casa y leyó a la luz de la lámpara. La escena se repitió con cierta frecuencia. Lo convidaba con cognac o ginebra. El Gauchito, que era muy tímido, hacía todo lo que ella le decía. Un día pasó lo inevitable. La señora, que lo deseaba, lo empezó a acariciar y lo besó. Después se lo llevó al dormitorio e hicieron el amor. El Gauchito era un muchacho tierno y apasionado. La mujer se enamoró de él. El Gauchito se dejaba hacer. Al tiempo ya casi no iba a dormir al galpón. Los demás peones lo empezaron a celar. Se dieron cuenta que tenía tratos íntimos con la patrona.

Poco después llegaron a la estancia dos hermanos de Doña Estrella. Durante varios días el Gauchito no se acercó a la casa. Uno de los hermanos vestía uniforme militar. El otro usaba ropa de ciudad. Vivían en Corrientes. Días más tarde vino de visita el Capitán Alvarado. Era pretendiente de Doña Estrella y un hombre influyente, oficial del Ejército y Jefe de la Policía de Mercedes. Tenía como cuarenta años, era alto y de porte marcial. Era amigo del Gobernador y en la región le temían.

El Capitán empezó a venir seguido por las tardes. La señora le pidió una vez al Gauchito que les cebara mate, y allí pudo ver a todos de cerca. No sabía por qué los hermanos de Estrella habían ido a la estancia. Estaba preocupado, pensaba que quizá quisieran aprovecharse de ella, que era tan rica.

Cuando se fueron los hermanos la situación se normalizó. El Capitán la visitaba de vez en cuando durante el día y salían a pasear a caballo, o ella lo invitaba a almorzar. También les gustaba tomar mate juntos en el corredor de la casa. Pasaban tiempo solos en el interior de la vivienda, pero el Capitán no se quedaba por las noches en la estancia.

Doña Estrella estaba infatuada con el muchacho. Lo invitaba por la noche a la casa. Le gustaba bañarlo en una tina, perfumarlo y luego llevarlo a la cama y jinetear encima de él. El Gauchito era de piel blanca, sin vellos, y su cuerpo era más pequeño que el de ella. Doña Estrella lo acariciaba, jugaba con su bigote y le decía que lo quería. El Gauchito se fue enamorando de ella. Nunca había estado con una mujer antes.

Los otros peones miraban con envidia la relación del Gauchito con la patrona. Alguien hizo llegar al Capitán los rumores sobre las visitas nocturnas del muchacho a la viuda. Al tiempo regresó a la estancia el hermano militar de Doña Estrella. Se quedó allí varios días. Venía de la guerra. Los dos, aparentemente, hablaron de negocios. Después vino el Capitán. El Capitán lo mandó llamar al Gauchito. Le dijo que se venían malos tiempos, y que él iba a tener que internarse en el monte con un rebaño de ganado. Doña Estrella asintió. Había guerra y no querían que les confiscaran todos los animales.

El Gauchito, junto con otros peones, se llevaron los animales al monte. Allí vivieron por varios meses. Cuando volvieron a la estancia los recibió el Capitán Alvarado. No pudo ver a Doña Estrella. El Capitán le dijo al Gauchito que iba a vivir en un puesto algo alejado de la casa, y que no abandonara el sitio si él no lo autorizaba. El muchacho, que extrañaba a su amante, merodeaba por las noches los alrededores del casco. Intentó acercarse y dos policías que estaban vigilando se le echaron encima. Se cubrió la cara con el pañuelo, sacó el facón y les hizo frente. Hirió a uno y logró escapar. Al día siguiente el Capitán lo vino a buscar con dos policías y se lo llevaron detenido. Lo acusó de tratar de robar en la casa y de herir a un policía. El Gauchito negó que hubiera sido él. Lo hizo azotar y estaquear. Lo dejó un día tendido al sol. Doña Estrella, que se enteró, vino a pedir por él. Dijo que era un buen peón y que debía perdonarlo. El Capitán no quería entrar a competir con el muchacho. Le ordenó que se fuera lejos, que no volviera a la estancia. Era sospechoso de haber herido a un policía y si regresaba podía irle muy mal.

Estaban reclutando gente para la guerra contra el Paraguay. El Gauchito lo vio como una oportunidad para probarse. Era 1866, ya había cumplido veintidós años. Fue a Corrientes y lo destinaron a un cuerpo de infantería. La guerra se peleaba en los esteros y el Gauchito conocía ese tipo de terreno. La vida militar no era lo que pensaba. Había que pasarse mucho tiempo en el campamento, esperando órdenes. Se aburría. Se hizo de varios amigos. Eran casi todos gauchos como él. Los oficiales hablaban poco con ellos, venían de las ciudades del litoral.

Había un soldado que era diferente a los demás. Andaba siempre con una carpeta. La apoyaba donde podía y se ponía a dibujar. Hacía croquis y dibujos del campamento y los alrededores. También dibujaba a otros soldados, en diferentes posiciones. Ponía el lápiz delante de la vista para tomarle el tamaño a las cosas y calcular las distancias. Le decían Cándido. Peleó junto a él en la batalla de Sauce. En la batalla de Curupaytí lo hirieron mal y perdió el brazo derecho. El Gauchito lo vio cuando lo llevaban al hospital de campaña. El otro lo reconoció también. Le dijo que no iba a poder dibujar más ni pintar. El Gauchito le respondió que si realmente era pintor, iba a aprender a pintar con la otra mano. El muchacho lo miró agradecido.

Los porteños se quejaban por los rigores del clima. Hacía calor y humedad, y había muchos insectos. Los soldados se enfermaban. Tenían que luchar en las peores condiciones. Curupaytí fue una verdadera carnicería. Les dieron orden de avanzar por los esteros contra las posiciones del enemigo, pero no llegaban nunca. Los que morían quedaban semihundidos en el agua. Durante la batalla el Gauchito se extravió. Cuando llegó la noche se ocultó en un terreno más elevado y seco. Agotado se durmió. Lo despertaron ruidos de hombres que se acercaban. Hablaban en guaraní. Se dio cuenta que eran soldados paraguayos. Agarró su fusil y preparó la bayoneta para defenderse. Se quedó quieto. Los otros pasaron a varios metros de él y no lo vieron. Decían que eran hombres del Capitán Ayala y que los argentinos estaban casi derrotados. A la mañana pudo regresar a sus posiciones. La batalla se prolongó varios días más y, tal como decían los paraguayos, los argentinos perdieron.

Pero eran muchos. Pasaron los meses y la guerra se empezó a inclinar del lado argentino y sus aliados brasileños y uruguayos. Llegó a su Regimiento un oficial periodista. Era Capitán. Había combatido en Sauce y en Curupaytí, donde lo habían herido. Al Gauchito le llamaba la atención verlo leer y escribir. Un día se acercó a él para observar lo que escribía. El otro le preguntó si podía entender lo que decía allí. El Gauchito le dijo que sí, que sabía leer. El Capitán se sorprendió. Los gauchos eran casi todos analfabetos. El Gauchito le dijo que había aprendido a leer en la estancia de sus patrones, donde su madre era la cocinera. El otro se presentó, era el Capitán Mansilla y trabajaba para un diario de Buenos Aires, *La Tribuna*. Cumplía además funciones militares. Le preguntó si le quería ayudar. El Gauchito le dijo que sí. Le pidió que pasara en limpio los artículos que escribía. El Gauchito tenía una letra muy clara y perfilada. Escribía en una mesa de campaña, junto a la tienda del Capitán. Se pasaba horas trabajando y casi dibujaba cada letra. Mansilla le preguntó si había leído libros. El Gauchito le respondió que la *Biblia*. Mansilla le preguntó si algún otro. El Gauchito le dijo que no.

Se hizo inseparable del Capitán y lo seguía a todos lados. Mansilla le pedía que le leyera en voz alta los diarios que le llegaban de Buenos Aires. Estaba en contra del gobierno, no quería al Presidente y criticaba la dirección de la guerra. Las crónicas que escribía analizaban la situación con un tono negativo y pesimista.

Su Regimiento estuvo estacionado varias semanas sin moverse. Mansilla se aburría de la vida en el campamento. Por fin recibieron órdenes de adelantar sus posiciones. Todo el Regimiento marchó y se ubicaron más cerca del enemigo. Hicieron terraplenes para protegerse de las balas y cavaron trincheras. Mansilla tenía un gran sentido del humor y le gustaba hacer bromas y contar chistes a sus soldados. Las horas eran largas y no había mucha acción. Los paraguayos tenían pocas municiones y casi no disparaban. Era una guerra de nervios. Estaban siempre observando al enemigo y esperando.

Mansilla les propuso cargar a la bayoneta, pero el Mando superior se opuso. El Capitán regresó a su puesto furioso y se subió encima de los terraplenes. Empezó a agitar los brazos. Los paraguayos le gritaban cosas. Los argentinos respondieron. Algunas balas paraguayas picaron sobre las fortificaciones. Le pidieron a Mansilla que bajara, antes que lo hirieran. Él empezó a reírse a carcajadas. Se bajó los pantalones y les mostró el culo a los paraguayos. Los soldados empezaron todos a reírse. Esa tarde terminó sin mayores incidentes. Mansilla había sido el héroe del campamento.

Días después avanzaron y desalojaron a los paraguayos de su posición. Tuvieron que cargar de frente contra el enemigo. Hubo muchos muertos. El Gauchito vio como un soldado paraguayo se le venía encima. Logró hacerse a un lado y lo atravesó con la bayoneta. Mientras estaba expirando el paraguayo lo miró a los ojos. Era un muchachito de no más de quince años. El Gauchito le sostuvo la cabeza y el otro murió en sus brazos. Siguió peleando, pero esa noche no pudo olvidarse de la mirada del joven soldado moribundo.

La guerra siguió su curso. A su Regimiento de a poco lo fueron diezmando. Ya no quedaban ni la mitad de los hombres. Lo hirieron en un hombro y lo mandaron a la retaguardia. Lo atendieron y lo vendaron unas mujeres que hacían de enfermeras, hasta que recuperó las fuerzas. Cuando volvió al frente ya Mansilla no estaba, lo habían hecho regresar a Buenos Aires.

Al mes siguiente enviaron a su Regimiento a Corrientes y lo acuartelaron. Su unidad permaneció allí durante varios meses, hasta que terminó la guerra. Licenciaron a todos y les dieron unos pocos pesos para que volvieran a sus pagos. Cuando el Gauchito llegó a Pay Ubre se enteró que Doña Estrella, la patrona, se había casado con el Capitán Alvarado. Este se había retirado de la policía y ahora administraba la estancia. El Capitán recibió con desagrado la noticia del regreso del Gauchito. Sospechaba lo que había pasado entre él y su mujer.

El Gauchito consiguió trabajo en un campo. Atendía a los animales. Los llevaba a las pasturas y las aguadas. Tenía un buen caballo y salía a galopar por las tardes después del trabajo. Sintió tentación de acercarse a la estancia de Doña Estrella, pero no lo hizo. Le costó mucho adaptarse otra vez a la vida de peón. La guerra lo había cambiado. Tenía pesadillas por las noches. Veía los ojos del muchachito que había atravesado con la bayoneta y había muerto en sus brazos. Se despertaba angustiado.

Un día lo vino a buscar la policía al campo donde trabajaba. Era el año 1871. Le dijeron que no lo querían en el pago. Las cosas estaban difíciles, había muchos cuatreros y le convenía irse de allí. El Gauchito entendió, pero no hizo caso. Al tiempo se enteró de que en Corrientes se habían levantado contra el gobierno. El Jefe de la policía se presentó en la estancia y dijo que pronto llegaría un Comandante a buscar soldados para la guerra civil, y que se prepararan para luchar. El Gauchito sintió que no tenía nada que ganar y que realmente no quería pelear en otra guerra. Para él los hombres eran todos hermanos, aunque vivieran en distintas provincias o países. Esa noche tuvo un sueño. Se le apareció Cristo, rodeado de una luz blanca. Tenía un rostro de aspecto adolescente. El reconoció los ojos del soldado paraguayo muerto. Dios le habló en guaraní y le dijo que el hombre no debe derramar la sangre del hombre. Le pidió que rezara a San La Muerte para que lo protegiera.

Al otro día llegó una partida de soldados. El Comandante explicó que ellos eran azules liberales y estaban en contra de los autonomistas.

Les ordenó que se alistaran, se los llevaban a todos a pelear. Tuvieron que seguirlos. Hicieron una gran redada en varias estancias sin preguntar a los peones de qué parte estaban. Los obligaron a ir con ellos. Los gauchos eran todos federales y colorados. Siempre habían visto a los liberales como enemigos. Dos compañeros le vinieron a hablar. Quedaron en huir esa noche y escapar hacia los esteros. No los encontrarían. El Gauchito conocía muy bien el terreno y sabía como vivir allí.

Se fugó con los otros dos. Eran desertores y tendrían que andar como gauchos fugitivos. Se perdieron en los Esteros del Iberá. En una isleta hicieron una choza y se quedaron a vivir allí. Uno de los gauchos, Francisco Gonçalves, era mestizo, hijo de padre brasileño y madre correntina, y el otro, Ramiro Pardo, criollo. Se pasaron muchos meses pescando y cazando en los esteros, esperando que terminara la guerra civil y hubiera paz.

Francisco llevaba en su montura una *Biblia*. No sabía leer. Cuando se enteró que el Gauchito sí sabía, le pidió que le leyera los Evangelios. Todos los días por la tarde leía un rato en voz alta y los otros escuchaban. Les interesaba sobre todo el relato de la pasión, cuando entregan a Cristo y lo crucifican. Decían que el mundo estaba lleno de traidores.

Había transcurrido un año por los menos, y el Gauchito se atrevió a dejar su escondite para buscar noticias. Enfiló hacia una zona poblada y se detuvo en una pulpería. El dueño le dijo que la guerra había terminado. Compró yerba y ginebra. Vio encima de unas barricas unos cuadernos impresos. Tomó uno y lo hojeó. El cuaderno decía *El gaucho Martín Fierro*. Estaba en verso. El pulpero le explicó que lo había escrito un periodista de Buenos Aires y lo vendía por unos pocos centavos. Se llevó uno. Le dijo al pulpero que era cazador y quería vender pieles y plumas. Le preguntó si se las compraba. Este mostró interés. El Gauchito prometió volver con una carga.

Regresó a los esteros. Sus compañeros de aventura quedaron encantados con la noticia del fin de la guerra. Podían dedicarse tranquilamente a cazar nutrias y garzas. Les gustó mucho el libro que trajo el Gauchito. De ahí en más lo preferían a la *Biblia*. Todas las tardes les leía unas estrofas del *Martín Fierro*. Ellos habían escuchado a los cantores payar en los fogones y en las pulperías. En las estancias siempre había una guitarra para el que quisiera improvisar. Pero nunca habían oído versos tan lindos. Le pedían que les leyera las estrofas una y otra vez. También discutían lo que el libro decía y se hacían preguntas.

Estaban de acuerdo que en el pasado los gauchos habían sido más felices que en esos momentos. Muchos paisanos tenían su campito, sus vacas y su tropilla. Trabajaban en las estancias y nadie los molestaba ni los perseguía. "Eran otras épocas - dijo Francisco - Eran tiempos de Rosas". El Gauchito recordó que el Capitán Mansilla siempre le decía que ya no quedaban criollos, y que por culpa del gobierno iban a desaparecer los gauchos. Después de la caída de Rosas habían venido malos tiempos. Francisco dijo que a su padre un Comandante le quitó la tierra. Al de Ramiro lo habían perseguido para sacarle la mujer. Lo mandaron a la frontera de Córdoba, a luchar en los fortines. Su madre se había ido a vivir con un Sargento y a él lo enviaron lejos a trabajar de boyero. Ya no volvió a ver a su madre.

A todos les gustó que Martín Fierro se defendiera. Era muy hombre. El ejército era una desgracia. Los oficiales eran unos ladrones que dejaban al gaucho en la miseria. Cuando el Gauchito les leyó los versos en que Martín Fierro desertaba todos se identificaron con él. Celebraron también la parte en que luchaba con la partida y el Sargento Cruz se ponía de su lado. Para ellos la amistad era algo sagrado, un gaucho no debía abandonar a otro gaucho, mucho menos si estaba en peligro.

Se quedaron juntos varios meses más. Cazaban aves acuáticas y guardaban las plumas; también atrapaban nutrias y otros animales salvajes y conservaban los cueros. Cada tanto el Gauchito iba a la pulpería con los tres caballos cargados. Volvía con dinero y con noticias. Se repartían el dinero y lo guardaban en el cinturón. En 1874 hubo una nueva guerra civil. Las aguas estaban revueltas. Sus dos compañeros pensaron que era un buen momento para tratar de regresar, mezclarse con la población y abrirse camino. La policía estaba entretenida y ocupada con la leva. El Gauchito prefirió quedarse un poco más y le pidió a Francisco que le dejara la *Biblia*. El otro accedió. De todos modos, no sabía leer. Se despidieron. Los dos enfilaron hacia el sur de la provincia.

Antes que los gauchos Gonçalves y Pardo llegaran a Goya una

partida los detuvo. Los acusaron de ser ladrones y cuatreros. No los juzgaron. Cuando supieron que eran desertores decidieron ajusticiarlos. Uno dijo que los llevaran a Goya y los mataran allá. Pero no quisieron tomarse el trabajo de llevarlos prisioneros. Los fusilaron al costado del camino. El Gauchito nunca supo que sus amigos habían muerto. Se quedó viviendo en su isleta, en los esteros. Se sentía bien solo. Desarrolló una intensa vida espiritual. Leía *El gaucho Martín Fierro* y la *Biblia*. Pasaba mucho tiempo meditando.

Por las tardes, cuando caía el sol y el cielo se teñía de rojo, se tendía en el suelo y se concentraba en un punto en el centro de su frente. Empezó a tener visiones. Conversaba con San La Muerte. Se le aparecía su esqueleto y le decía que lo protegía y velaba por él. El Gauchito contestaba que no tenía miedo de morir. Él quería ver a Dios un día. Sintió que todo eso que pasaba era una preparación para otra cosa. En algún momento tenía que volver al pago que había dejado, y para ese entonces él sería otra persona. También se le apareció el adolescente paraguayo que había matado en la guerra. El Gauchito le prometió que ya no iba a derramar más la sangre del hombre. Finalmente, en 1875 se decidió a dejar su refugio.

Llevaba una cierta cantidad de dinero que había ahorrado con la venta de plumas y cueros. Iba muy prolijo. Se afeitó la barba con su facón y se dejó el bigote. Tenía un facón con mango de asta de ciervo, muy valorado. Iba con sus boleadoras atadas al pecho. Era un cazador consumado y no moriría de hambre mientras tuviera sus bolas. Se mantuvo alejado de los lugares en que había vivido o que antes frecuentaba. Cuando se sentía convencido de que no había pasado por esos pagos, se animaba a acercarse a los caseríos. Se detenía en el rancho de algún paisano y le pedía hospitalidad. Encontró que el campo estaba menos poblado que antes, había muchas taperas. No eran buenos tiempos para los gauchos. Como lo veían con poncho rojo, le preguntaban si era federal, y él no lo desmentía. Decía que era, como todos los pobres, defensor de los gauchos.

Una vez se acercó a un rancho y encontró una situación desoladora. Vivían en él un gaucho, su china y sus dos hijos. Un hijo estaba muy enfermo. Tenía una fiebre que lo consumía. Su cuerpo estaba lleno de llagas y bubones. Hacía días que estaba inconsciente, y esperaban que muriera esa noche. Movido por la compasión, el Gauchito se arrodilló frente a su catre y le tocó la frente. Luego dirigió su mano hacia las llagas y los bubones. Sacó la *Biblia* y se puso a leer el capítulo 9 del *Evangelio de San Mateo*. Cuando llegó a la parte en que Jesús sana a los enfermos, el niño moribundo abrió los ojos y se incorporó en el lecho. Los padres retrocedieron con miedo. El niño se puso de pie y pidió agua. Le trajeron agua, la bebió y dijo que tenía hambre. El padre carneó un cordero e hicieron un asado. Le pidieron al Gauchito que se quedara a pasar la noche en el rancho. A la mañana el niño tenía la piel bien, no quedaban rastros de las llagas y estaba sonriendo. El Gauchito anunció que seguía viaje. No lo querían dejar ir. No sabían qué darle. El hombre le dijo que se llevara un caballo ladero. El Gauchito andaba en un tordillo. Dijo que no le hacía falta, que se sentía contento de que el chico estuviera bien.

Se fue. No entendía bien lo que había pasado. Dios había intervenido. Había curado por su intermedio. Lo había aceptado como vehículo suyo. Le había dado un poder. Quedó obnubilado. Llegó hasta un bosquecito. Decidió quedarse allí por varios días. No cazó ni comió. Sólo bebió agua de un arroyo. Hizo ayuno por una semana. Se pasaba el día tumbado bajo los árboles, meditando. Leía la *Biblia*. Al atardecer salía a caminar. Espiritualmente fortalecido decidió seguir viaje. Pidió trabajo en una estancia. Le dieron una tropilla de potros jóvenes, algunos redomones y otros sin domar, para que los amansara. Era buen domador. Escuchó una voz que le dijo que no los golpeara. Eran criaturas de dios, le entenderían si les hablaba. Decidió obedecer a la voz. No castigó a los animales. Les hablaba. Los caballos parecían entenderle. Les fue quitando las cosquillas y los miedos. Los abrazaba. Los animales se restregaban contra su pecho. Luego los montaba y los potrillos se comportaban como caballos mansos que hubieran sufrido la montura por mucho tiempo. Los hacía andar sin ponerles el freno. Les aplicaba una presión con las piernas en el costado y los animales obedecían. Un gaucho le preguntó dónde había aprendido eso, que si había vivido con los indios. Respondió que no, que él solo había aprendido. Después les puso el freno y dejó que los montaran otros. Los animales respondieron bien.

Siguió viaje y fue a otra estancia. Le ofrecieron trabajo de peón. Aceptó. Volvió a tener visiones. Una vez, junto a una aguada, se le apareció Cristo. Le dijo al Gauchito que era, como él, un cordero. Le pidió que no tuviera miedo, que él lo iba a recibir en su reino. El cordero estaba en el mundo para lavar los pecados y redimir al hombre.

Un día, cuando llegó a la casa del patrón, vio un carruaje que había venido de la ciudad. Preguntó a los otros peones qué pasaba. Había llegado el médico. La mujer del patrón estaba muy enferma, le dolía el costado. Tenía un ataque de apendicitis. A la mañana la sacaron al corredor de la casa. Todos se acercaron a verla. Tenía la tez amarilla. El médico dijo que no se podía hacer nada. Al llegar la tarde la mujer no hablaba, no podía tragar. El médico dijo que buscaran a un cura porque iba a morirse, que le dieran la extremaunción. Mandaron a buscar al pueblo a un vecino que se hacía pasar por cura y a veces celebraba misa. Mientras sucedía esto, el Gauchito quiso probar si Dios le concedía un favor. Se acercó a la mujer y empezó a rezar en silencio. Los demás no se dieron cuenta. Le pidió a Cristo que la salvara, y a San La Muerte que no se la llevara. Después de diez minutos la mujer abrió los ojos. Les dijo que había tenido una visión. Había venido del cielo una paloma blanca y había depositado gotas de rocío en su boca. Pensaron que deliraba. La mujer se incorporó en el lecho. Le preguntaron si le dolía algo. Dijo que no, que estaba bien, que no le dolía nada. Preguntó que por qué estaban todos reunidos allí y se levantó. El Gauchito se retiró al galpón donde dormía y le agradeció a Dios. Nadie entendió lo que había pasado, pero el Gauchito supo que había sido Cristo, que había intercedido y le había concedido su súplica.

Días después dejó su trabajo y se internó en el monte. Se detuvo bajo un árbol e hizo ayuno por una semana. Se preguntó qué significaba todo eso, que qué iba a hacer con su vida. Que por qué lo había elegido Dios y qué quería de él. Le dijo a Cristo que si él servía para lavar la sangre del pecado que se lo llevara, que él estaba en sus manos. Era 1877 y el gauchito estaba por cumplir treinta y tres años. Había vivido mucho tiempo escapando. El único amor que había conocido era el de la viuda. Había ido a algunas fiestas y bailes, pero raramente se acercaba a una mujer. En cada una veía algo de la que había sido su amada y retrocedía.

Finalmente decidió que era tiempo de volver a sus pagos. Quería visitar la tumba de su madre. Sabía que era peligroso, pero rezó, y pensó que Dios iba a decidir cuando fuera su hora. El 6 de enero de 1878 fue a Mercedes a las celebraciones de Reyes. Se dijo que quería ver a la gente, pero realmente lo que quería era saber algo de Estrella. Pensó que ella estaría ya grande, pero él la seguía queriendo. Fue a la misa, y después a la fiesta. Había empanadas y vino. Al rato empezó la guitarreada. El pueblo estaba animado.

Al atardecer fue al cementerio a visitar la tumba de su madre. Por la noche durmió en el camposanto, tapado con su poncho. A la mañana siguiente regresó al pueblo y se acercó a un almacén a tomar una caña. Quería enterarse de las novedades. De pronto sintió una mano que le sostenía el brazo. Se volvió y se encontró con la mirada del antiguo Jefe de policía y esposo de Estrella. "Sabía que iba a volver", le dijo. Le apuntó con una pistola y le ordenó que marchara con él. Fueron a la comisaría. "Enciérrelo", le dijo al Comisario. "Es un ladrón y un desertor". Pasó la noche en el calabozo. Pensó que esa quizá era la última noche de su vida.

La mañana del 8 de enero el Comisario lo sacó del calabozo y lo entregó a una partida que lo esperaba. "Llévenselo - le dijo al Sargento - Es un ladrón, un cuatrero y un desertor. Ya saben lo que tienen que hacer". El Juez de Paz estaba en la Comisaría en esos momentos y quiso interceder. "Si cometió un delito, hay que juzgarlo – dijo - Debemos someternos a la ley". El Comisario lo miró con sorna. "Si se creerá que es Avellaneda - se burló - Hay demasiado gaucho bandido en esta tierra". "Iré al Gobernador - respondió el otro - Basta ya de derramar sangre inocente. Los delitos hay que probarlos".

Los policías le ataron las manos y se lo llevaron. Cuando habían andado dos leguas el Sargento detuvo la partida. Desensillaron junto a un algarrobo. El Sargento lo hizo bajar y lo paró junto al árbol. Les dijo a sus hombres que prepararan los fusiles. "¿Por qué me vas a matar, Sargento? - preguntó el Gauchito - No he cometido delitos. Me persiguen injustamente. Vas a derramar sangre inocente". El Sargento le quitó la camisa y dejó su pecho desnudo. Apareció en su lado izquierdo tatuada la imagen de San La Muerte. Le apuntaron. El Gauchito los miró. Los policías bajaron las armas. Dijeron que no podían disparar contra San La Muerte, porque se condenarían. El Sargento, con rabia, tiró un lazo por encima de una de las ramas del algarrobo, le ató los pies y lo colgó, cabeza abajo. "No me mates Sargento, soy inocente - repitió - No le creas al Comisario. Hazle caso al Juez".

En ese momento el Gauchito tuvo una visión. Se le apareció un niño cubierto de vendas, que venía del cielo. Tenía los mismos ojos que el Sargento. Comprendió que era su hijo. El Sargento sacó el cuchillo de asta de ciervo que le había quitado al Gauchito Gil y se preparó. El Gauchito se dio cuenta que había llegado su hora. Pensó en su visión. Dios quería decirle algo, le había mandado un mensaje. Al fin entendió. "Sargento - dijo - tu hijo se ha enfermado y se está por morir. Después que me hayas matado reza por mi alma. La sangre de un inocente sirve para lavar los pecados. Reza por mí y tu hijo se salvará. Invoca mi nombre y yo lo curaré. También te perdonaré a vos por derramar mi sangre, porque así lo quiere Dios. Invoca mi nombre y se hará el milagro".

El Sargento lo miró con burla y le dijo que no se preocupara, que su hijo estaba bien. Después de un tajo le abrió la yugular. El Gauchito se desangró rápidamente y expiró. Lo bajaron del árbol y lo dejaron a un costado. El Sargento no quiso perder tiempo en enterrarlo. Estaba preocupado por lo que este había dicho sobre su hijo. Lo cubrieron con hojas y ramas. El Sargento ordenó a sus hombres que regresaran a la comisaría, que él tenía algo importante que hacer. Salió al galope hacia su rancho. Al llegar ya se olía la tragedia. Su mujer lo recibió llorando. Su hijo menor, de diez años, estaba muy grave. No podía respirar. Le dijo que se estaba muriendo. El Sargento comprendió todo. Se hincó de rodillas ante el lecho donde yacía el niño y se puso a rezar. Invocó al Gauchito Gil, y le pidió al difunto que le perdonara su crimen, y que su sangre inocente lavara sus pecados. Cuando se levantó, su hijo abrió los ojos y empezó a respirar normalmente. Llamó a la madre y le pidió que le trajera algo de comer. El Sargento agarró su caballo y volvió al galope hasta el algarrobo donde había quedado el cuerpo del Gauchito. Quitó las ramas que cubrían su cadáver y se abrazó a su cuerpo. Tomó el poncho rojo que le había sacado y cubrió el cadáver. Se arrodilló ante él y le pidió perdón. Con su facón empezó a cavar una sepultura al pie del algarrobo. Cortó una rama de espinillo e hizo una cruz. Besó la frente del Gauchito y depositó su cuerpo en la tumba. Colocó sobre su pecho los dos libros que había encontrado en su apero: la *Biblia* y el *Martín Fierro*, y cruzó sus manos sobre ellos. Ayudarían a su alma en el viaje. Lo cubrió de tierra, colocó la cruz y ató el poncho rojo en sus brazos. Hizo un fuego y con carbón escribió: "Gauchito Gil". Se persignó, montó en su caballo y regresó a su rancho.

Al llegar le confesó a su mujer lo que había ocurrido. Le dijo que había derramado la sangre de un inocente. Que Dios lo había castigado y enfermado mortalmente a su hijo. Que invocó la sangre del Gauchito y Dios lo perdonó y lo salvó. El Gauchito había hecho el milagro. La mujer le creyó. Era muy religiosa. Decidieron hacer una peregrinación a pie a la tumba del Gauchito. Trescientos metros antes de llegar al algarrobo, el Sargento empezó a andar sobre sus rodillas y a rezar. Su mujer caminaba a su lado, agradeciéndole al alma del difunto. Encendieron una fogata y se quedaron toda la noche junto a la tumba.

El Sargento regresó al día siguiente a su trabajo y les contó a sus hombres lo sucedido. Era gente de una fe profunda. Pensaron que si el Gauchito había hecho un milagro, podía hacer otros. Uno de ellos tenía a su madre enferma con manchas en la piel. Creía que era lepra. El agente fue con su madre a la tumba del Gauchito y se puso a rezar. Le pidió que la sanara. Dos meses después habían desaparecido las manchas. El Gauchito había hecho otro milagro. En Mercedes se corrió la voz de lo que había pasado.

El 8 de enero del año siguiente, al cumplirse un año de su muerte, el agente y su esposa decidieron visitar su tumba. No eran los únicos. Allí estaba también la familia del Sargento. Al rato empezaron a llegar otros. Se juntaron como unas treinta personas. Llevaban flores rojas y las depositaron sobre la tumba. El poncho rojo del Gauchito estaba todo desteñido y deteriorado por el agua y el sol. El Sargento clavó otro poncho rojo sobre el tronco del algarrobo, frente a la tumba. Después dirigió las plegarias. Le pidió perdón por haber derramado su sangre, y le rogó que los protegiera. Pidió que su sangre inocente lavara sus pecados. Después de eso comieron y bebieron, y esa noche regresaron a Mercedes, fortalecidos.

La Difunta Correa

Deolinda Correa nació el 6 de enero de 1819 en el poblado de La Majadita, en el Departamento de Valle Fértil, de la provincia de San Juan. Tenía dos hermanos y tres hermanas. Deolinda se destacaba por su belleza. Sus ojos eran azules como el cielo, y su cabello renegrido. Sus padres la cuidaban mucho. No era fácil proteger a una jovencita del deseo de los hombres en aquellos tiempos violentos.

Ya adolescente, se acercaban al rancho los muchachos de los alrededores con cualquier pretexto para verla. Un día un señor algo mayor se prendó de ella. Vino a ver a sus padres y se presentó. Se llamaba Rudecindo Alvarado. Les dijo que tenía tierras en la zona y amigos en el gobierno, y pronto sería jefe de la policía de Caucete. Los padres le agradecieron la visita. Las hijas le cebaron mate y lo invitaron con tortas fritas. Él no dejaba de mirar a Deolinda, a la que llamaba "Señorita Linda". Sus ojos azules lo habían cautivado. La muchacha exhalaba ternura.

Al tiempo Don Rudecindo volvió a hablar con los padres. Les dijo que estaba pensando casarse pronto y podría considerar a alguna de sus hijas. Ellos, que lo veían muy mayor, argumentaron que eran demasiado jóvenes para casarse. Allí ayudaban en la casa y se quedarían hasta que se hicieran más grandes. Don Rudecindo se creía un hombre agraciado e insistió. Dijo que estaba emparentado con los Albarracín y un día mandaría en esa región. Los padres, algo intimidados, le respondieron que el rancho era humilde y podía visitarlos cuando quisiera. El hombre, sin embargo, no era de los que les gustaba rogar. Se fue ofendido y no volvió por allí.

Deolinda era una muchacha dócil pero de carácter firme. Era alegre y buena compañera de sus hermanas. Mantenía a sus pretendientes a distancia y no se dejaba avasallar. Esperaba al hombre que un día pudiera hacerla feliz. Se preguntaba cómo sería. Seguramente se iba a dar cuenta cuando lo viera. Y así sucedió. Un día conoció a quien iba a ser su esposo, Clemente Bustos. Fue un amor mutuo, un encuentro de almas.

Quién era Clemente Bustos

Clemente Bustos era un gaucho orgulloso y valiente. Había nacido con la patria, en 1810, en Portezuelo, La Rioja. Cuando conoció a Deolinda, en la primavera de 1835, tenía veinticinco años. Deolinda tenía dieciséis y su cuerpo estaba en flor. Nunca, hasta ese momento, había aceptado a un pretendiente, y su madre se preocupaba por su futuro. Cuando vio a Clemente se llenó toda de dulzura. Era alto, fuerte, un verdadero gaucho federal. Desde adolescente había trabajado como arriero, junto a su padre y sus hermanos. Se había criado en Portezuelo, en La Rioja. Había sido soldado de Quiroga y luchado con él contra los unitarios.

Clemente era, como todos los muchachos gauchos, gran jinete. Excelente domador, amansaba sus caballos con devoción. Había seguido a las montoneras de Facundo a los diecisiete años. Era un mocetón aguerrido y parecía mayor. Luchó con Quiroga en Rincón. Antes de la batalla, Facundo cruzó lanzas con él para entusiasmar a la tropa. Los dos lanzaron sus cabalgaduras hasta casi pecharse, tiraron de las riendas, clavaron las espuelas y los caballos se levantaron sobre sus patas traseras, mientras los jinetes chocaban sus largas lanzas. Los soldados prorrumpieron en alaridos y en vivas y eso fue como el comienzo de la fiesta. El Tigre ordenó cargar contra el ejército de La Madrid. Los unitarios, a pesar de doblarlos en número, poco pudieron hacer. Quiroga arrolló a La Madrid y quedó dueño del campo de batalla.

Después de Rincón, Quiroga mandó un destacamento, al mando del Chacho Peñaloza, a los llanos de La Rioja, para proteger su retaguardia. Clemente fue con el grupo. Peñaloza los dejó en el cuartel de la capital y regresó a unirse con las tropas de Quiroga, que se disponían a atacar a los unitarios en Córdoba. Allí el Manco Paz derrotó a Facundo en La Tablada. Facundo volvió a La Rioja para formar otro ejército. Clemente marchó con él al encuentro de las tropas de Paz. Lo enfrentaron en Oncativo. Facundo no pudo contra Paz, que volvió a derrotarlo. El ejército se desbandó y emprendieron la huida. Clemente regresó a La Rioja, y no vio a Quiroga hasta el año siguiente.

Quiroga, incansable, restableció su autoridad. Al poco tiempo le llegó la noticia de que Paz había caído prisionero de López en Santa Fe. La Madrid quedó como jefe de las tropas unitarias y Facundo se preparó para atacarlo. Clemente fue con él. Cabalgó con la vanguardia hasta Tucumán, donde se enfrentaron con La Madrid en La Ciudadela. La batalla fue difícil, y luego de dos horas de lucha, parecía que iba a decidirse a favor de los unitarios. Quiroga cargaba al frente de sus hombres y los reunía personalmente después de cada carga para volver a atacar. Clemente iba a su lado. Su lanza hizo estragos entre los unitarios. Finalmente las tropas de La Madrid cedieron y empezó la desbandada. Quiroga y sus gauchos quedaron dueños del campo. Era la tercera vez que el Tigre de los Llanos derrotaba al General La Madrid. Quiroga regresó con su ejército a La Rioja y poco después la guerra civil llegó a su fin.

Los federales quedaron dueños de la política. Facundo licenció a sus tropas y la vida volvió a la normalidad en los Llanos. Clemente decidió que era momento de cumplir con su sueño. Formó una pequeña compañía de arrias con unos amigos de su pueblo. Se repartieron entre ellos las responsabilidades del negocio. Tomás Romero y Rosauro Ávila se encargarían de domesticar las mulas. Jesús Orihuela prepararía tropillas de caballos. Clemente estaría a cargo de la seguridad. Era el que tenía más experiencia militar, y los caminos en esa época eran solitarios y peligrosos. De todos los socios el único que sabía leer era Jesús Orihuela.

La pequeña compañía de transporte empezó bien. Fueron apareciendo los clientes. Llevaban cargas de paños tejidos, telares, herramientas para el cultivo, minerales, sal, granos para la siembra y, en algunas ocasiones, documentos y otros encargos del gobierno. Facundo, que tenía confianza en su lancero, intervino, garantizando su honestidad. La provincia era un apretado tejido social solidario de familias que se conocían de antaño. Clemente ansiaba progresar. El negocio de arrias prometía. El transporte de cargas era indispensable para la región.

En 1835 les llegó una noticia terrible: habían asesinado a Facundo. La noticia afectó mucho a Clemente. Admiraba a Facundo, se sentía su soldado. Comprendió que se avecinaban malos tiempos. Los paisanos confiaban en que López y Rosas sostuvieran la situación nacional. Hablaban mucho de política, como buenos argentinos y se preguntaban qué pasaría en el futuro cercano. La Confederación tenía muchos enemigos, dentro y fuera del país.

Enamorados

La situación económica en La Rioja se mantuvo relativamente estable. El negocio de arrias de Clemente progresaba. Fue en esa época, a fines de 1835, que vio por primera vez a Deolinda. Él y Jesús pasaban con sus mulas por Valle Fértil rumbo a la capital, San Juan. Llevaban herramientas y semillas para los agricultores de la zona. Se detuvieron en San Agustín para dejar descansar los animales. Ese día Deolinda y su hermana Josefina habían ido al poblado a entregar potes de mermelada y un poncho tejido por su madre a una familia de allí. La madre de Deolinda era una excelente tejedora. Deolinda era buena repostera y tenía su propia receta para la mermelada. Clemente y Jesús dejaron sus animales en el corral del pueblo y les bajaron la carga. Se fueron al almacén para tomar una caña y comer empanadas. Vieron a las muchachas pasar por la calle. Clemente no pudo contenerse y salió para hablarles. Jesús, que era casado, se quedó en el almacén. Los ojos azules de Deolinda se clavaron en Clemente y sintió lo que siente un hombre cuando nace una pasión irremediable. Ansiedad, miedo, deseo.

Clemente les rogó que le dejaran acompañarlas. Finalmente, las chicas aceptaron. Llegaron a la casa donde iban, entregaron el pedido de dulce y el poncho. La dueña de casa extendió sobre una mesa el poncho rojo, con listones negros, que era bellísimo. Clemente pudo admirar el arte de quien sería su suegra. Después invitó a las chicas a ir a la capilla. Él era creyente. Aceptaron. La capillita no tenía cura, pero una señora beata abría sus puertas todas las tardes para que fueran los vecinos a rezar. Cada tanto venía un cura de un pueblo cercano para celebrar misa. Se arrodillaron todos frente al altar. A Deolinda le sorprendió que fuera tan religioso. Clemente le dijo que los riojanos tenían mucha fe. Rezó en voz alta y pidió por el alma de Quiroga. Ellas no sabían que había sido asesinado. Le preguntaron qué iba a pasar ahora. Clemente les dijo que habían encontrado a los culpables y los estaban juzgando. Había sido un complot del gobierno de Córdoba.

Cuando regresaron de San Juan, Clemente y Jesús volvieron a detenerse en el lugar. Esta vez llegaron directamente a La Majadita y Clemente preguntó por la familia de Deolinda. Llevaban fardos de lana de San Juan a La Rioja. Las mulas iban muy cargadas. Deolinda se alegró al verlo. Siguiendo las costumbres hospitalarias de la zona los hizo pasar a la casa. Su padre acababa de regresar del campo, y su madre estaba en el telar tejiendo. Iban a comer pronto. Todos sus hermanos y hermanas se habían sentado a la mesa y conversaban. Era la hora de la oración. Los invitaron a cenar con ellos. Ese día habían cocinado las hijas. Deolinda había preparado locro y su hermana Josefina había hecho el postre. El padre les sirvió vino casero. Simpatizaron rápidamente. Después de la comida Clemente pidió una guitarra. La madre le trajo una vieja vihuela que había sido de su abuelo. Clemente comenzó a cantar. Tenía una voz agradable, aunque no era perfectamente entonado. Era un joven bien parecido y se conducía con galantería. Cantó cuecas y zambas. Esas canciones iban y venían en Cuyo por el camino de los arrieros.

A las pocas semanas pasaron otra vez. Esta vez Deolinda lo estaba esperando. Clemente trajo regalos para la familia: le dio a Deolinda un collar de conchas de nácar que había comprado en La Rioja, le regaló a su madre un mantel de algodón bordado y a su padre una botella de cognac. Antes de seguir viaje con su carga hacia San Juan, Clemente le dijo que quería ser su novio.

Ese cortejo formal y respetuoso no era raro en la zona. Cuyo era tierra de labriegos. Los Correa eran muy religiosos. El padre le leía la Biblia a su familia todos los días. Le dijo a Clemente que había sido seminarista y que había dejado el seminario de los Dominicos para entrar en el Ejército de los Andes. Había hecho la campaña con San Martín. En el seminario había conocido al fraile Aldao, y se hicieron amigos. Se detenía en su casa cuando iba a La Rioja. Ellos eran federales. Lamentó que hubieran asesinado a Facundo.

Clemente no podía leer ni escribir. Jesús, en cambio, leía y escribía y era el que se encargaba de llevar las cuentas del negocio de arrias. Deolinda tampoco sabía leer ni escribir. Su madre se había opuesto a que aprendiera. Su padre le había enseñado a leer a su hijo mayor. La madre decía que para a cuidar la familia y honrar a Dios no hacía falta saber leer y escribir.

En 1837 se casaron en la capilla de San Agustín. Hicieron la boda en La Majadita. Allí llegaron los familiares y amigos de Clemente. El padre de Deolinda los bendijo y pronunció las oraciones antes de la cena. Comieron chivito y bebieron vino de la tierra. Su madre sirvió los postres y la torta de bodas, que ella misma había preparado. Deolinda dijo que seguiría llamándose Correa, en honor a su familia, aun estando casada. En esa época se aceptaba que la mujer retuviera su apellido paterno, si así lo deseaba. Clemente estuvo de acuerdo. Lo que importaba era el amor.

Recién casados

Los recién casados se fueron a vivir a Tama, cerca de Malanzán, en La Rioja. Clemente operaba desde allí su pequeña empresa. Prometió que llevaría a Deolinda seguido a visitar a su familia. Sus padres podían venir a Tama cuando quisieran. Clemente hizo ampliar la casa que tenía. Contrató a unos paisanos albañiles, que agregaron a la casa dos cuartos más.

Ese año pasó rápido. En La Rioja gobernaba el General Brizuela, federal y, en San Juan, Nazario Benavidez, federal también. La situación económica era buena. Cuyo era una región próspera. La empresa de arrias de Clemente y sus amigos progresaba rápidamente. Sus mulas y caballos iban y venían por los caminos de La Rioja y San Juan.

Clemente y Deolinda estaban felices. Ella quería tener muchos hijos. Le dijo a Clemente que una mujer se sentía vacía sin niños. Ese primer año Dios no los bendijo. Deolinda rezó mucho para que se hiciera pronto el milagro.

Cuando él y sus socios salían de viaje con las mulas cargadas, Clemente dejaba a Deolinda en Malanzán, con la familia de Tomás y de Jesús, que vivían allí. Un día Deolinda le dijo a Clemente que quería ir con él en su próximo viaje. Clemente aceptó contento. No le gustaba dejarla sola. Sería diferente cuando tuvieran hijos. Le preparó un caballo manso. Salieron para San Juan con un arria de veinte mulas. Sus socios no vinieron. En su lugar los acompañaron dos peones. La travesía era lenta, el clima seco. En esa época del año hacía calor por el día y la temperatura bajaba a la noche.

Se detuvieron en La Majadita para visitar a sus padres y hermanos. Al día siguiente continuaron viaje. Llevaban una carga para el gobierno de la provincia. Al llegar a Caucete, antes de entrar en la ciudad de San Juan, hicieron un alto para que se repusieran las mulas. Clemente llevó a Deolinda al mercado. Luego entraron en la pulpería. Siempre había noticias nuevas. Clemente pidió una caña y Deolinda una horchata. De pronto llegó una partida policial. El jefe de la partida, un comisario, miró a los forasteros y saludó. El jefe observaba con insistencia a Deolinda. A ella le pareció cara conocida. Pronto cayó en la cuenta: era el hombre mayor que tiempo atrás se había prendado de ella y la había cortejado. Siguieron viaje. Al rato vieron la polvareda de dos caballos que se acercaban al galope. Era el jefe de policía y un cabo. Los saludaron y les dijeron que iban a San Juan. Si les parecía bien, podían acompañarlos y les darían protección. Clemente les agradeció y les dijo que no era necesario. Los otros se despidieron y partieron al trote. Deolinda se sintió incómoda. Aunque era mujer casada y Clemente un mocetón fuerte y valiente, siempre la seguían las miradas. Sus ojos azules se habían vuelto más cautivantes y profundos con los años. No sabía si decirle a su marido lo que había pasado con ese hombre tiempo atrás. Prefirió guardárselo por el momento. Clemente era celoso. Y Don

Rudecindo (se acordó de su nombre) podía ser peligroso para ellos. Por suerte la provincia estaba en paz, y ellos eran buenos federales.

En San Juan todo transcurrió normalmente. Hicieron noche en una posada. Al día siguiente Clemente y Deolinda pasearon por la ciudad, comieron en el mercado y se prepararon para regresar. Llevaban a La Rioja varias mercancías y dos arcones del gobierno con documentos. Era un envío del gobernador Benavidez al gobernador Brizuela. Les ofrecieron acompañarlos con una escolta armada. Clemente les dijo que había sido soldado de Facundo, y que podían defenderse solos. Los dos peones asintieron. Durante la travesía siempre llevaban armas, para una eventualidad.

Poco después de pasar por Caucete los alcanzó el jefe de Policía. Les dijo que cometían una imprudencia y que necesitaban su protección. Los iba a acompañar. Clemente protestó, pero el otro se impuso. Se sumó al arria, junto a un cabo. Don Rudecindo le hacía preguntas indiscretas a Clemente. Quería saber si era dueño de las mulas, si la señora era su esposa y dónde vivían. Cada tanto se volvía hacia Deolinda y le clavaba su mirada llena de deseo. Deolinda bajaba la vista y sentía que la estaba desnudando.

El viaje fue lento y tedioso. Al llegar a Valle Fértil saludaron a su familia y continuaron la marcha. No podían detenerse mucho. Finalmente pasaron por Malanzán y llegaron a Tama. Allí se dispusieron a hacer noche en su casa antes de seguir a la ciudad de La Rioja. Don Rudecindo preguntó si podía hospedarse en la vivienda de ellos. Deolinda se negó. Los dos policías se acomodaron bajo un quincho, fuera de la casa. Deolinda le contó a Clemente todo lo que había pasado. Su marido se puso furioso por la osadía del viejo. Se dio cuenta que era una situación peligrosa para ellos. Le pidió que no se quedara sola en la casa, que continuaran viaje juntos a la capital. Al día siguiente siguieron todos hacia La Rioja. Un peón se adelantó a caballo para avisar al gobierno local de su llegada. Don Rudecindo le sacaba conversación a Clemente, fingiendo amistad. Clemente, que era astuto, actuaba con prudencia. El policía se traía algo entre manos. Llegaron a La Rioja. Don Rudecindo se despidió y regresó a Caucete. Ellos estaban seguros que lo volverían a ver. Clemente le dijo a su mujer que la próxima vez que viniera lo iba a enfrentar y preguntarle qué problema tenía con él. Deolinda le pidió que no lo hiciera, no quería que los pusiera contra el gobierno. Clemente le respondió que encontraría quien los apoyara. Felizmente, sus temores no se cumplieron. Don Rudecindo no volvió a Tama ni Clemente se lo encontró en sus viajes a San Juan.

Madre al fin

A fines de 1838 Deolinda quedó embarazada. Estaban locos de contentos. Deolinda prometió construir un altar en Tama a la Virgen de los Desamparados. Su padre la había puesto bajo su protección al nacer.

Su hijo nació el 15 de agosto de 1839, día de la Asunción de María, en La Majadita. Su madre y unas vecinas la ayudaron en el parto. El niño tenía el rostro del padre y los ojos azules de la madre. Clemente decidió llamarlo Facundo, como su héroe. Facundo Bustos fue bautizado el 1º de septiembre en San Agustín del Valle Fértil. Los esposos se sentían felices. Ya había nacido su primer hijo. Vendrían muchos más. Facundo era un niño precioso. Su madre se veía reflejada en el niño. Le parecía que la miraba con sus ojos, que era ella misma la que estaba dentro de ese cuerpecito. Clemente sentía que tenía su sangre y su fuerza. La unión era casi perfecta. Eran tres y eran uno. Se sabían afortunados. Rezaban a diario y Deolinda sintió que su fe había crecido. Dios le había dado lo que ella tanto quería: un hijo.

Se entregó por entero a su dulce labor de madre. Su cuerpo y su sangre eran parte ahora de una realidad trascendente. Los caminos del mundo confluían hacia el secreto de su maternidad. Le hablaba a diario a la virgen. Sentía que ella la escuchaba y la comprendía. Deolinda quería ser su amiga. Las madres siempre estaban dispuestas a dar todo por sus hijos. Cada vez que Facundo se prendía a su pecho la embargaba una emoción inenarrable. El niño la miraba con sus enormes ojos asombrados. Eran del color del cielo de San Juan. Puro, limpio, de un celeste aterciopelado.

Clemente se quedó en La Majadita, acompañando a su mujer. Sus socios se ocupaban de los negocios de la empresa en La Rioja.

Llegó diciembre, y la felicidad parecía no tener límites para la familia. Su situación económica mejoraba constantemente. La Compañía era conocida y respetada en las dos provincias en que operaba, San Juan y La Rioja. Planeaban expandirse, tomar empleados, arrieros que llevaran sus mulas cargadas por los caminos y aumentaran sus ganancias.

A fin de año llegó a La Majadita una comitiva inesperada. El Fraile y General Aldao pasaba por la zona y se detuvo a visitar al padre de Deolinda. Vino acompañado de una escolta de diez soldados, que se apostaron bajo un árbol, cerca de la casa. El Fraile abrazó a Deolinda, la felicitó por Facundito y lo saludó a su esposo. Clemente le dijo que había sido soldado de Quiroga y había luchado con él en La Ciudadela. Al escuchar hablar del Tigre, Aldao manifestó una profunda tristeza. Se quejó del horrible crimen y de la saña de los unitarios, que no permitían que terminasen las guerras civiles. En Mendoza las cosas estaban bien, pero los unitarios amenazaban invadir Buenos Aires. Los ingleses y franceses buscaban meterse en nuestro territorio y dominar la patria. Habían convencido a Lavalle en la Banda Oriental de que era el mejor momento para invadir la Confederación. Le estaban proporcionando armas y pertrechos, y hasta se habían ofrecido a transportar su ejército por barco. Lavalle se había prestado al juego. No se conformó con haber desatado la guerra en el 28, después de haber asesinado cobardemente a Dorrego. Todavía se sentía con autoridad para invadir, al servicio de los imperios. Pudiera ser que un día derrotaran definitivamente a Rosas y el país quedara a merced del Emperador del Brasil y de los franceses. Ese día los unitarios estarían satisfechos. Pero antes de eso tendrían que pasar por encima de su cadáver.

El padre de Deolinda pidió a Fray Aldao que dirigiera las plegarias antes del almuerzo. José Félix, como pidió que lo llamaran (les dijo que para ellos no era General sino un amigo), leyó una sección del Evangelio según San Mateo y luego comieron en paz. Recordaron la época que habían compartido en el seminario. Aldao habló de cómo habían cambiado las cosas. La revolución los arrastró a todos. Tuvieron que sacrificarse por el país. Luego del almuerzo el fraile bendijo a Facundo y alabó a su madre. Dijo que las mujeres argentinas eran las más abnegadas que conocía, y las más valientes. Luego, en conversación privada con su amigo Correa y con Clemente, les avisó que se esperaban momentos difíciles, se anunciaba una invasión inminente de Lavalle y sus fuerzas podían llegar a Cuyo. Había que estar preparado. Por suerte, los gobernadores de San Juan y La Rioja eran buenos federales. Clemente le dijo que había que tener "miedo del oro", que corrompe a los hombres.

- Si los franceses están detrás de la invasión, es peligroso, porque saben cómo seducir a los ambiciosos y les pagan su precio - le dijo Don Correa.

- Así es amigo - le respondió Aldao - Los extranjeros ya compraron a Rivadavia y por su culpa perdimos la Banda Oriental. Allí nos metieron una cuña desde la cual pueden intrigar y amenazarnos a gusto. Gracias a Dios, tenemos a Rosas. Su astucia siempre pudo más que la hipocresía de los gachupines. Sin él, hoy seríamos colonia francesa o inglesa, como lo reconoció mi General San Martín. Qué Dios le dé salud a nuestro gaucho rubio y que viva muchos años. Los extranjeros acechan.

Bebieron una última copa y se despidieron.

La guerra otra vez

Pasaron los meses y las predicciones del Fraile Aldao se mostraron correctas. En el otoño del 40 llegaron noticias de que los unitarios habían comenzado la invasión. Se había formado en el interior la Coalición del Norte, que los apoyaba. Pronto supieron que Brizuela, el Gobernador de La Rioja, se había dado vuelta. Se había pasado al bando unitario y ahora formaba parte de la Coalición del Norte. Podían atacar San Juan en cualquier momento. Poco después llegaron de Tama los socios de Clemente, Tomás, Rosauro y Jesús, con un arria de mulas cargadas de mercadería para Caucete en San Juan. Le pidieron a Clemente que protegiera a su familia en La Majadita, que no fuera para La Rioja mientras no mejorara la situación. La provincia ya no era segura para él. Cuando hubiera trabajo allá, ellos se encargarían.

Clemente les agradeció y salieron todos con el arria de mulas cargadas rumbo a Caucete. Allá ocurrió lo inesperado, los males nunca vienen solos. Después de entregar la carga fueron al almacén a comer algo. Se sentaron a una mesa, les sirvieron y estaban conversando cuando entró el Comisario Alvarado. De inmediato vio al grupo y se acercó. Llamó a Clemente por su nombre. Lo saludó y le preguntó por su familia. Los invitó a tomarse una caña a su salud, pero ellos no aceptaron. Se justificaron diciendo que tenían que salir pronto con una carga para La Rioja y si uno bebía el calor no se aguantaba.

El Comisario les dijo que se cuidaran, que se venían malos tiempos, y la gente "se estaba cambiando de bando".

- ¿Ud. es unitario o federal? - le preguntó a Clemente con sorna.

- Federal, por supuesto. Fui y seguiré siendo soldado de Facundo Quiroga - respondió.

- ¡Qué lástima! - se burló el Comisario - Facundo está muerto.

Los saludó con el ala del sombrero y se retiró. Sus amigos le preguntaron alarmados qué había pasado con ese hombre. Clemente les explicó la situación. Jesús le dijo que debía tener mucho cuidado, y que si algo ocurría ellos estarían allí para ayudarlo.

Sus amigos partieron con el arria de mulas a La Rioja y él, preocupado, regresó directamente a La Majadita y le contó a Deolinda del encuentro. Ella le confesó que le tenía miedo al Comisario. Estaba resentido con ella porque lo había rechazado.

- Si te llevan a la guerra, ¿quién me va a cuidar? - le dijo.

- Si eso pasa, no dejes que se acerque. Ocultate hasta que yo regrese - le pidió Clemente.

- Antes muerta que con ese hombre - respondió Deolinda - Yo soy tuya y de nadie más.

Se besaron tiernamente. Después ella le dio de comer al niño. Sus pechos estaban cargados de leche.

A fines de octubre llegó una partida del Ejército a San Agustín del Valle Fértil. Clemente se encontraba en el pueblo. Estaba en la pulpería cuando entraron los soldados. Dijeron que estaban reclutando gente para la guerra. Clemente se dio cuenta enseguida que eran unitarios. El oficial estaba vestido de azul y se veía que era un cajetilla. Tenía la barba en forma de U. Los unitarios eran inconfundibles. Había tres hombres en la pulpería, además de Clemente. Uno era viejo y lo dejaron salir. Otro dijo que no podía ir, su mujer esperaba familia. Un cabo lo cruzó de un rebencazo y se lo llevaron engrillado. El tercero aceptó incorporarse. Clemente no se resistió. Dijo que iría, pero quería pasar a despedirse de su esposa. Le preguntaron dónde estaba su rancho. Le respondió que en La Majadita. El oficial sacó una hoja de papel y la desplegó.

- ¿Cuál es su nombre? - le preguntó.
- Clemente Bustos - respondió.

El oficial miró detenidamente en la hoja de papel.

- Ajá - dijo - aquí aparece su nombre. Dice que es hombre de cuidado. Lo vamos a vigilar bien. No puede ir a su rancho. Ya sabe que la deserción se paga con la muerte. Estamos en tiempos de guerra. Ahora forma parte Ud. del Ejército del General Brizuela. Prepárese a luchar contra la tiranía de los federales.

- Hasta hace poco Brizuela era federal - respondió Clemente - y partidario del General Rosas.

- Los tiempos cambian - dijo el oficial - Nadie lo quiere a Rosas. Ni los franceses, ni los ingleses, ni nadie. No durará en el poder ni un año más. En 1841 la Argentina será libre.

La partida de soldados salió en dirección a Caucete. Los unitarios buscaban controlar la provincia de San Juan. Deolinda, apenas se enteró de lo ocurrido, fue a hablar con su padre. Don Correa trató de calmarla. Le pidió que tuviera paciencia. Le llamó mucho la atención lo que había pasado. Clemente estaba bien establecido con su negocio de arrias. Todos lo conocían. Lo respetaban. Les podía ser mucho más útil, llegado el caso, como arriero y transportista que como soldado. Deolinda le dijo que el oficial unitario llevaba una lista con nombres. Alguien buscaba perjudicarlo. Deolinda tenía miedo. Su esposo era federal, no lucharía contra la gente de su propio bando.

La huida y el sacrificio

Dos días después escucharon que el Comisario de Caucete estaba en San Agustín del Valle Fértil. Deolinda sabía que venía a buscarla. Era capaz de todo. Se armó de coraje y decidió escapar. Tomó a su hijo y lo arropó bien. Metió en su morral un pan y varias lonjas de charqui y se cruzó sobre los hombros tres chifles de agua. Le avisó a su padre que se iba tras los pasos de su esposo, antes de que fuera tarde. El padre le pidió que llevara su caballo. Ella le dijo que era difícil cabalgar con un bebé, y no quería dejarlo. Les sería muy fácil además seguir las huellas del caballo y alcanzarla. Tenía que irse a pie. Si veía a alguien que se aproximaba o venía tras ella se ocultaría. Estaría vigilante. Conocía bien el camino y el monte. Pronto pasarían por allí los socios de Clemente, Jesús, Rosauro y Tomás, con un arria de mulas. Le pidió a su padre que les avisara que los unitarios se habían llevado a Clemente y que ella había partido tras él. Su enemigo, el jefe de la policía, la seguía. Les rogaba que vinieran pronto a socorrerla. Padre e hija se abrazaron. Después se despidió, llorando, de su madre y sus hermanos. Besaron a Facundito y la abrazaron. Terminaba el mes de octubre.

Deolinda partió con su hijo. Anduvo durante todo el día y toda la noche. Cada tanto se detenía para darle el pecho. Vigilaba constantemente el camino. Se aseguraba de que no viniera nadie tras ella. Al amanecer se apartó de la huella y se recostó con Facundito bajo un algarrobo, sobre la falda del monte. Se ocultó lo mejor que pudo. No quería que la vieran. Ya se le había terminado el agua de uno de los chifles. Le quedaban dos más.

Se dijo que había hecho bien en irse de La Majadita, prefería morir a caer en manos del Comisario. Le pidió a Dios por su hijito. "Señor", rezó, "no me importa mi vida, me pongo en tus manos, pero no te lleves a mi hijito." Recostó la cabecita de su hijo sobre sus pechos y se durmió.

Ya bien entrada la mañana siguió viaje. Anduvo a buen paso. Quería ver a su esposo. Pensó que la columna del Ejército ya habría llegado a Caucete. Quizá se quedaran allá acuartelados. Pronto pasarían Jesús y el arria de mulas y la rescatarían. Con ellos, ella y su hijo estarían seguros.

Su hijo parecía no sentir los efectos del viaje. Dormía plácidamente. Cuando tenía hambre y lloraba, Deolinda se detenía para amamantarlo. Al fin del día ya se le había terminado el agua de otro chifle. Comió el resto del charqui. Sus piernas eran fuertes, aguantaban bien. Esa noche volvió a rezar. Le pidió a Dios que los protegiera. Rogó por su hijito. Facundo era un alma inocente.

A la mañana siguiente continuó la marcha. Hacía mucho calor. Se preguntó qué día sería. No faltaba mucho para el día de los Santos. Por la tarde se detuvo y durmió un rato. Anduvo durante la noche. Se le estaba acabando el agua. Hacía tres días que había salido. No podía estar muy lejos del próximo poblado, pensaba ella. Allí podría cargar agua y pedir comida. Cuando la luna estaba bien alta se acostó a la vera del camino, con su hijo encima y se durmió.

Despertó al amanecer. Se sentía rara. Su hijo aún dormía. El paisaje que la rodeaba estaba transformado, como si fuera distinto al del día anterior. Más seco, más árido. Anduvo ya sin agua. Por momentos se mareaba y se sentía desfallecer. Hacía mucho calor. Vio un árbol cerca y se sentó bajo su sombra. Quería descansar y amamantar a Facundo. Quizá pasaran pronto Jesús y sus socios con las mulas. Dios tenía que ayudarla. Su boca estaba reseca. Al caer la noche se quedó dormida.

El próximo día amaneció sin fuerzas. Comprobó que su hijo estaba bien. Seguía comiendo de sus pechos. Se dijo que no se arrepentía de haber salido de su casa a pie. Prefería morir con el nombre de Clemente en los labios a caer en brazos de otro hombre. Subió unos metros la ladera del monte a ver si se divisaba algún caserío. Le llamó la atención la sequedad y la aridez del paisaje, le recordaba la región de Vallecito, cerca de Caucete. Pero Caucete estaba lejos de La Majadita. No podía haber recorrido tanta distancia a pie. Quizá, durante su sueño, Dios hubiera hecho un milagro y la hubiera llevado allí. Sea lo que fuera, pidió que se cumpliera su voluntad. Ella y su hijo estaban en sus manos.

Pensó que ese sería el día de los Santos. No venía nadie por el sendero. Bajó la ladera del monte y se sentó junto al camino. Le cubrió la cabecita a su bebé y lo recostó sobre sus pechos. Se le fueron cerrando los ojos y al rato perdió la conciencia. Su hijo empezó a moverse, inquieto, tenía hambre. El pezón de la madre le rozaba los labios. Empezó a tirar de él y a chupar. Cuando se sintió lleno lo dejó y se quedó dormido.

Esa noche Deolinda falleció. Entregó su alma a Dios durante la noche del día de los Muertos. Al amanecer, Facundo volvió a buscar la leche en los pechos de su madre muerta. Chupó hasta que la leche empezó a fluir. Bajo la luz incierta del amanecer descendió un ángel del cielo. Tenía una piel muy tersa y formas de mujer. Se sentó junto al cadáver de Deolinda. Facundo lo miró con asombro. El ángel le devolvió la mirada. En sus ojos había cielo y eternidad.

Salió el sol y la temperatura empezó a subir. Pasaron las horas. El niño seguía recostado sobre los pechos como en un lecho de rosas. A mediodía tuvo hambre y volvió a buscar la leche de su madre. Milagrosamente, esta fluyó. El ángel plegó sus alas y se sentó junto al niño. Observaba amoroso cómo este comía. Era su ángel guardián. Elevó su mirada al Dios Padre. Era el día de las ánimas. Luego de comer el bebé durmió plácidamente por un largo rato. El ángel permaneció a su lado.

El niño despertó y se encontró con los ojos de su guardián. El ángel desplegó sus alas y se elevó. Miró el camino. No muy lejos venía una caravana. Era Jesús y sus amigos. El ángel partió.

Pronto llegó la caravana hasta el lugar y vieron a la madre y el niño. Estaban al tanto de todo. Habían pasado por La Majadita. Se preguntaron cómo Deolinda podía haber llegado hasta allí caminando. Esperaban encontrarla antes. Les pareció un milagro que hubiera andado tanto. Apenas sintió el contacto de unos brazos que lo alzaban Facundo se puso a llorar. Tenía hambre. Jesús intentó despertar a la madre, creyendo que se había dormido. Pronto comprobó que estaba muerta. De su pecho desnudo manaba un hilito de leche. Dejó que el niño se acercara al pecho. Comió hasta satisfacerse.

El cuerpo de Deolinda ya olía mal. Los amigos se lamentaron de su suerte. Envolvieron el cadáver en un poncho rojo y lo cargaron sobre una de las mulas. Comprendieron que no podrían ir muy lejos con ella. El sol apretaba. Finalmente decidieron enterrarla en Vallecito y seguir con el niño. Cubrieron el cadáver con piedras y pusieron sobre el montículo una cruz. Jesús escribió con carbón: "La Difunta Correa". Continuaron viaje a Caucete para entregar la carga y averiguar si Clemente estaba allí. Al llegar se enteraron que los soldados apenas si se habían detenido en el lugar.

Decidieron regresar a La Majadita para entregar al niño a sus abuelos. Se llevaron un chifle con leche de cabra para alimentarlo. Pero el niño no quería comer. Vieron que tenía fiebre. Le dieron agua y le mojaron la frente, a ver si le bajaba la temperatura. Cuando pasaron por el sitio donde estaba Deolinda enterrada el niño ya había muerto. Pensaron que había querido reunirse con su madre. Irse con ella al cielo. Era un inocente, un angelito. Lo enterraron envuelto en su mantita. Hicieron un montículo junto a la tumba de su madre. Siguieron camino hacia La Majadita.

La suerte de Clemente

El día dos de noviembre, a varias leguas de allí, Clemente, que marchaba con la partida, decidió escapar. Le habían dicho que iban a pelear contra los federales. Se dijo que prefería arriesgar su vida y desertar. No derramaría la sangre de su gente. Ofendería la memoria de su caudillo. Él era hombre de honor y no le tenía miedo a la muerte. Eso lo había aprendido cabalgando con Quiroga. Había que vivir luchando y morir de pie. Por la noche, mientras los otros dormían, escapó. El Teniente unitario que lo conducía mandó a tres de sus hombres a perseguirlo. Dos días después lo alcanzaron. Se había tendido a dormir. Se lo llevaron de vuelta al Teniente. Uno que conocía a Clemente dijo que era un buen hombre, que le perdonara la vida. El unitario no tuvo piedad. Mandó formar un pelotón y lo fusiló de inmediato. Tiempo después los unitarios fueron derrotados por los federales. El Teniente que hizo matar a Clemente fue uno de los oficiales prisioneros fusilados por el General Aldao, en represalia por la muerte de su hermano, al que había enviado a parlamentar.

El milagro final

Jesús y sus compañeros llegaron a La Majadita y le contaron al padre de Deolinda cuál había sido el destino de su hija y su nieto. Este se preguntó cómo su hija había podido recorrer tanta distancia a pie con su hijo a cuestas. Dios tenía que haber intervenido. No era algo humano. Creyente como era, se preguntó si dios no habría hecho un milagro. Los lugareños siempre esperaban un signo favorable de él. Era gente de una fe profunda.

La familia estaba desolada. El Jefe de la policía de Caucete había pasado por ahí hacía varios días. Había preguntado por Deolinda. Cuando supo que no estaba se retiró del lugar sin dar explicación. El padre decidió visitar la tumba de su hija y su nieto. Preparó su caballo y salió. Durante el camino oró con fervor. Le pidió a Dios por sus almas. De pronto sintió sed. Tomó su chifle y bebió. Sintió que el agua tenía un sabor extraño. Era dulce. Vertió un poco del contenido y comprobó que el agua se había transformado en un líquido blancuzco con sabor a leche de madre. Entendió que era un signo divino. Se preguntó si Dios no había elegido a su hija para hacerse presente entre ellos, y su sacrificio quería recordarnos el sacrificio del hijo, que también había padecido sed en la cruz. El mundo estaba sediento de milagros y de amor. Dios hacía mucha falta.

- Alguna vez, presiento - dijo, hablando al alma de su hija - irán las madres y los viajeros en peregrinación a visitarte a tu tumba, a pedirte favores y milagros. Fuiste un modelo de fidelidad conyugal y devoción materna. Diste la vida por tu marido y tu hijo. Te inspiraba la madre de dios, que es la madre de todos. Vos, que fuiste fuerte, velarás por aquellos que necesiten tu protección. Intercederás ante Dios. Serás la madre del amor y la justicia. Guiarás a los viajeros en su travesía, calmarás su sed y protegerás sus hogares.

Al llegar a la tumba oró por las dos almas. En ese momento se le apareció el ángel que antes lo había visitado a su nieto. Vio que tenía los ojos azules como Deolinda. Levantó su vista al cielo y le agradeció a Dios.

- Sufrimos en este mundo, Señor - dijo - Necesitamos tu consuelo y amor.

El Angelito milagroso

Doña Argentina Nery Olguín nació en Villa Unión, en la provincia de La Rioja, el 25 de mayo de 1933. Era la décima hija de su familia. Su papá trabajaba de peón en los olivares y viñedos de los alrededores. Argentina aprendió a leer y escribir en la escuelita del pueblo. A los quince años, en 1948, se casó con su novio Bernabé Gaitán. Ya estaba embarazada y sabían que se pasarían toda la vida juntos y tendrían muchos hijos.

Bernabé Gaitán era aprendiz de carpintero. Su papá tenía un terreno en el barrio de la Virgen de la Peña, y allí Bernabé construyó una casa de adobe para su familia, con la ayuda de su suegro y sus hermanos. Era una época de optimismo para la gente de Villa Unión. El General Perón era generoso con las provincias necesitadas del Noroeste, y muchos habían recibido préstamos del gobierno para plantar vid y olivos. Se estaba fomentando el turismo. La zona era de una belleza paradisíaca. El pueblo estaba rodeado de montañas que descendían hacia el valle, atravesado por quebradas de greda rojiza. Hacia la altura iban los senderos que unían la tierra con el cielo azul. Su aire era puro, y los zorzales y viuditas cantaban en los chañares y las jojobas.

En 1950 recibieron una noticia que los llenó de alegría. La primera dama de la República, Evita Perón, recorrería la provincia en una caravana, acompañada de una comitiva, y se detendría en el pueblo. Evita deseaba contemplar el paisaje de la zona y conversar con los lugareños. Para ese entonces Argentina tenía ya dos hijos, un varón y una nena, y quería que Evita los viera. La caravana llegó y se instaló en la casa del Intendente. La Primera Dama dio órdenes a sus guardaespaldas de que dejasen que la gente se acercara a hablar con ella. Argentina fue cargando un niño en cada brazo. La gente pobre del pueblo la rodeaba. Eran casi todas mujeres. Evita las abrazaba y tomaba a los niños en sus brazos. A Argentina le llamó la atención su sonrisa encantadora y su mirada. Sus ojos observaban con ternura a los que se aproximaban. Ella le dio a su hijo para que lo tuviera alzado. Evita se puso a hablar con la joven madre. Le preguntó su nombre. Ella le respondió con orgullo: "Argentina". Quiso saber cuándo era su cumpleaños. Le dijo que el 25 de mayo. "Vos sos la patria, Chinita", le dijo Evita. "Cuando te nazca un chico un 9 de julio, llamalo Ángel. Ese los va a proteger, y yo, desde donde esté, los voy a estar cuidando." Argentina se la quedó mirando con incredulidad, pero tratándose de Evita, tan joven, tan hermosa, todo era posible. Argentina era muy creyente, iba siempre a misa y desde aquel día rezaba para que se cumpliera el deseo de Evita.

Pasaron dos años, murió Evita y, pocos años después, cayó Perón. Los gobiernos militares dictatoriales castigaron a las provincias pobres del Noroeste, que habían apoyado a Perón, y las condenaron al abandono. Bernabé y Argentina tenían un hijo cada año. La familia se extendía. Bernabé agregó más cuartos a su casa de adobe y un taller. Allí puso su propia carpintería. Era joven y trabajaba muy bien la madera. El dinero alcanzaba poco y cuando ya los más pequeños fueron creciendo, Argentina empezó a buscar trabajo de limpieza en las casas de la gente más pudiente: el médico, el almacenero, el ferretero.

No había en Villa Unión un buen dispensario médico. Los peronistas habían prometido abrir una clínica, pero cuando cayó Perón el proyecto quedó en la nada. El único médico del pueblo, Rafael Villagra, se encargaba de algunos partos y de curar a los enfermos ambulatorios. Las comadres del pueblo asistían en los nacimientos. Argentina había tenido a sus hijos en su mismo rancho de adobe. A principios de 1965 ya le había nacido el hijo onceavo, pero cinco se le habían muerto de pequeños. Casi siempre de fiebre, de diarrea y de malnutrición. Ella decía que tenía seis hijos vivos y cinco angelitos. Iba siempre a llevarles flores a sus tumbas en el cementerio de Villa Unión.

1965 fue un año difícil. Había mucha pobreza. Arturo Illia había llegado a la presidencia sin verdadero apoyo popular. El pueblo no era Radical, era Peronista. Los militares ya estaban preparando otro golpe. Querían destruir al Peronismo definitivamente. Sería una dictadura cruel, para intentar erradicar al Movimiento. Argentina volvió a quedar embarazada. Esperaba el bebé a fines de junio o principios de julio de 1966. Rogó que naciera el 9 de julio, el día de la Independencia, para dedicárselo a Evita. Se dijo que lo llamaría Ángel y, si era nena, Angelita. La crisis política se agravó y el 28 de junio de 1966 los militares derrocaron a Illia. Al día siguiente, el 29 de junio, asumió el poder el General Onganía. Dijo que ese era el gobierno de la "Revolución Argentina". "Argentina no será", se dijo ella.

El día 1º de julio Argentina tuvo un sueño: vio a Evita en su cocina, sentada en una de las sillas de algarrobo. Estaba vestida de blanco, tenía el pelo rubio recogido. "¡Santa Evita!", exclamó Argentina en su sueño. Evita la miró con sus ojos oscuros llenos de tristeza, y no dijo nada. Se levantó, abrió la puerta del rancho y se fue. Argentina entendió que le había dado la señal. El 9 de julio, a las 10 de la mañana, en su casa de adobe nació Angelito. Su padre le había hecho una cunita en su carpintería. Entró al dormitorio donde yacía ella junto al bebé y se la entregó. "Es para el Ángel", le dijo.

Era un niño hermoso y lleno de vida. Bernabé dejaba a cada rato la carpintería para ir a verlo. El cura Zanabria los felicitó, era su hijo doceavo. Argentina le dijo que lo iba a llamar Ángel. El cura les sugirió que le pusieran de primer nombre Miguel, como el Arcángel. Miguel Ángel los protegería de los demonios. Les pareció muy buena idea. El cura los quería mucho y siempre trataba de ayudarlos, y llevarles comida y ropita para los niños. Una navidad les había traído un chivito para que festejaran.

Al mes hicieron la fiesta del bautismo. Cocinaron locro y empanadas y sirvieron vino patero para todos. Vino un cantor de Chilecito, que era conocido del cura. Los deleitó con zambas y cuecas. Disfrutaron mucho.

Las cosas, sin embargo, no iban muy bien para la familia. La pobreza los perseguía. Don Bernabé tenía dos hijos que lo ayudaban en la carpintería, pero no ganaban lo suficiente. Eran muchas bocas para alimentar. Argentina, que trabajaba sin descanso en su casa, atendiendo a sus hijos, iba por las tardes a ayudar en la casa del doctor Villagra, para ganarse unos pesos. Cuando salía, Bernabé llevaba a Angelito a su taller y lo ponía en su cuna. Parecía que le alegraba escuchar el canto de las garlopas. Le gustaba oler los perfumes de la madera fresca.

El 24 de diciembre de ese año, Argentina y Bernabé se prepararon para recibir la navidad. Apenas anocheció acostaron a los niños en su cuarto, menos a Angelito, que dormía en su cuna junto a ellos. Lo besaron y fueron a la cama. Al día siguiente todos se levantarían temprano. Bernabé les había hecho juguetes a los niños en la carpintería y esperaban la fiesta con alegría. La madre de Argentina había matado un pavo e irían a comer a casa de ella. Se acostaron e hicieron el amor. Poco después Argentina se durmió. A la madrugada tuvo una pesadilla y se despertó boqueando. En su sueño se le había aparecido Evita. Su cuerpo pequeño y su cabello rubio eran el de siempre, pero su rostro estaba descarnado y sus ojos vacíos. Temió lo peor. Se levantó y fue a abrazar a su hijo pequeño. Pensó que era un mal presagio. Su esposo trató de tranquilizarla. Le dijo que confiara en Dios, él los cuidaría.

Nada malo le ocurrió a la familia. Tuvieron un fin de año normal. La situación política de la provincia continuó siendo delicada. Se corrían rumores. Gendarmería vigilaba la zona. Decían que podía haber guerrilleros ocultos en las montañas, alguna columna desprendida de las tropas del Che, que estaba en Bolivia. Creían que podía haber un levantamiento popular en Tucumán y extenderse a todo el Noroeste.

Ese año el invierno prometía ser crudo. La temperatura bajó en abril. En mayo hizo frío y viento. A fines de ese mes Angelito se empezó a sentir mal. Argentina se alarmó. Ya había cumplido 33 años y no quería perder más hijos. Le costaba parirlos y criarlos. Cada uno era carne de su carne. Lo llevó al Dr. Villagra, que lo revisó. No era nada grave. Trabajaba en la casa del doctor, hacía la limpieza y el doctor le atendía a sus hijos sin cobrarle.

En junio Angelito estaba inapetente. Reía mucho, como siempre, con una sonrisa grande. Sus ojos eran oscuros, negros, como los de su madre. Argentina le daba el pecho, tenía muy buena leche, y no sabía bien qué le pasaba. El 23 de junio se despertó con fiebre. Su madre le dio una aspirina y lo arropó bien. Por la noche empezó a llorar. Cuando

Argentina lo levantó de la cunita vio que tenía su cuello rígido, no podía moverlo. Alarmada, se vistió y corrió a lo del Dr. Villagra. Su esposo la siguió. El doctor se levantó para atender al niño. Lo revisó y le dijo a la madre que su hijo estaba muy mal, tenía meningitis. Argentina le pidió que lo salvara. Su hijo era un angelito inocente. El doctor le dijo que estaba en manos de Dios. Su esposo le rogó que no lo dejara así, le pidió que lo llevara a una clínica, él le pagaría. El Dr. Villagra llamó a una ambulancia y se dispusieron a trasladarlo a Chilecito. A la una de la mañana del 24 llegó la ambulancia con una enfermera. Argentina tomó a su hijo en brazos y se metió en la ambulancia, junto con su esposo. Era una noche fría, de luna. El paisaje de la montaña se tornó espectral. Llegaron a El Cachiyuyal y Angelito respiraba con dificultad. Al subir la cuesta de Miranda, la madre se sintió mal. Detuvieron la ambulancia a un costado del camino. Cuando la enfermera fue a ver al niño comprobó que estaba muerto. Argentina rompió en un llanto desconsolado. Su esposo la abrazó.

Lo velaron en su casa de adobe en el barrio de la Virgen de la Peña. Los vecinos de la pequeña ciudad de Villa Unión llegaron para ver al angelito. Su madre puso una silla sobre la mesa de la cocina y allí colocó a su hijo vestidito. Apoyó sobre la silla una pequeña escalera. Era la escalera que lo conduciría al cielo. Había muerto inocente. Tenía garantizada la eternidad. Puso sobre la mesa crisantemos. Les pedía a sus familiares y vecinos que se acercaran para ver al angelito. Todos le decían que era muy hermoso, y que ya tenía otro ángel de la guarda que la protegiera. El 25 lo enterraron en un pequeño féretro que le hizo su padre, en el cementerio de Villa Unión, cerca de sus otros hermanitos muertos. Colocaron una cruz con la inscripción: "Miguel Ángel Gaitán, q.e.p.d. 9.7.1966 – 24.6.1967".

La vida siguió su curso. Poco tiempo después asesinaron al Che en Bolivia. La Gendarmería se tranquilizó y dejaron de patrullar la zona. En las ciudades la Resistencia popular se hacía sentir. En 1969 los trabajadores de Rosario y Córdoba se rebelaron. Doña Argentina se enteraba de lo que pasaba por la televisión, que veía a veces en la casa del médico.

En 1970 Doña Argentina hizo celebrar una misa en Villa Unión en recuerdo de sus hijos muertos. Ya le habían nacido dos más. En 1971 se le murió una niña y volvió a quedar embarazada. En 1972 tuvo a su hijo número quince. Le pidió a Dios que no le llevara más hijos. Tenía nueve niños vivos, y no quería que ninguno más se muriera. Le rezó a su hijo Ángel. Siempre había sido especial para ella. Fue con el único que se le apareció Evita. No olvidaba sus palabras. Ahora su hijo estaba junto a la santa. Argentina escuchó que le habían restituido el cadáver de Evita a Perón. Había sufrido un largo exilio. Su cuerpo embalsamado estaba intacto. Doña Argentina se dijo que sería lindo ver a su hijo Ángel otra vez. Recordaba las palabras de Evita: Ángel la iba a proteger y ella misma la estaría cuidando desde el cielo.

Se hablaba de que Perón volvería al país. Argentina pensó que le gustaría ir a Buenos Aires a ver al General alguna vez si regresaba. Le contaría lo que Evita le había dicho en Villa Unión, y le diría que se le aparecía en sueños por las noches. Pero estaba tan lejos de Buenos Aires... sería difícil ir y era probable que no pudiera recibirla... Finalmente anunciaron que Perón regresaría el 20 de junio de 1973.

En el mes de febrero hubo varios días de tormenta en el pueblo. Era la temporada del viento Zonda. Llovía mucho, el cielo se cubría de relámpagos. Doña Argentina tuvo una premonición. Esa noche no pudo dormir. Sintió miedo. Algo especial iba a ocurrir. Finalmente, a la mañana siguiente salió el sol. Hacía calor. Cerca del mediodía se apareció en la casa Don Silverio. Era el encargado del cementerio. Dijo que se había inundado una parte del cementerio y el cajoncito de uno de sus hijos había aparecido a flor de tierra. Doña Argentina pensó que tenía que ser el cajón de Angelito. Corrieron con su marido a verlo. Bernabé levantó la tapa del cajón. Era Miguel Ángel. El bebé estaba intacto. Parecía que el tiempo no hubiera pasado. Doña Argentina lo levantó y lo tomó en sus brazos. Era como un muñeco. Lo besó. Pensó que también Evita sería una muñeca. Le pidió a Don Silverio Vega que por favor le construyera una bóveda de ladrillo, para que su angelito descansara en paz. Don Silverio hizo la bóveda y todo volvió a la normalidad.

En el pueblo estaban todos pendientes del regreso de Perón. Ya no estaba prohibido ser peronista. Ya no golpeaban ni encarcelaban a nadie por gritar "¡Perón, Perón!", o cantar la Marcha Peronista. Hasta se podía tener un retrato de Perón y Evita en la casa. Se acercaba el 20 de junio, el día del anunciado retorno. Doña Argentina estaba contenta. La noche del 19 tuvo un sueño. Se presentó una figura amiga, conocida. Vio a Evita sentada al borde de la tumba de su hijo. Estaba sonriente y abría la bóveda. Saltaban los ladrillos y aparecía el cajoncito de Angelito. Evita levantaba la tapa y tomaba al niño en sus brazos.

A mediodía apareció en su casa Don Silverio. Había pasado algo raro. Durante la noche se había caído la pared de la bóveda de Ángel. El cajón estaba abierto, tenía la tapa a un costado. El cuerpo del niño no había sufrido daño. Le dijo que iba a avisar a la policía que en el pueblo había vándalos. Doña Argentina le pidió que no dijera nada, que todo estaba bien. Corrió al cementerio a ver a su hijo, lo tomó en sus brazos, lo acunó, le cantó una canción que le había enseñado su madre. Desparramados en el suelo estaban los ladrillos de la bóveda, como si alguien los hubiera arrancado con la mano.

Esa noche escucharon que habían ocurrido graves disturbios en el aeropuerto de Ezeiza poco antes de la llegada de Perón. Fueron a la casa del cura para que les dejara ver el noticiero. Se habían agarrado a tiros los Montoneros con la Guardia de Hierro. Apareció Perón en la pantalla agitando los brazos y todos se sonrieron tranquilos. El General había regresado al fin.

Don Silverio reconstruyó la bóveda dos veces más y se volvió a repetir la escena. El cajoncito amanecía fuera de la bóveda, sin su tapa, el cuerpecito expuesto a la luz y al aire. Doña Argentina pensó que era la voluntad de su hijo, que quería ver la luz. Con su familia se pusieron de acuerdo en construir un cuarto, que se pareciera a la sala de una casa, en el cementerio y poner el cajón de Ángel allí descubierto. El cuerpo estaba perfecto, como si hubiera muerto ayer. "No está muerto", dijo la madre, "él vive".

Levantaron la casita para Angelito. Y así llegó 1974. Al fines de junio se enfermó el hijo más pequeño. Tenía fiebre. Al día siguiente amaneció con el cuerpecito rígido. Doña Argentina recordó con horror lo que le había pasado a Angelito. Corrió a lo del Dr. Villagra. El doctor lo revisó y le dijo que poco se podía hacer, que se preparara para lo peor. Tenía meningitis, como había tenido Angelito. Doña Argentina tomó al niño y se fue al cementerio. Puso al niño frente al cuerpo intacto del Angelito. Le dijo: "Hijo mío, te pido por la vida de tu hermanito, sálvalo, no dejes que se muera. Te lo pido por mí y por Santa Evita". El rostro de Ángel estaba iluminado, como si estuviera vivo. "Te pido un milagro", repitió su madre.

Con su hijo enfermo en brazos, se dirigió hacia la puerta de la rústica cripta de adobe. Salió del cementerio y se fue a su casa. Acostó a su hijo, que no se movía, en la cunita que había sido de Ángel. Se durmió en su cama a su lado.

Tiempo después, se despertó. Se dirigió, ansiosa, a la cuna de su hijo. Temía que estuviera muerto. Al levantar el cuerpecito un llanto la sorprendió. El niño estaba llorando. Lo besó, lo abrazó. Tenía hambre. Comprendió que estaba curado. Le dio el pecho. El Angelito había hecho el milagro. Le comunicó la buena nueva a su esposo, que no salía de la admiración.

Esa noche, en su sueño, volvió a aparecer Evita. Esta vez estaba sonriente. Parecía la Madona. Tenía en su regazo a un niño. Cuando lo miró vio que era su hijo Ángel. "Te dije, Argentina, que te iba a dar un Ángel de la Guarda que los cuidara: aquí está el Ángel", le dijo. "Anuncia la nueva al pueblo. Quiero que hasta el fin de tus días cuides su tumba y te encargues de atenderlo. Muchos vendrán a verlo y hará milagros".

Al día siguiente salió con su hijo más pequeño en brazos. Se lo mostró a los vecinos. Les dijo que el Angelito había hecho el milagro. Lo había salvado. Era un angelito milagroso. Se corrió la voz en el pueblo. Esa tarde, cuando fue a visitar a Ángel, encontró que junto a su tumba había juguetes. Alguien de Villa Unión había estado allí y se los había dejado. Al rato llegó una señora con su hijo de tres años, Pedrito. "Vengo a pedirle por mi hijo al angelito", le dijo a Doña Argentina. "Pídale", dijo ella, y se fue. La señora se quedó arrodillada frente al angelito, con su hijo tomado de la mano.

Pocos días después una vecina vino a buscar a Doña Argentina. Su hija de nueve años estaba enferma. Le había dado un ataque raro y no podía caminar. Tenía fiebre. El médico le preguntó si la habían vacunado. No tenía sensibilidad en las piernas. Podía ser poliomielitis.

Fueron las dos a la casa de la vecina y alzaron a la niña. La llevaron al cementerio a la cripta de adobe donde yacía el Angelito. Doña Argentina tomó a su hijo en sus brazos y se lo acercó a la niña, que lo tocó con sus manitos.

"Angelito, Angelito milagroso", dijo su madre, "te pido por mi hija Evangelina. Déjala que camine, ayúdala, sálvala". Doña Argentina le dijo: "Pídaselo por Santa Evita". "Angelito", repitió la señora, "te lo pido por Santa Evita".

Le dijo a la niña que besara al angelito y se regresó a su casa con su hija en brazos. A la mañana siguiente volvió a visitar a Doña Argentina. Traía a su hija a su lado, caminando. La abrazó a Doña Argentina. "¡Señora, señora, se hizo el milagro!", le dijo. Se fueron las tres al cementerio. Angelito estaba allí, con los ojos casi abiertos, parecía que las estaba mirando. Doña Argentina le dijo a la niña que lo levantara y lo tuviera en sus brazos.

El próximo día, 1º de julio de 1974, murió Perón. Doña Argentina fue con su esposo a la Iglesia de Villa Unión a rezar. "Señor", dijo, "ahora están juntos. Pido por sus almas, que no se separen más. Tanto que los han torturado en vida al General y a Evita, dales paz en la muerte."

El día 2 volvió a visitar al angelito. Llevaba ropa de bebé. Le había prometido a Evita que iba a cuidarlo. Al llegar vio que varias personas de la pequeña ciudad la aguardaban frente a la cripta. Traían a sus niños. Dijeron que venían a visitar al angelito y a pedirle por sus hijos. Una niña depositó frente al féretro abierto una muñeca. Un niño le puso un autito de juguete. Doña Argentina les pidió que la ayudaran a cambiarlo. Una señora lo sostuvo mientras ella le quitaba la ropa. Tenía su piel intacta, su cuerpecito fresco. "Es un milagro", dijo la señora.

Doña Argentina le puso la ropita nueva, limpia. Su hijo quedó precioso. Los visitantes se pusieron de rodillas ante el angelito milagroso. La madre salió sin decir nada y los dejó rezando.

El Mesías de la Villa 31

arcos Feinstein fue asesinado. Se encontró su cadáver en Barracas, en un descampado, cerca de la Villa 21. Le pegaron un tiro en el corazón. Antes de matarlo lo torturaron: presentaba marcas de quemaduras y golpes en el cuerpo. Había desaparecido de la Villa 31 de Retiro hacía más de una semana. Su novia, María Mendiguren, fue la que denunció su desaparición.

Marcos vivía en la Villa 31 desde hacía más de un año. Se había criado en Palermo, en una familia de clase media. Era drogadicto. Se estaba sometiendo a un tratamiento para dejar la adicción.

Los vecinos de la villa miseria aseguran que curaba con palabras, era un sanador. Acusan a una banda de la Villa 21 de Barracas del asesinato. Según ellos, lo secuestraron y se lo llevaron allá para que hiciera milagros. No se ha encontrado ninguna prueba fehaciente aún que permita determinar lo que pasó. No han aparecido testigos directos del secuestro. De seguir así no se sabrá la verdad y quedará todo en el misterio.

Lo llamaban el mesías, el enviado, y, si bien era judío, lo consideran un santo. Quieren construirle una capilla. Ya muerto, terminará transformándose, probablemente, en un mito o en un santo popular.

Soy periodista y en mi trabajo me pidieron que reuniera información sobre el caso. Lo que descubrí no cabía en una simple crónica policial. Por eso decidí escribir un informe más detallado, desde la múltiple perspectiva de sus actores. Entrevisté a las personas que lo conocieron y lo trataron. Mi principal informante fue María, su novia, mujer de gran sensibilidad y cultura, a pesar de su oficio, demonizado por la prensa amarilla. María está preparando una biografía de Marcos, a quien no conocí en vida. Ella me describió detalladamente su personalidad y me contó todo lo que había pasado. Basado en su testimonio escribí su historia. Con el padre Armando Santander, cura de la villa miseria, muy querido por los vecinos, hablamos sobre el judaísmo de Marcos y sus presuntos milagros. Todos ellos me ayudaron a comprender mejor este caso complejo.

Marcos, el Mesías

...Y me vine a vivir a la villa miseria. Al poco tiempo de llegar me enamoré de una chica, María. Era muy linda, se vestía con ropas buenas y me di cuenta en seguida a qué se dedicaba. No me ocultó la verdad. Yo, al principio, me consideraba un piola porque andaba con ella, pero después reconocí que estaba enamorado. No me gustaba que trabajara de prostituta, pero me la aguantaba.

No es muy difícil explicar por qué me vine a vivir aquí. Me iba mal en la universidad y abandoné la carrera de Letras. Mi viejo me pidió que me fuera de casa. Mi vieja se había muerto cuando yo era chico, de un cáncer, y mi padre cargó con la responsabilidad de criarnos. Me había encontrado drogado muchas veces y no sabía qué hacer. Creo que quería proteger a mi hermano menor, que me admiraba. Yo andaba siempre sucio y no trabajaba. Le robaba cheques, le falsificaba la firma y los cobraba. También compraba cosas con sus tarjetas de crédito. Mi viejo me dijo que ya estaba grande, que hiciera mi vida fuera de casa, que me buscara un trabajo. La casa ya no era lugar para mí. Me pidió que lo entendiera y lo disculpara. Es un pequeño empresario, muy moralista, y tenía vergüenza de su hijo. La colectividad me despreciaba, los paisanos ni me hablaban. Todos ayudaban a sus padres en sus negocios, lo único que les interesaba era el dinero. La verdad que no me comprendían.

Me fui a vivir a una pensión y traté de dejar la droga. Yo amo la literatura y me decía que el que ama la literatura no necesita drogarse.

La poesía es un estimulante poderoso. Me sometí a un tratamiento para parar la adicción y, por un tiempo, dio resultado, pero después volví a reincidir. Una vez que uno la probó es difícil dejarla. Nos vence, es más fuerte que nosotros. Finalmente se me terminó el dinero y tuve que salir de la pensión. Después de andar varios días en la calle, terminé en la villa. Aquí es más fácil conseguir drogas y sobrevivir.

Mi casilla no estaba lejos de la de María. En la villa miseria la respetaban. Se llevaba bien con el jefe de una banda, el Cholo, y él la protegía. Me dijo que la había defendido de un tipo que amenazaba con matarla. Cada tanto se dejaba coger por él. Ella, como yo, había estudiado en Filosofía y Letras. Fue estudiante de Antropología. Amaba la literatura y el cine.

Me explicó que su trabajo no era difícil. Le desagradaba si el cliente era gordo, o estaba sucio. Muchas veces le tocaban tipos que estaban buenos y se la pasaba bárbaro. Se sentía bien viviendo en la villa miseria. Yo también. Me sentía protegido. La villa miseria, al principio, es un lugar intimidante, pero, una vez que estás adentro, aprendés a manejarte y te sentís seguro. Si uno se quiere ocultar, aquí nadie te encuentra. Es un laberinto y conocemos todos los pasadizos. Es un mundo aparte, una ciudad dentro de la ciudad.

Los de la banda del Cholo se dedicaban a robar autos y los vendían a los desarmaderos clandestinos de Villa Domínico. También robaban en casas: electrodomésticos, computadoras, y claro, dinero, pero ocasionalmente. Se especializaban en autos. Los villeros no se metían con ellos y, a su modo, los protegían. En la villa miseria no se admiten soplones. Aquí todos odian a la yuta.

Cuando los de la banda supieron que yo andaba con la flaca me empezaron a fichar. Ella no me daba plata. Los de la banda sentían envidia de nosotros porque veníamos del mundo de afuera y teníamos algo que ellos no habían podido tener: educación. Muchos fingían despreciarla, pero les hubiera gustado haberse educado. Yo y la flaca éramos una especie de recurso intelectual. El Cholo, el jefe de la banda, me dijo que él había dejado la escuela a los doce años, y que no entendía cómo nosotros podíamos haber estudiado pasados los veinte. No lo imaginaba. Para él éramos como turistas en la villa miseria. Nosotros nos sentíamos como espíritus viajeros o poetas malditos.

Yo me adapté a vivir en la villa. La gente era solidaria. Los vecinos sentían curiosidad y me preguntaban cosas. Se mostraban hospitalarios a su modo. Me preguntaban por mi familia. Querían saber por qué estaba ahí. Me convidaban con cerveza y algunos me invitaban con mariguana. Me confiaban sus problemas, y me contaban cosas que les pasaban. Algunas mujeres me consultaban cuando tenían problemas con los hijos en la escuela. Creían en los demás. Uno no tenía que demostrarles nada. No te juzgaban. Los domingos mis vecinas me traían empanadas. Empanadas norteñas, con papa, picante y mucho jugo. Una señora, cuando me veía muy mal, venía y me lavaba la ropa.

Un muchacho guitarrero me pidió algunas letras para sus canciones. Yo compuse una que se hizo popular en la villa, "La masacre", la habrán escuchado. Hablaba de la vida de los pibes chorros. Un grupo de cumbia después la popularizó. Eso bastó para que me admiraran. Decidí empezar un taller de poesía. Primero hablé con el cura. Le pedí que me dejara usar su casa, que estaba junto a la capilla, pero se negó. Después hablé con las madres del comedor infantil. Les gustó la idea y me dijeron que sí. Daba mis clases en su galpón los miércoles por la tarde. Por supuesto que no cobraba nada, mi interés era ayudar a la gente a entender y gozar la poesía. Para mí es el máximo tesoro de nuestra cultura. Al principio venían muy pocos. Los hombres tenían muchos prejuicios. Creían que la poesía era cosa de mujeres, o de homosexuales. No querían participar. Decían que no la entendían. Pero después la actitud cambió. Yo me senté con paciencia a trabajar con ellos y, al tiempito, ya había grandes exégetas, que podían leer a Vallejo y emocionarse. El libro favorito del taller era *Los heraldos negros*. Muchos de los alumnos, que oscilaban entre los quince y los veinticinco años de edad, se aprendieron poemas de memoria. Los favoritos eran "Los heraldos negros", "Dios", "Ágape" y "Espergesia".

Yo les enseñé a reconocer la voz presente en el poema. Un día uno me preguntó cómo hacía el poeta para recibir esa voz. Yo le dije que no se sabía, ese era el gran misterio de la poesía. Otro me preguntó si él podía hacer algo para escuchar la voz. Pensaba que era poeta, escribía, pero aún no había sentido una voz. Le dije que no se podía hacer nada. El que no recibía la voz era un aprendiz de poeta, el verdadero era el que la recibía. Esa voz venía de afuera, y era como la voz de dios, una iluminación. Otro me preguntó si el poeta era como un profeta. Yo le dije que casi. Después de un mes empezó a venir al taller el Cholo, el jefe de la banda. Al principio pensé que venía a espiarme, pero luego comprobé que le interesaba la poesía. Tenía sensibilidad y leía muy bien. Su voz era grave y serena y transmitía gran emoción.

No muy lejos de mi casilla, como a doscientos metros, vivía el Padre Armando. Al lado de su casa estaba la capilla. Era relativamente grande, podían entrar sesenta personas sentadas. El Padre Armando había llegado allí hacía varios años. Era un cura villero. Los vecinos lo querían. Muchos de los que iban a misa y comulgaban eran malvivientes. El Padre sabía a qué se dedicaban, pero no los juzgaba. Yo creo que prefería rezar y pedirle a dios por ellos. En un principio desconfiaba de mí. Sabía que me drogaba y me había criado en una familia pudiente. Después me fue conociendo y cambió su actitud. Cuando empecé a curar gente, creyó que todo era una farsa. Yo mismo no entendía lo que pasaba. Después se fue convenciendo de la verdad y yo también.

La villa miseria era como un pueblo grande. Sus habitantes la conocían bien por dentro. El mundo de afuera les parecía inclemente y en la villa se sentían seguros. Yo venía de ese mundo de afuera, moderno y pujante. Yo, el cura Armando, María Azucena, o María, como la llamaban todos, éramos extranjeros en la villa. Éramos como turistas pasando una temporada, o eso pensaban ellos. Los villeros auténticos eran los pobres pobres. Muchos llegaban de los pueblos del interior, y de los países limítrofes. Parecía las Naciones Unidas. Había chilenos, peruanos, bolivianos, paraguayos. Uruguayos pocos, se creían mejores que los demás y preferían vivir en las pensiones de Constitución o San Telmo.

Los otros foráneos que entraban a la villa miseria eran los políticos. Se apoyaban en algún puntero para ir ganando influencia. Llegaban de distintos partidos, pero a los que les iba mejor era a los peronistas. Los pobres quisieron mucho a Perón y lucharon por su vuelta. Los viejos se acordaban de él, y los jóvenes habían oído las historias de sus padres.

Los peronistas les consiguieron a algunos la escritura del terreno que ocupaban. También pusieron plata para la ampliación de la capilla y el equipamiento del dispensario médico. Ese dispensario le salvó la vida a más de un muchacho. Aquí hay peleas serias a cada rato. La gente es brava. La policía no entra. Nadie denuncia a otro cuando le roban o le pegan. Se defiende como puede y se venga, sólo o con amigos. Heridas de cuchillo o de bala es lo más común. En el dispensario los atienden y no les hacen preguntas, siempre y cuando la riña haya ocurrido dentro de la villa miseria. Cuando la persona fue herida afuera es otra cosa, sobre todo si se trata de heridas de bala. Ahí los del dispensario tienen obligación de dar parte a la policía. Casi nunca lo hacen, pero los que pasan por esa situación raramente van allí.

Hay algunos punteros que tienen bastante influencia, y distribuyen planes de comida. A los muchachos de la pesada los respetan. Tratan de mantener buenas relaciones con todos y tenerlos de su parte. Cada banda es como una pequeña empresa y le da de vivir a más de uno. El Cholo, por ejemplo, siempre le tira unos pesos al padre para la capilla. Cada vez que un robo va bien, le hace un buen regalo de dinero al curita. Este lo usa en el comedor de la villa miseria, que manejan las madres. Hay muchos pibes huérfanos. Así que entre todos nos arreglamos. De afuera recibimos poco. Si no robaran les iría mucho peor a los otros. El robo viene a ser como un impuesto. Como un impuesto de los pobres a los ricos.

Todos los días por la tarde los chicos y los no tan chicos juegan al fútbol en el potrero de la villa. Muchos sueñan con salir de aquí a algún club grande. A veces vienen representantes de los clubes, a ver si ven a algún pibe interesante, con promesa. Los punteros de la villa miseria crearon una timba alrededor de los partidos de los sábados. Corre bastante plata y el equipo tiene un buen director técnico. Se juega a las tres de la tarde. Siempre hay algún equipo de otra villa miseria que nos desafía, y se apuesta. Sé que muchos se juegan bastante dinero, y el que no paga, la liga. Hubo muchas peleas por culpas de estas apuestas. También amenazan a los jugadores. Tienen que cumplir, y defender el nombre de la villa. Si ganan les dan plata. Aquí hay que bancársela y ninguno es inocente. Aprendemos a defendernos. Sobrevivimos como podemos.

En la villa miseria la mayoría de la gente trabaja. Son peones, albañiles, sirvientas, vendedores callejeros, ayudantes de cocina, hacen de todo, mucho trabajo manual, mal pago. Por eso hay tanta pobreza. Aquí viven muchos miles de personas. Trabajan salteado, hacen changas, se las rebuscan. Las que más trabajan son las mujeres. Hay señoras con muchos hijos, y no les alcanza para mantenerlos. Siempre alguien las ayuda. Tratamos de que nadie pase hambre.

A la gente le gusta escuchar historias policiales. Por la noche, cuando se juntan en los bares de la villa miseria a tomar cerveza, los más bravos cuentan sus hazañas. Yo he escuchado muchas aventuras interesantes. Alguna vez las voy a escribir. Las mujeres cuentan historias de amor muy lindas. En la villa hay una mayoría de gente joven. Muchos niños.

Los callejones están muy sucios, la gente tira basura, pero uno se adapta. Yo estoy bastante contento. ¿Qué voy a hacer, volver a Palermo, rogarle a mi viejo que me perdone y me permita ser un buen burgués arrogante? Imaginate, soy judío, la colectividad se reiría de mí y harían una campaña para internarme en una clínica de enfermos mentales. Yo siempre quise ayudar a los demás, salvar a alguien. Tengo complejo de mesías.

Mis padres eran personas cultas. De chico yo me pasaba las tardes en la biblioteca y faltaba bastante a la escuela. Me gustaba leer. Siempre he leído mucho. Aquí en la villa miseria los libros se humedecen y se arruinan. Yo tengo un lector electrónico donde guardo cientos de libros que pirateo de internet. Tengo de todo y en varias lenguas, porque leo bien el inglés y el francés. El inglés me lo enseñó un tutor que me puso mi viejo, un americano de Boston. El francés lo aprendí por mi cuenta, leyendo y viendo películas francesas en video.

La Villa 31 ha progresado bastante. Ahora tenemos estación de radio y un pequeño periódico. A mí los chicos siempre me entrevistan, recito alguna poesía, a veces les leo cosas que escribo. Me piden opiniones de política, pero de eso no hablo mucho. Lo mío es la literatura. La literatura del dolor. Para mí es la más auténtica. La otra me gusta menos. Me parece falsa. La verdadera literatura no puede alimentarse de la felicidad. La felicidad es un sentimiento superficial. De aquí algún día saldrá un Baudelaire o un Rimbaud, hay mucho talento en bruto por cultivar. Yo con mi taller ayudo. Tenés que ver como analizan la poesía de Vallejo.

En mis clases de poesía leíamos el poema "Dios", que comienza: "Siento a dios que camina tan en mí …". Vallejo dice que va caminando por la playa y siente la presencia de Jesús a su lado. Jesús está triste, sufre "un dulce desdén de enamorado" y por eso, cree el poeta, "debe dolerle mucho el corazón". Cuando llegábamos a esa parte del poema alguno de mis estudiantes siempre se emocionaba, y se le saltaban las lágrimas. Les llamaba la atención que el poeta hablara con dios. Empezaron a ver la clase de poesía como una clase de religión. Yo se lo conté a María, mi amiga, y ella se quedó intrigada.

Desde que vine a vivir a la villa miseria traté de curarme y luchar contra la adicción. En el dispensario de la villa me daban pastillas de metadona para que fuera dejando de a poco las drogas. Quería ponerme bien y no terminar internado o muerto. Un grupo de guachos que se drogaban con cualquier cosa me venía a buscar, pero yo evitaba salir con ellos. Había días que empezaba a temblar porque no tenía nada para inyectarme, pero me la aguantaba. Mi relación con María empezó a ir cada vez mejor. Hacíamos el amor a la hora de la siesta. Ella se acostaba tarde por la noche y nunca se levantaba antes del mediodía. Yo trataba de no mostrar celos. No le preguntaba nada sobre su trabajo nocturno. Creo que me enamoré de ella porque hacía bien el amor, e imaginaba que me quería. Probablemente le gustaba, pero reconozco que María no es de las que se enamoran fácilmente de nadie. Es una mujer poco sentimental, aunque protectora y buena amiga. Me cuidaba. Tenía más dinero que yo, y me regaló una remera Lacoste celeste que me envidiaban y otras cosas lindas.

Un día le pegaron un tiro en el estómago a uno de la banda del Cholo. Era un muchacho flaco y alto, le decían el Lombriz. Me vinieron a buscar para que los ayudara. Les dije que había que llevarlo a un hospital para que lo operaran o se moriría. Era grave y en el dispensario de la villa no tenían los medios para tratar un caso así. No querían ir a un hospital, en el hospital llamarían a la policía y lo entregarían. Les sugerí hablar con el cura a ver qué se le ocurría. No les gustó la idea. En el tiroteo habían herido a un cana y los buscarían. La situación era desesperada. Yo me acordé de mi primo Sergio, que vive en Belgrano. Es médico, y el Cholo me dijo que lo llamara. Mi primo se sorprendió al escuchar mi voz. Le dije que tenía que verlo por algo muy delicado. A regañadientes aceptó. Fuimos con el herido a su consultorio. Mi primo es ginecólogo y se asustó al ver a los de la banda. Tenían una apariencia bastante siniestra. Le dije que no había tiempo que perder, estábamos jugados. Mi primo hizo poner al herido en una camilla. Había que sacarle la bala. Necesitaba operar. No podía hacerlo solo. Hacía falta un anestesista. Ellos se negaron a llamar a nadie. El Cholo le dijo que lo operara ahí mismo, como pudiera. Sergio, viendo que no había otra opción, se resignó y se preparó para sacarle la bala. Le trajo al herido un vaso con coñac y le pidió que se lo bebiera para relajarse. Después le metió un pañuelo en la boca y le dijo que lo mordiera. Entre todos lo agarramos y lo sostuvimos para que no se moviera. Cuando Sergio tocó la zona de la herida se retorció de dolor. Mi primo hizo una incisión donde había entrado el proyectil, introdujo una pinza como si nada y empezó a hurgar. El herido se desmayó. Logró localizar la bala y la sacó. Nos miramos aliviados. Vendó la herida con cuidado. Todo no duró más de quince minutos. Estaba orgulloso de mi primo. El muchacho había perdido bastante sangre. El corazón había aguantado bien, gracias a dios. Mi primo me dijo que estaba muy débil y podía sobrevenirle una infección. Teníamos que darle antibióticos y cambiarle el vendaje diariamente, a ver si se salvaba.

Lo llevamos de vuelta a la villa miseria. Volaba de fiebre. El Cholo y sus hombres lo escondieron en una casilla. Estuvo varios días delirando. Trataban de alimentarlo con caldo y pollo, pero vomitaba. Yo ayudaba y pasaba todos los días a cambiarle las vendas. Tenía miedo de lo que pudiera pasarme si se moría. Finalmente mejoró y se salvó y me quedé tranquilo.

Seguí con mi taller de poesía los días miércoles. Tenía varios estudiantes. Dos semanas después apareció en el taller el herido. Se lo veía débil aún. Ese día hablamos del poema "Dios" de Vallejo. Al final de la clase el Lombriz se acercó a mí, se arrodilló y me pidió que le diera la bendición. Le dije que me alegraba verlo bien, pero yo realmente no había hecho mucho por él, sólo había ayudado, era mi primo el que lo había salvado. No entendió razones, estaba alterado, tenía fiebre y le hice caso. Puse mi mano sobre su frente y lo bendije en nombre de dios. Sentía miedo y lo que menos quería era discutir con él. El Cholo y sus hombres son peligrosos.

Dos días después vi que en la puerta de mi casilla habían depositado un ramo de flores blancas. Le pregunté a María si sabía quién había sido, me dijo que no. En la próxima clase de poesía vi que tenía una estudiante nueva. Era una señora morena, aindiada, de más de cuarenta años. Al final de la clase se arrodilló ante mí y me dijo que era la madre del Lombriz. Aseguró que yo había curado a su hijo, le había salvado la vida. Le dije que había tratado de ayudar aunque no era médico. La mujer me dijo que era un santo, y me pidió que la bendijera. Yo le dije que no podía, no era católico. Igual que su hijo antes, la mujer no se movía, seguía arrodillada. Finalmente accedí y la bendije en nombre del padre.

Me estaban haciendo fama de sanador. El cura, que fue el primero que se dio cuenta de lo que pasaba, reaccionó mal. Les pidió a sus fieles que no vinieran a mi taller de poesía ni me visitaran, les dijo que yo no tenía nada que ver con Cristo. Desconfiaba de mí porque sabía que era judío.

A una vecina se le enfermó un bebé de un año. Vivía casilla por medio con la nuestra. Siempre hablaba con María, a su modo eran amigas. La mujer llevó al bebé, que tenía mucha fiebre y diarrea, al dispensario médico de la villa miseria, y después, por recomendación de la enfermera, fue al Hospital Argerich de La Boca. El chico presentaba una enfermedad extraña, los médicos no sabían bien qué era. La madre pensó que su hijo se le moría. Desesperada se lo dijo a las vecinas, y le pidió al padre de la criatura que por favor hiciera algo. El hombre, un albañil paraguayo, no sabía a quién recurrir. Me vino a hablar a mí. Y yo ¿qué podía hacer? De medicina no sé nada, lo mío es la literatura, la poesía. El albañil estaba muy nervioso y me pidió que le rezara. Le dije que sí, que le iba a rezar. Quería calmarlo. Al día siguiente volvió y me dijo que por qué no le había ido a rezar. Yo no le entendí bien, le aseguré que había rezado y había pedido por su hijo, pero el hombre deseaba que yo fuera a su casilla y rezara allí. Yo le dije que pidiera ayuda a otro, yo no podía hacer más. El hombre fue y se lo dijo a la mujer, y esta a las vecinas, y al rato vinieron todas las mujeres a gritar enfrente de mi casilla. Prácticamente me arrastraron. Me llevaron ante la cuna del bebé, que no se movía y estaba muy pálido. Yo me arrodillé e improvisé una plegaria, le toqué la frente y le pedí a dios que le diera salud, lo curara y le dejara la vida. ¡Pido por su vida!, empecé a gritar, y las mujeres se arrodillaron detrás de mí y empezaron a gritar a coro.

Fue algo bastante impresionante. Sé que el cura se enteró después y no me extrañaría que me denunciara como un farsante que trata de curar sin estar habilitado. Las mujeres gritaban cada vez más. En medio de esa algarabía el nene abrió los ojos y nos miró con sus ojitos afiebrados. No sé cómo, pero al otro día el bebé se despertó bien, parecía que ya no tenía fiebre y empezó a comer. También se le detuvo la diarrea. Por la tarde empezaron a llegar mujeres frente a mi puerta, se arrodillaban y encendieron velas. Yo no quería salir, no sabía qué decirles, y me daba miedo que se produjera un incendio y nos muriéramos todos quemados. Las mujeres dejaban las velas sobre el barro del callejón. Se quedaron a rezar, algunas apenas si movían los labios y otras decían en voz alta el padre nuestro. Al otro día había pasado todo. Recogí las velas a medio consumir que habían quedado tiradas enfrente de la casilla. Me habían dejado cosas de regalo: latas de comida, botellas de cerveza y otros comestibles.

Esa noche me vino a hablar el cura, me dijo que me estaba burlando de su religión, que yo era judío y me hacía pasar por cristiano. Le expliqué que lo que ocurrió no era culpa mía, no había sido mi voluntad, me habían obligado a ir a la casilla donde estaba el chico enfermo. No había invocado al dios cristiano, sólo había pedido en voz alta por la vida del bebé. Me dijo que me cuidara, y me preguntó qué hacía un judío viviendo en la villa, seguro que yo tenía parientes en buena posición y con dinero. Le respondí que había tenido un problemita y mi estadía allí era temporal. Al final me entendió. Se dio cuenta que yo no tenía malas intenciones. Cambió su actitud, y al tiempo casi nos hicimos amigos. Quería realmente a los pobres, era un cura villero. Me dijo que en Argentina nadie entendía al pueblo, excepto algunos peronistas, y que el pueblo estaba en la villa miseria.

- El único que se compadeció de los pobres fue Perón - me dijo - Algo tenía de santo ese hombre.

Yo asentí, simpatizaba con el viejo. Había leído *La hora de los pueblos*, me parecía un muy buen ensayo. Le dije que Perón escribía bien. El cura me dio la razón y dijo que casi nadie lo leía, que los supuestos intelectuales ni siquiera sabían que las obras completas de Perón tenían 35 tomos.

- En este país lo que falta es justicia - dijo.

Durante varios días me dejaron tranquilo, pero a la semana siguiente se enfermó otro chico y, como los villeros no les tienen confianza a los del ambulatorio y en el hospital hacen poco y nada por ellos, otra vez me vinieron a buscar. No era nada grave, sólo tenía un poco de fiebre. Los vecinos creían que yo podía interceder ante dios y ayudar a que los escuchara y les concediera favores. Una señora me dijo que yo era como un santo. Le respondí que era judío y mi religión no aceptaba la santidad. En todo caso podía ser un profeta.

- ¿Un profeta? - preguntó la mujer.

- Sí, alguien que anuncia el futuro - respondí.

- Como un mesías - dijo ella.

- Más o menos - respondí yo.

El chico se puso bien en pocos días. Otra vez aparecieron las velas frente a mi casilla y me empezaron a llamar "el mesías".

Después le tocó al hijo del Cholo: se enfermó y casi se muere. La madre no confiaba en mí y no quería que viera a su hijo, pero el Cholo me lo trajo igual. Recé por él y el pibe se salvó. Después de eso empezó a llegar cada vez más gente. Un día me trajeron a un señor que no caminaba y que, según decían, era paralítico. El señor se fue caminando y se corrió la voz que yo lo había sanado. Muchos querían darme dinero, pero yo no lo aceptaba. Venían también de otras villas miserias, mi fama se iba extendiendo. La gente empezó a ponerse exigente. Creían que era infalible. Empecé a sentir un poco de miedo, recibí varias amenazas. Me decían que si el enfermo no se curaba yo la iba a pagar. Pensaban que yo tenía un poder, y en algún momento lo iba a usar contra ellos.

Traté de convencer a María de que nos fuéramos de la Villa. Yo quería que ella dejara su vida de prostituta, temía que se contagiara de sida. Le dije que podíamos empezar juntos en otro lado. Pero ella se resistía. Decía que yo en la villa miseria tenía una misión que cumplir. Yo había recibido un don de dios. Era verdad que sanaba. Yo nunca lo pedí, ni me sentía con méritos. Si dios me dio esa facultad, es porque él me escogió. ¿Y qué dios, el judío o el cristiano? Para mí no hay diferencia, dios es uno solo, pero la gente de la villa miseria es cristiana y tenía una fe impresionante...

María, la novia

Marcos para mí era un genio. Lo admiraba. Yo andaba mal, hundida, tenía que sobrevivir trabajando de prostituta. Llegué a esa situación como tantas otras minas en Buenos Aires. Por amor. Me enganché con un chabón que estaba metido en la falopa. Uno la prueba y después cagó. No hay manera de pagarla, hacía la calle y ni así. Marcos me ayudó, para mí fue providencial y yo se lo agradezco a dios. Encontrarlo fue lo más grande de mi vida. No me enamoré de él como una mujer se enamora de un hombre. Fue algo distinto. Yo no había sido una persona religiosa hasta que lo conocí a él. El sufrimiento me hizo entender la fe. Los pibes de la universidad se burlan de la religión. Es que somos hijos de la enciclopedia: Voltaire, Rousseau y Diderot están vivos en los pasillos de Filosofía y Letras. Igual que Marx, que no entendía nada del mundo del espíritu, de la locura de los poetas y de los amantes. Cuando una sale a la calle le pasan cosas, y cuando hace la calle ni te cuento. Ahí la razón no sirve para nada, ahí entendés que el ser humano está hecho de impulsos y de instintos. La razón te enseña a separar a la gente en categorías, y eso no sirve para vivir. Vivir es nadar en la tormenta, mantenerte a flote como sea. Para vivir hace falta...vida, no razón. Como dirían en la villa, hacen falta huevos. Coraje, ganas de vivir. En suma, amor. Se reirán porque yo pronuncio esta palabra. Pero todas las putas que conozco buscan una sola cosa: amor. Hacen la calle porque no tienen trabajo y la calle paga bastante bien. Tienen hijos, madres ancianas y les falta un hombre trabajador. La mayoría de ellas llegaron ahí por falta de amor, son mujeres que se sienten mal, una porquería y creen que un día alguien va a venir a rescatarlas de la inmundicia... Casi nunca lo encuentran... Yo, que soy más afortunada que muchas (tengo a Marcos), empecé a buscar la salvación en dios... Algunos se reirán...pero me van a entender el día que anden en la falopa...y se sientan cada vez más hundidos, dentro de un pozo sin fondo, que te va chupando poco a poco. Sentís que vas a ahogarte en un agua espesa ... y vos querés... ¡vivir! Vivir, ésa es la piedra de toque, el resto son pavadas, boludeces.

Yo estudié antropología porque me gustaba la gente rara. Desde piba me interesó viajar. Leía libros de geografía y de viajeros que habían visitado países de Asia y del África negra. Una vez fui con mi viejo a Jujuy y eso me cambió la vida. Nos quedamos en Tilcara. Mi viejo conocía a un filósofo que vivía allí. Era un tipo de lo más original, hijo de alemanes. Había sido discípulo de Kusch. Le gustaba Heidegger y creía en la poesía y el espíritu. Yo era una adolescente, y no entendía qué podía hacer ese hombre en ese pueblo perdido en la Quebrada de Humahuaca. El paisaje me fascinó y la gente me parecía salida del paisaje. Había una correspondencia evidente entre la tierra y la gente. Nunca había sentido algo así antes. De ahí en más empecé a interesarme en lo telúrico, en el espíritu de la tierra. Sentí que en nosotros estaba presente la tierra, el paisaje. Los pobres dejaron de darme miedo.

Mi viejo es profesor en la universidad, enseña historia, y los historiadores siempre están tratando de averiguar lo que pasó. A mí me interesaba más bien interpretar cómo era la gente, sus sentimientos. Empecé, a los quince años, a leer libros de antropología. Después entré en Filosofía y Letras. En la universidad conocí a Héctor, que para mí era un dios. Era un tipo muy melancólico, y me fascinaba. Se deprimía y empezaba a tomar pastillas. Cuando las pastillas ya no le hacían nada se inyectaba, y yo, que lo amaba, hacía todo lo que hacía él. Así nos hundimos los dos. Yo iba a los bares a levantar tipos para sacar algo de plata y poder comprar drogas. Era un círculo sin salida. Un día los padres lo encontraron muerto en su cuarto. Se inyectó de más y tuvo un paro cardíaco.

Yo me fui de mi casa y me perdí en el mundo de las drogas. Entré a trabajar tres días por semana en un prostíbulo de la calle Esmeralda. El resto de la semana estudiaba. Después empecé a trabajar cinco días y dejé la universidad. En el prostíbulo tenía varias amigas, muy interesantes. Muchachas del interior, del Uruguay, de Paraguay. Todas muy lindas. Una de ellas vivía en la 31 y vine a vivir con ella aquí, era cómodo y céntrico. En la villa era fácil conseguir drogas y me la daban de fiado cuando no tenía para pagar. Ella después de varios meses se volvió a Paraguay. Yo la extrañé, me estaba enseñando guaraní.

A los pocos meses llegó Marcos. Era un tipo simpático. No me resultaba atractivo, pero yo a él sí. Le gustaban las putas. Tenía problemas para coger. Era solitario y muy tímido. Creo que le daba miedo la gente. Leía mucho, sobre todo poesía. Le gustaba también el ensayo. Nunca lo vi leyendo novelas. Su espiritualidad era increíble. Para él la poesía era como el pan de cada día. La respiraba. Me dijo que era judío y su papá era muy estricto, y lo había echado de su casa cuando descubrió su adicción a las drogas. Había estudiado Letras.

Éramos dos almas gemelas. Al principio, creíamos que estábamos en la villa miseria por un tiempo, unas vacaciones prolongadas, y que después volveríamos a nuestros barrios y a nuestra buena vida…cuando estuviéramos bien…pero eso no pasó. Es difícil salir de la villa. No se puede volver al pasado. Nos fuimos hundiendo y perdimos la voluntad. En la villa miseria nos sentíamos seguros, nadie nos juzgaba y hasta nos tenían admiración.

Cuando me vine a vivir aquí me molestaba la suciedad de los callejones, el barro cuando llueve, pero me la aguantaba. Después me fui interesando cada vez más en la gente y hasta pensé en escribir un libro sobre la villa miseria y sus habitantes. Los porteños de clase media no los conocen, los deprecian, los demonizan, los consideran bárbaros. Ellos son peores que los villeros, con sus prejuicios y su egoísmo. Sentí que se estaba repitiendo la vieja historia del siglo diecinueve, cuando los jóvenes liberales acusaban a los gauchos, a quienes Rosas protegía, de ser criminales y bárbaros. Después, durante los gobiernos liberales de Mitre y Sarmiento, los políticos y la policía corrupta perseguían a los gauchos, que, como Martín Fierro, se iban a refugiar con los indios. No les quedaba otra. Eran carne barata. Ya habían dado al país todo lo que éste necesitaba: peones rurales y brazos para la guerra. Para el trabajo ya no les hacían falta. Trajeron extranjeros a cultivar la tierra. Los echaban de sus campos como si fueran perros. Les robaban lo poco que tenían, les destruían las familias. Ni hijos les dejaron.

Yo me fui convirtiendo a la "barbarie", como las chinas gauchas y las cautivas. Sentía cada vez más que esta gente era auténtica y nuestra clase media era cipaya, extranjera. No entendían a los pobres, no los querían entender, porque se creían superiores. Nosotros nos escondíamos en la villa miseria porque la sociedad mercantil en la que nos habíamos criado nos despreciaba, por diferentes, por inadaptados, y ya no teníamos lugar en ella. Nos escapábamos de la vulgaridad de la clase media, descansábamos del peso de haber sido criados para repetir la historia de nuestros padres, y de aquellos que se habían vuelto nuestros enemigos.

Marcos andaba casi siempre drogado y no se daba cuenta de lo que pasaba alrededor suyo. Había leído mucho, la literatura era su mundo, no diferenciaba bien la fantasía de la realidad. Él me decía que todos los poetas estaban un poco locos. Escuchaba voces que le hablaban. Yo le preguntaba de qué le hablaban, y él me decía que le hablaban de dios.

- ¿Cómo a Vallejo, el poeta? - le pregunté.

- Como a Vallejo - me contestó.

Una vez me contó un sueño que me impresionó mucho. Se le apareció un hombre joven y risueño que lo miraba con simpatía. Mientras le hablaba sacó un cuchillo, y con la punta del cuchillo se empezó a hacer cortes en su mano izquierda. Se hacía cortes prolijos, de forma geométrica y un centímetro de profundidad. Ponía mucha atención y cuidado. Parecía no sentir dolor, como si se tratara de la mano de otro. Marcos lo observó y vio que tenía varias cicatrices en las manos, las muñecas y la cara, de otros cortes que se había hecho antes. El hombre estaba calmo y lo miraba sonriendo. Marcos, asustado, le preguntó por qué se hacía eso. El otro respondió, sin darle mucha importancia, que era "déjà vu". Marcos no lo entendió. Le preguntó de nuevo y el otro repitió la misma frase, siempre sonriendo. Ese fue el final del sueño. Tratamos de interpretarlo. Marcos hablaba bien el francés. "Déjà vu" significaba que estaba viendo algo que ya había pasado antes, se trataba de la repetición de una experiencia anterior. Le dije que la escena que aparecía en el sueño para mí era una escena de castración. Él estuvo de acuerdo. Era judío y en su religión el ingreso del niño en la familia dependía de la castración ritual. Marcos, simbólicamente, había sido expulsado de su comunidad por su padre, que le pidió que se fuera de su casa. Sentía culpa y por eso su angustia de castración. Yo creo que él trató de fundar otra comunidad, fuertemente espiritual, en la villa miseria, para compensar esa pérdida. Esta nueva sociedad se reunía alrededor de la poesía. Su libro sagrado era *Los heraldos negros*. El sujeto central de ese libro es la relación del ser humano, condenado a sufrir, con su dios.

No sé donde Marcos esté ahora, en algún lugar en el cielo, lo más probable es que vele por nosotros, porque nos amaba. Espero que construyamos pronto la capilla, para que podamos rezarle y tenerlo siempre aquí presente. A través de Vallejo, Marcos se acercó a Cristo. Yo conversé esto con el cura, y él también lo cree. Me dijo que Marcos había entendido el mensaje de Cristo y sabía que era el verdadero dios. Yo he estudiado mucho las culturas del noroeste, ellos identifican a dios con la tierra. En la villa miseria igualmente triunfa la tierra con su gente. Para muchos la villa es la barbarie, pero yo creo que es una Argentina que contiene su propia verdad. La clase media no puede entenderla porque es egoísta y no siente caridad. Por eso estigmatiza a los villeros. Nos han condenado a vivir así. Y si dios mandó a Marcos para que enseñe y cure, es porque nos amaba y buscaba liberarnos de nuestra esclavitud.

Yo me quedé a vivir aquí porque me sentí bien entre los pobres. Soy una rebelde, siempre lo fui, y Marcos también. Pero él sufría más que yo, entiendo por qué, sufría por los otros. Por eso le gustaba Vallejo, que es el poeta del dolor. Cristo era un rebelde, que criticó a los sacerdotes corruptos y a los mercaderes de las sinagogas. Yo soy anticapitalista, y no creo en la familia, prefiero ganarme la vida como prostituta, es lo más sincero y honesto que puedo hacer. La familia es una institución morbosa, esclaviza a los hombres. Ellos vienen a mí para sentirse reconocidos. Vienen humillados. Yo los escucho.

¿Fue Marcos un santón? Sí, lo fue, porque lo elevó el pueblo. No bajó de los altares, subió a ellos de la mano del pueblo de la villa miseria.

Son los villeros los que lo bautizaron con su agradecimiento. Son ellos los que lo reconocieron. Dios lo eligió a él para hacer milagros. Yo, antes de conocerlo, era una drogadicta autodestructiva que una vez se había paseado por los pasillos de Filosofía y Letras. Después que él llegó a la villa empecé a pensar en dios seriamente. Dios no ha muerto: se equivocó Nietzsche, y también Marx. Al pueblo lo drogan, lo envenenan, pero la religión no tiene la culpa. Lo envenenan de odio los que lo explotan, los que lo obligan a vivir de manera subhumana. Por eso vino Perón, él único político argentino que supo pensar el problema de la barbarie en el mundo actual. De no haber sido por Perón, en este país hubiéramos tenido una guerra civil. Es el único que supo acercarse al pueblo. Cuando él llegó había dos argentinas: las masas pobres y la oligarquía. La clase media era una clienta de la oligarquía. Él nos enseñó a pensar en el pueblo. El populismo está salvando a Latinoamérica. Yo en el fondo vine a la villa miseria para humanizarme, hastiada de la clase media y la familia fascista. No quise reproducirla. Prefiero ser puta, rebelde e independiente. ¿Los villeros? Son mis iguales, vamos a salvarnos juntos.

Cholo, el ladrón

Cuando Marcos llegó a la Villa 31 todos se reían de él. Era un tipo flaco, pálido, de nariz ganchuda. Se lo veía cobarde, apocado, sin ánimo para nada. Muchos lo miraban mal para provocarlo, querían demostrarle que eran superiores a él y se hacía el desentendido. No sabíamos por qué había venido a la villa miseria. Pensamos que era un infiltrado de la policía, pero después vimos que se drogaba y comprendimos que no era cana. Entraba y salía de la Villa y andaba siempre con un libro en la mano. En un primer momento pensamos que era puto. Una vez un muchacho de mi banda lo paró y le preguntó que qué libro llevaba. En la villa miseria el único libro que tienen los adultos es la Biblia, o algún libro que les pasó el cura. Dijo que era un libro de poesía y empezó a recitar un poema. Nos reímos de él, pensamos que estaba loco. Después anunció que iba a dar un taller de poesía. ¿Quién iba a asistir a un taller de poesía en la villa miseria? En un principio fueron una o dos mujeres. Les gustó y hablaron bien de él. Invitaron a sus maridos para que las acompañaran. En seguida se popularizó. Tuvo tanto éxito que se le llenó de gente y hasta yo fui un día, llevado por la curiosidad, y a mí nadie me puede tratar de flojo o de cobarde: soy el jefe de una banda reconocida y no le temo a la muerte, me la jugué muchas veces. Es que teníamos muchos prejuicios contra la poesía, creíamos que era cosa de maricas y mujeres. Yo nunca había leído poesía. A mí me gustaba la cumbia villera, que habla de las luchas de nuestra gente. Aquí todos odiamos a la yuta, no hay quien no tenga algún pariente muerto por la policía o preso, ellos son nuestros enemigos.

La primera vez que fui al taller pensaba que nos iba a dar una charla sobre algún poeta argentino y en lugar de eso se la pasó todo el tiempo hablando sobre la voz, y dijo que el poeta escuchaba voces, y que nosotros cuando leíamos poesía teníamos que sentir esa voz en el poema. A mí me hizo levantar y pasar al centro de la clase, y me pidió que leyera un poema de un libro que me entregó. Me dio una vergüenza bárbara, yo soy el jefe, ¿qué hacía ahí entre mujeres leyendo en voz alta? A Marcos le gustó mi voz, y dijo que leyera pausadamente, era un poema de Vallejo que después me aprendí de memoria, "Los heraldos negros". Lo leí una vez y me preguntó si escuchaba la voz, si entendía de qué hablaba el poeta cuando decía "hay golpes en la vida, tan fuertes, yo no sé…". Yo le dije que sí, que lo entendía, porque sabía lo que era sufrir. La cuestión que me hizo repetir la lectura en voz alta dos veces más, y al terminar la última lectura, en la parte que dice "golpes como del odio de dios, como si antes ellos, la resaca de todo lo sufrido, se empozara en el alma…yo no sé…" ya no me salía la voz de la angustia y me empezaron a brotar lágrimas de los ojos y no pude seguir. Marcos se dio cuenta de lo que me pasaba, vino y me abrazó fuerte. Todo el grupo del taller estaba transfigurado y tenía un nudo en la garganta. Después de eso ya nunca más pensé que los poetas eran maricas; están más allá de nosotros y nos traen sentimientos del otro mundo; están, creo, cerca de dios, su espíritu nos llega y no podemos evitarlo. Marcos me dijo que yo lloraba porque era una persona de fe y había sufrido, que no tuviera vergüenza. No entendí bien lo que quería decir con "persona de fe" en ese momento, pero después lo fui comprendiendo. Sé que soy un delincuente, tengo las manos sucias de sangre. Sin embargo, soy capaz de jugarme por los que quiero, y una vez le salvé la vida a María.

Yo pasaba frente a la casilla de ella y oí gritos pidiendo ayuda. Abrí la puerta y vi lo que estaba pasando. Un hombre corpulento, en calzoncillos, estaba castigando a María con un cinturón que tenía una hebilla grande. María estaba acurrucada en su cama, desnuda y tenía todo el cuerpo lastimado y marcado por la hebilla. Gritaba y se cubría la cara. El hombre se volvió hacia mí y me hizo frente. No lo conocía, no era de nuestra villa miseria, quizá fuera de la 21, con la que habíamos tenido ya varios encontronazos. Los de la Villa 21 se creían más bravos que nosotros, nos trataban de villeros Gucci, porque vivíamos en Retiro. El hombre era mucho más grande que yo, que soy bajo y no muy fornido. Me dijo que me fuera o que iba a cobrar. Yo no le tengo miedo a nadie, y los grandotes no me asustan. Lo insulté y lo desafié. Saqué del bolsillo mi navaja y la abrí. El grandote había dejado su campera sobre una silla, vi el bulto de un revolver y pensé que lo iba a agarrar, pero no, era un guapo de ley y sacó una navaja. Me quería enfrentar de igual a igual. A mí me hirvió la sangre, pero sé que nunca se pelea, cuando la vida está en juego, con la cabeza caliente. Soy de los que mantienen la sangre fría en los peores momentos, y eso me ha salvado la vida muchas veces. El hombre vio que yo era más joven y más ágil que él y se me vino encima para probarme. Me hice a un lado con facilidad y le tire un tajo que le dejó una marca fina de sangre en su costado. El grandote se la tomó en serio, vio que se la tenía que ver con alguien experimentado. Fue a la silla donde estaba su campera, le sacó el revólver del bolsillo interior, lo puso encima de la mesa y se la envolvió en el brazo izquierdo. Yo seguí las reglas también, no soy un taimado y me gustan los hombres de coraje. Vi una toalla grande sobre la mesa y me la envolví en el brazo. Ahora estábamos parejos.

María miraba la escena con horror, no se animaba a moverse de la cama. Los dos nos balanceábamos en nuestras piernas y nos movíamos con cuidado. El hombre tiró un puntazo hacia María que se hizo un ovillo en la cama, y le dijo que en cuanto me arreglara a mí ya iba a saber quién era. La trató de guacha y de puta y le gritó que le iba a abrir la panza. Yo no dije nada, para qué. Allí se trataba de matar o morir. El hombre no era de los que corrían, ni yo tampoco. Se me vino encima e hizo brillar su navaja frente a mis ojos. Inteligente, la empuñaba como un cuchillo. Los argentinos no peleamos a la española, para nosotros la navaja es como un facón pequeño. Han pasado muchos años desde que los gauchos recorrían Buenos Aires, pero lo llevamos adentro, en el instinto. El hombre me adelantaba el antebrazo envuelto en la campera y se preparaba para entrarme con fuerza. Sus brazos eran más largos que los míos, yo procuraba mantener la distancia. Como era pesado, vi que si esa situación continuaba por un rato se cansaría y podía perder la concentración.

Empecé a hablar para distraerlo mientras me movía de un lado a otro. Pero el hombre sabía pelear y no se descuidaba. Se me vino al humo y yo retrocedí sin mirar y trastrabillé. Sin saber cómo, de pronto estábamos los dos en el suelo, el hombre encima de mí. Yo le sujeté el brazo armado, pero era más fuerte que yo. Él tenía mi brazo derecho bien agarrado y los dos forcejeábamos. Creí que había llegado mi momento final, pero algo pasó. María, que estaba aterrada en la cama mirando todo, se levantó de golpe, agarró la silla, la levantó y la descargó con fuerza en la espalda del grandote. Sus músculos se aflojaron, yo me deslicé a un costado y me coloqué encima de él. De un tajo le hice soltar su arma. Después le acerqué mi navaja a su cuello. El hombre hacía morisquetas y me mezquinaba el cogote. Con sus manos quería sacarme el brazo. Yo le empecé el hundir la navaja filosa en la piel. En seguida llegué a la yugular. Se le revolvían los ojos. Se aflojó todo y la sangre empezó a salir a borbotones. Lo había degollado, el hombre estaba muerto. El piso de la casilla era de ladrillo, y le habían pasado una capa fina de cemento encima. Tenía varios agujeros y por allí se escapaba la sangre.

Me levanté, todo ensangrentado. María vino a mí, me abrazó y se puso a llorar. "Me salvaste la vida - me dijo - ese tipo me iba a matar". "Y vos la mía - le respondí - si no me lo sacabas de encima soy cadáver ahora". Llamé a los muchachos de mi banda y quedamos en tirarlo esa noche en el Riachuelo, frente a la Villa 21. Así lo hicimos, lo llevamos en un auto robado. El grandote no tenía documentos. Martín le cortó el dedo y le quitó un anillo grande de oro que llevaba. Pedro, de un tajo, le abrió la panza y le sacó los intestinos para que no flotara. Subimos encima del puente ferroviario y lo dejamos caer. Vimos cómo se hundía en el Riachuelo.

Después de eso María siempre me venía a ver, o me pedía que fuera para su casilla. Ahí hacíamos el amor. Estaba agradecida, y me dijo que si quería podía darme parte de lo que ganaba. Yo le dije que no era gigoló, robaba autos, no necesitaba sacarle plata a una mujer indefensa para vivir. Soy criollo le dije. La cuestión que nos veíamos seguido, pero yo no estaba enamorado de María. Hacía el amor muy bien, tenía un cuerpazo, pero eso era todo. Al tiempo me empezó a aburrir. Cuando supe que Marcos estaba enamorado de ella me fui apartando. Marcos era mi ídolo. Primero, porque me invitó al taller, y yo, que soy un bruto, empecé a sentir la presencia del espíritu en la poesía. Y después, por lo que pasó con mi hijo, que casi se muere. Él lo salvó.

Le voy a contar cómo nos dimos cuenta que Marcos podía curar. Un día en un robo llegó la cana y nos empezaron a tirar. Contestamos el fuego y herimos a uno. Pudimos escapar porque teníamos un auto rápido, pero el Lombriz se llevó un balazo en el estómago. Volvimos a la Villa 31 con el herido y lo mandé llamar a Marcos. No lo queríamos llevar a ningún hospital porque nos venderían. Le dije a ver qué se le ocurría para salvarlo. Lo miró bien, estaba mal herido, y propuso llevarlo a lo de su primo, que era médico. Este lo tuvo que operar en seco, sin anestesia, le hizo un corte y le sacó la bala. Regresamos con el herido a la villa miseria y lo escondimos en una casilla. Estuvo con fiebre y delirando varios días. Marcos lo cuidaba, le daba antibióticos, lo llamaba a su primo por teléfono y seguía sus indicaciones. El Lombriz sobrevivió. Marcos se la jugó.

El Lombriz pensó que no se salvaba de esa, y que le debía la vida a Marcos, más que a su primo. Decía que Marcos tenía un halo especial y que lo había sanado con su presencia, con su aura. Cuando le cambiaba las vendas sentía una mejoría inmediata. Yo, al principio, pensé que divagaba el Lombriz, pero la herida le sanaba rápidamente. Un día, antes de venir Marcos, yo vi que estaba roja e inflamada. Al rato llegó él, limpió la herida con alcohol, y cuando se fue la herida estaba bien, la cicatriz ya casi ni se notaba. Yo no sabía a qué atribuirlo. El Lombriz era un tipo raro, se la pasaba rezando. En mi banda no hay gente común, yo los recluté porque les vi condiciones. A lo mejor el Lombriz tenía un santo que lo protegía, pero él decía que había sido Marcos. El Lombriz es temerario, se pensaba que no le podían hacer nada, que era invulnerable a las balas. Para tirar se paraba y exponía el cuerpo, por eso es que lo hirieron. Es un tipo con fe.

Yo también tengo fe. Le podrá parecer raro. Yo estuve encerrado dos años. En la cárcel es donde vi más gente creyente. Allí todos rezan y hablan con dios. El encierro y la miseria enseñan mucho. En la villa miseria la fe nos mantiene vivos. Aquí no tenemos futuro. Estamos más cerca de dios que los otros, él es el único que puede protegernos y perdonar todas las cosas malas que hacemos. Yo no quería ser ladrón, de chico soñaba con ser cantante. Mi madre siempre me pedía que anduviera derecho, pero me dejé arrastrar y después fue tarde. Cuando me pusieron un arma en la mano y gatillé ya estaba de este lado. Me hice jefe porque tengo talento para eso. Sé mandar, tengo la cabeza fría y los demás me respetan. Ayudo y me juego por los míos. Jamás abandono a uno en las malas.

Marcos no se sentía bien. Le habían dado un tratamiento para dejar la droga, pero la adicción era demasiado fuerte. Tomaba un pastillerío de anfetaminas baratas y de vez en cuando aspiraba coca. También se inyectaba ácido. Después de eso le empecé a conseguir coca de calidad que no le cobraba y él me agradecía. Se quedaba encerrado en su casilla por días, soñando.

Asistí varias veces a su taller de poesía. Leíamos muchos poemas sobre el dolor, sobre dios, sobre el amor, y las cosas que decía se me quedaban en la cabeza. Una vez soñé que se me aparecía Cristo y me miraba con ojos doloridos. Tenía un rictus especial en su boca, como de goce o éxtasis, y me extendía sus manos ensangrentadas. Yo sabía que esa era la sangre que yo había derramado y él me quería salvar. Yo no decía nada, y comprendía que me había perdonado.

El Lombriz corrió la voz de que Marcos era sanador. La gente empezó a llevarle sus enfermos. Marcos no entendía bien cómo pasaba lo que pasaba. Era un hombre lleno de dudas. Yo pienso que Dios estaba velando por nosotros, y lo eligió para ayudarnos. No sé por qué lo eligió a él. Creo que no estaba preparado. Yo vi como sanaba. Él quedaba consternado después de cada sanación. Le llevaban chicos y ancianos enfermos. Les tocaba la frente, les hablaba, y al día siguiente estaban bien. Un día llegó un señor rengo con muletas, Marcos pensó que se había caído, y puso su mano sobre su frente. El hombre apoyó el pie bien y empezó a caminar. Marcos le preguntó a su acompañante que qué le había pasado, y le dijo que estaba paralítico desde los diez años. El hombre se fue caminando, llevando las muletas en la mano. Yo sé que es cierto porque yo había visto muchas veces a ese hombre en la villa y conocía a su familia. Siempre pedía limosna en la estación de trenes.

Los blancos no nos entienden a los villeros. Creen que somos gente sin corazón. Piensan que porque robamos y andamos en cosas malas (aquí hay mucha droga, prostitución), somos bárbaros, gente sin fe. Pero no, somos como ellos o mejores. Tenemos más fe nosotros que ellos. Ellos no saben lo que es sufrir. Uno puede matar, yo lo he hecho, pero no por eso soy peor que ellos. Matar no es difícil, y luego de matar uno empieza a sentir una culpa que lo lastima, y le remuerde la conciencia. Lleva uno siempre esta culpa, nadie puede estar orgulloso de haber matado.

Yo había tenido un hijo hacía dos años con una piba de la villa miseria, una piba joven, de 16 años. Parecía más grande, porque estaba fuerte. Todo el mundo me la envidiaba, tenía unos pechos hermosos, y caminaba con gracia, moviendo las caderas. No era tan linda de cara, pero yo la quería bastante. Ella vivía en una casilla con su papá y su hijo. Yo les pasaba dinero. Cada vez que me iba bien en un robo, les llevaba algo. Ella me venía a ver seguido a mi casilla con el pibe, y se quedaba durante la noche. Le puso de nombre Juancito, y tiene mi cara, no puedo negar que es hijo mío.

Un día Elena, la madre de mi pibe, me dijo que Juancito había pasado toda la noche con fiebre, vomitando. Tenía miedo que se muriera. Quería llevarlo al hospital. Le dije que no valía la pena, que Marcos lo curaría. Ella no quería, le tenía desconfianza. Al final lo llevó al hospital y le hicieron exámenes. No le encontraron nada, pero la fiebre no cesaba, no podía comer, tenía diarrea. La verdad que se estaba muriendo deshidratado. No sé si lo habría agarrado algún parásito. Aquí en la villa miseria el agua es mala. Las mujeres hacen cola en las canillas públicas y la llevan a las casillas en baldes. Cuando falta, la municipalidad la trae en camiones cisternas. Muy pocos tienen agua corriente en la Villa 31.

Juancito lloraba, le dolía mucho el estómago. Elena estaba desesperada, y yo también, porque amo a mi pibe. Para mí es lo más grande que hay. Al otro día lo llevé a lo de Marcos. Me arrodillé frente a la casilla y lo empecé a llamar en voz alta. No sé por qué lo hice, algo me decía que estaba bien así. La gente que pasaba me miraba sin acercarse. Me tenían miedo. La puerta se abrió y apareció Marcos. Enseguida entendió. Le puso una mano en la frente a Juancito y se puso a rezar. Levantó los ojos al cielo. Los vecinos se fueron acercando y nos rodearon. Marcos me toco la cabeza y dijo, llévatelo, está curado. Todos se arrodillaron en silencio. Yo lo llevé a mi casilla y me quedé todo el día con él. La madre vino a la tarde y Juancito respiraba con naturalidad. Al día siguiente estaba bien, se reía, se levantó y se puso a jugar. Fui a la casilla de Marcos, me hinqué frente a su puerta y le di las gracias a dios. Marcos salió, le dije que mi hijo estaba salvado y que pidiera lo que quisiera, que yo le debía la vida de mi hijo. La gente miraba asombrada. Marcos me dijo que no le debía nada, que no había sido él el que lo había salvado sino dios, y que me fuera tranquilo. Así lo hice. En la noche los vecinos pusieron velas frente a la casilla de Marcos. Varias señoras se arrodillaron frente a su puerta y rezaban en voz alta. Al rato pasó el cura, miró la escena con disgusto, pero no dijo nada y se fue en dirección a la capilla.

Durante los días siguientes le llevaron enfermos de distintas edades. Su popularidad se fue extendiendo fuera de la Villa 31. Muchos sabían que curaba. El milagro más grande que hizo Marcos, como ya dije, fue sanar a un paralítico. También le trajeron a un bebé muerto para que lo resucitara, pero no lo logró.

Con la llegada de los extraños empezaron nuestros problemas. Muchos nos envidiaban y nos deseaban el mal. Los de la 21, sobre todo. Pensaban que nos creíamos mejores, porque ellos vivían junto al Riachuelo, en la basura, y nosotros en Retiro. La verdad es que éramos todos iguales, todos pobres y miserables. El que no nació en la pobreza, como Marcos, se vuelve pobre aquí. Somos como sub-hombres, mitad hombres, mitad animales. Solamente dios puede elevarnos, y por eso creo que nos eligió y nos mandó a Marcos, como prueba de que nos ama.

Yo algunas veces he pensado en meterme a predicador o hacerme cura, aunque parezca mentira. Una vez hablé con el padre de la villa miseria y se lo planteé. Le dije que había cometido muchos delitos, y le pregunté si Cristo podía perdonarme. Él me respondió que Cristo perdonaba a los que tenían fe, pero que ser cura era muy complicado, había que estudiar mucho, y yo había ido muy poco a la escuela. Me dijo que mejor ayudara a la gente, que diera dinero al comedor para los chicos cuando pudiera, cosa que siempre hago.

Nosotros sabíamos que los de la villa miseria 21 estaban preparando algo contra nosotros. Escuchamos rumores de que querían llevarse a Marcos, esconderlo, para que hiciera milagros para ellos. Al final lo secuestraron y ahora está muerto. Fueron ellos los que lo mataron, estoy seguro. Nos la van a pagar. Ya no tendremos otro Marcos. El padre me dijo que no nos venguemos, que dios no quiere más muertes, que mejor le construyamos una capilla con su nombre, en su memoria. Yo no me resigno. Lo secuestraron los de la banda del Alto, me lo dijo el Lombriz, y por lo menos el jefe la tiene que pagar. La capilla la vamos a construir, porque la gente de la villa miseria no lo olvida y será bueno ir a rezarle ahí. Ahora muchas señoras del vecindario venden estampitas de Marcos vestido de santo, con una túnica blanca. Juntan dinero para el altar. Dios mandó a un muchacho judío entre nosotros y nos dio muestra de su grandeza. A nosotros no nos importa que fuera judío. Era Cristo el que lo guiaba. El padre me dijo que eso prueba que dios nos ama. Él sabe que Marcos curaba, le consta que hacía milagros. Cree que Marcos fue el vehículo divino mediante el cual se manifestó la voluntad de dios.

El cura de la villa

Marcos es un caso raro. Yo hace años que me vine a vivir a la villa miseria. Tuve que convencer al Obispo, un hombre muy político, para que aceptara mi pedido de traslado a la capilla de la Villa 31. Me decía que yo era un cura joven, con talento, y que haría una buena carrera en la curia, que había muchas posiciones importantes esperando para un cura como yo. Pero yo lo que quería era estar junto a los pobres en la villa miseria. Siempre creí que la pobreza redime, y vuelve mejor a la gente. Era un poco idealista e inocente, debo reconocerlo. Al tiempo de estar aquí me empecé a horrorizar de las cosas que veía. Al principio yo no quería tranzar con nadie, pero el que no negocia y se cree mejor que los demás aquí no sobrevive, ni siquiera siendo cura. Había algunos hippies que se habían venido a vivir a la villa. Eran jóvenes de clase media. Yo les llamaba los "exiliados". Eran marginados, casi todos drogadictos, gente con problemas mentales, como Marcos. Escapaban de algo, de la buena sociedad creo. Preferían vivir en la mugre. En el fondo eran como yo.

Yo buscaba a dios cerca de los pobres. Los exiliados buscaban otra cosa. ¿Qué? En el caso de Marcos creo que buscaba su salvación en el arte, en la poesía. Para él la poesía representaba algún tipo de verdad trascendente. No era un muchacho particularmente religioso. La poesía era lo único que le interesaba. Creía que el mundo de la literatura era autónomo y brillaba allá arriba, con una fuerza espiritual propia. Le gustaba meditar y no hacer nada, era una especie de gurú perdido en la basura de Sud América. Los que le pusieron "Mesías" de sobrenombre creo que acertaron. Se engañan los que lo quieren considerar santo. Sí creo que dios lo eligió para manifestarse entre los pobres. Aunque al principio me resistí con rabia e incredulidad, que dios me perdone. Aún me resulta extraño aceptar este caso. Porque dios lo eligió a él, un muchacho judío bastante común. De no haber sido por su drogadicción no hubiera venido a la villa miseria. Su relación con María era enfermiza: María es una prostituta. Yo luché para que dejara esa vida y saliera de la Villa 31, pero aún no lo logré. Insisto en que este caso es un gran misterio: Marcos era un muchacho de clase media, que le gustaba la literatura, como a tantos otros. Ahora que lo asesinaron los demás le atribuyen virtudes imaginarias. Era uno de esos jóvenes que se creen superiores porque han leído unos pocos libros. Me consta sin embargo que sufría, y quizá eso pueda redimirlo. Quisiera que nos fuéramos olvidando de todo esto y la vida volviera a lo que era antes.

Marcos se metía en problemas. Lo tuve que defender. Un día me mandó a llamar el Obispo, y me preguntó cuál era mi relación con el judío impostor que curaba. Yo le dije que ninguna, que era un pobre muchacho drogadicto. Me preguntó si le ayudaría a denunciarlo por mala práctica de la medicina, para que lo llevaran preso. Yo le dije que sería un gran error hacer eso, porque los villeros lo querían y lo creían un santo. Le demostré que sólo era un pobre tipo trastornado, y que no había motivos para preocuparse. No le hacía mal a nadie. El Obispo me preguntó si realmente curaba, si yo pensaba que curaba. Me quedé en silencio.

- ¿Ud. lo vio curar? - insistió el Obispo.

Bajé la vista y le respondí que sí.

- ¿Cómo cura? - me dijo.

Le expliqué que decía unas palabras y le ponía la mano en la frente a los enfermos. Me preguntó si sabía dónde lo había aprendido y si recibía dinero por lo que hacía. Le dije que no sabía dónde lo había aprendido, pero que no cobraba, aunque muchos le llevaban cosas, comida y botellas de cerveza. Le conté lo del paralítico, porque todos hablaban de eso. El Obispo me dijo que no era posible. Yo le respondí que el Cholo, amigo de Marcos, lo había visto.

- ¿Y quién es el Cholo? - me preguntó el Obispo.

Le dije que era un ladrón muy conocido en la Villa.

- ¿Y Ud. le cree a los ladrones? - me censuró.

La cuestión que el Obispo se disgustó conmigo, quería que lo vigilara y consiguiera más información. Pero yo no estaba en la villa para ser vigilante. No es mi trabajo. Mi misión es ayudar a los pobres, acercarlos a Cristo.

Para el que nunca vivió en una villa miseria es difícil entender esta situación. La villa miseria es como un pueblo, como una aldea dentro de la ciudad. Aquí los pobres se sienten protegidos, la policía no entra fácilmente. Para los que viven en la villa, la ciudad es un territorio peligroso. Es el lugar donde se ganan la vida en condiciones penosas. No es que la villa miseria sea un lugar fácil, pero la gente es bastante solidaria, gracias a eso sobreviven. Se ayudan todo lo que pueden. Hay mafiosos que operan dentro de la villa, es cierto, pero son una minoría. No se puede acusar a todos por los delitos de unos pocos.

Los de la pandilla del Cholo cambiaron mucho después que conocieron a Marcos, y terminaron reverenciándolo. No quiero decir que sean buenas personas o que sean inocentes. Son unos delincuentes. Pero Marcos ayudó a que se acercaran a dios. No puedo negarme a que construyan una capilla aquí y la nombren San Marcos. María cree que Marcos verdaderamente amaba a Cristo. Su argumentación no me resulta muy convincente. Dice que fue Vallejo el que le enseñó el verdadero sentido del cristianismo. A mí nunca me lo manifestó de manera directa, aunque hablamos muchas veces.

Yo estoy disgustado con esta situación y si esto no cambia pediré al Obispo mi traslado. Yo he practicado la caridad cristiana viviendo entre villeros. No he venido a la villa a hacer política. Reconozco que Marcos era compasivo como un cristiano y amaba a la gente, pero no me consta que quisiera convertirse al cristianismo. A la gente de la villa poco le importa lo que él era o quería, lo vieron curar. María dice que dios curaba a través de él. Fue un elegido de dios. La verdad que esto nos crea un verdadero problema doctrinal. Todo hubiera sido más fácil si hubiera sido católico. Encima lo asesinan, y todos lo consideran un mártir. Quizá María, que lo conoció mejor, debería testificar ante el Obispo. Si cree que se había convertido al cristianismo, debe demostrarlo.

Facundo, el puntero peronista

En un principio no me interesaba la política. En la villa miseria me hacía respetar y me tenían miedo. Me había hecho fama de guapo. Yo era el que organizaba los partidos de fútbol. Aquí se juega al fútbol por plata. Organizamos partidos contra equipos de otras villas miserias. Se apuesta fuerte. Tenemos muy buenos jugadores, y no permitimos que los clubes grandes nos los roben. Si se los quieren llevar, tienen que pagarnos. Tenemos nuestra propia barra brava. Yo soy el jefe. Lo máximo para nuestros muchachos es entrar un día en Boca. Aquí somos todos boquenses, igual que los de la Villa 21. Yo soy el que nombra al director técnico todos los años. Al director técnico se le paga un buen sueldo y ocupa gratuitamente una casilla de material en la villa.

Los de la Unidad Básica de Retiro se fijaron en mí y me vinieron a hablar. Querían que hiciera de puntero y llevara a votar a la gente en las elecciones. Me dijeron que tenía liderazgo y debía aprovecharlo para ayudar al pueblo. Lo primero que hice fue recaudar fondos. La política depende de la plata, y si uno no demuestra que tiene apoyo local ni siquiera puede abrir la boca. Yo hablé con los jefes de las bandas de narcotraficantes y de ladrones que tenían a la 31 como "base de operaciones". Algunos colaboraron por compromiso y otros, como el Cholo, que me aprecian y son amigos míos, apoyaron la idea de que me metiera en política.

La banda del Cholo se dedica al robo de vehículos. Los entregan en los desarmaderos fantasmas de Villa Domínico y les sacan bastante plata. Hacen buen negocio. La policía ha agarrado a varios de sus hombres, que están presos, pero ellos siguen, no tienen miedo. Eso es típico de esta Villa: los de la 31 somos valientes. A mí me llaman Facundo, pero mi verdadero nombre es Alberto. El cura me empezó a llamar Facundo y el nombre me quedó. Dice que me parezco a Facundo Quiroga, que soy bravo como él. Todo empezó un día que se organizó una pelea barrial a cinco rounds contra un tipo de la Villa 21 que decía que era invicto y nunca le habían ganado. Yo peleé por la 31 y lo molí al otro, le di tantas piñas que lo dejé medio tonto. Me había entrenado mi vecino, que de joven fue boxeador profesional. En esa pelea se apostó fuerte, y con lo que gané viví varios meses sin hacer nada. Los de la Unidad Básica fueron a ver la pelea y fue allí que me conocieron.

En la villa miseria operaban otros partidos, sobre todos los comunistas y los de Macri, pero los peronistas tenían mayoría. Los de la Unidad Básica me eligieron a mí porque necesitaban un buen puntero, ya que el viejo Núñez, que era el puntero anterior, había caído preso por robar material para la construcción de un depósito del gobierno. Garabito, uno de los líderes de la Básica de Retiro, me llamó a su despacho. Lo había impresionado el respeto que me tenían en la villa miseria, y cómo me relacionaba con las bandas. Me prometió bastante. Me dijo que me podían conseguir escrituras de varios terrenos de la villa, y que yo iba a recibir una parte en su venta. Ya eso era algo serio y tenía futuro. Me imaginaba propietario de varios terrenos. Hice una reunión con la gente influyente de la villa miseria. Llamé a los jefes de las bandas y a los comerciantes que tienen puestos, mercaditos, almacenes, panaderías. Tuve un apoyo unánime, y enseguida empezó a correr el dinero.

Formé nuestra propia Unidad Básica en la 31. Me nombraron Presidente. Recaudábamos una cuota de los miembros y repartíamos planes. Los vecinos que no tenían trabajo nos pedían ayuda. A cambio yo los llevaba a todas las manifestaciones que hacía el Partido. El jefe del distrito me llamaba y me decía: hoy cortamos la 9 de Julio, hoy vamos a la Plaza de Mayo, hoy apoyamos a los camioneros que hacen un paro y nosotros, siempre solidarios, allí íbamos. Cuando hacíamos actos en la villa miseria el jefe del distrito de Retiro venía a apoyarnos. Nos había prometido que iban a pavimentar las calles principales y nos iban a poner cloacas. Parece que va a tomar un poco de tiempo, pero, a la larga, lo van a hacer. Los peronistas lo podemos todo. Somos un partido invencible.

Yo me crié en el Chaco y sé lo que es sufrir, lo que es pasar hambre. Vine a Buenos Aires de adolescente. Primero viví en un conventillo con mis viejos en La Boca. Después me escapé de mi casa y me vine para la villa miseria. Siempre hacía changas. Yo no robaba. Un político me dio trabajo de guardaespaldas, porque yo no le tenía miedo a nadie. De chiquito ya me gustaba pelear. Me agarraba a piñas con todos los pibes en el pueblo. Me tenían miedo y ya ninguno quería pelearme. A veces les decía que se animaran, que si me ganaban les pagaba. Pero no se tenían confianza. Mis piñas eran como pedradas, les dejaba toda la cara arruinada. Para pelear lo más importante no es la fuerza, es la determinación. El no achicarse. Eso uno lo aprende de los criollos. El no bajar la cabeza. Aquí en la Villa 31 hay mucha gente así. El Cholo es uno, ese pibe va a llegar lejos. ¿Ud. Sabe que canta cumbias? Marcos le enseñó a escribir canciones y poemas. Es un tipo simpático y tiene alma de romántico. Algún día va a formar su propio grupo musical y ganará dinero con la música.

Pensé en invitarlo a trabajar conmigo en la Unidad Básica, proponerlo como concejal, pero no me conviene meter ladrones. Me pudriría a la gente. Si alguna vez deja de robar, antes de que lo encierren o lo maten, va a poder hacer carrera en la política. Tiene voluntad, tiene instinto.

Andar en la política no es fácil. Dicen que los políticos aprendemos, pero no es cierto. Nacemos para esto. Yo me convencí al poco tiempo de meterme en la política que esto era lo mío. No lo sabía, pero yo nací político. Me gusta estar con la gente, dirigir. Antes quería dominar, hoy prefiero ayudar. El cura me aprecia, y también las mujeres del comedor para chicos. En la villa miseria somos mucho mejor de lo que se creen, somos solidarios, si no, no podríamos sobrevivir.

Pero Ud. me preguntaba de Marcos. Perdone que me haya ido por las ramas. Lo que pasa es que puedo agregar poco. ¿Qué quiere que le diga? Ya todo el mundo sabe de Marcos. Yo no puedo afirmar ni negar. Darle mi opinión sí puedo: todo lo que se dice de él es cierto. Vino aquí por la droga, estaba perdido. Pero después que conoció a María, cambió. Ella lo salvó. Ella hacía la calle para traerle plata y comprarle anfetaminas. Ella ponía el cuerpo para que él estuviera ahí tirado. Ella también se drogaba, pero menos. El tenía un vicio fuerte. Se pasaba los días perdido, tirado en la puerta de su casilla, todo sucio, sin comer. Miraba a la gente como si viera pasar fantasmas. María, con la ayuda del cura, lo metió en un programa de metadona para sacarlo de la droga. Yo no sé si María lo quería como mujer, ella es mucha mujer para él, yo creo que se había encariñado porque lo veía débil, era como su hijo, lo protegía, le tenía lástima. También lo admiraba porque era poeta.

Cuando empezó a dar clases de poesía se hizo famoso. Le sacaba la gente al cura, ya nadie quería ir a la capilla a estudiar la Biblia. Las mujeres preferían ir a la clase de poesía. Decían que sus poesías siempre hablaban de dios. Yo fui a una, invitado por ser el jefe de la Unidad Básica. Leyó la poesía de un tal Vallejo, y la verdad que sí me impresionó. El poema hablaba de un muchacho que se enamoraba de una chica, y decía que ella se había crucificado a él, se abrazaba a él como a una cruz. Cuando él leía había gente que lloraba, eso es lo que más me impresionó. Yo nunca vi llorar a nadie en la capilla, pero en esa clase de poesía lloraban.

Entonces empezó todo eso de las curaciones. Un día hirieron gravemente a un hombre del Cholo. Cuando balean a alguien de la villa miseria nos arreglamos como podemos. A veces las enfermeras del dispensario médico ayudan. Si los llevamos a un hospital público fuera de la villa miseria los denuncian y van presos. El Cholo fue a pedirle ayuda a Marcos y este llevó al herido a lo de un primo de él que era médico. Le sacó la bala, pero así y todo se estaba muriendo. Parece que Marcos empezó a rezar y el herido se salvó. Ud. sabe cómo es en la villa, las noticias corren. Después, una señora llevó a su hijo, muy enfermo, para que lo curara, y el chico se recuperó. De allí en más fue como un reguero de pólvora. También curó al hijo del Cholo. Ya la gente hacía cola para traer sus enfermos, y hasta lisiados. Él no cobraba nada ni aceptaba dinero, pero le llevaban regalos. Si era comida se la daba a las madres del comedor. Ahí se armó lío con el cura, que la verdad le tenía envidia. Después se hizo amigo de él, y lo aceptó, porque él también empezó a creer en Marcos. El único que no creía en Marcos era Marcos, en el fondo nunca dejó de ser un drogadicto, aunque ya no se drogara tanto. Tenía la cabeza medio volada. El poder a él le venía de afuera. Era como si una mano mágica, un ángel, lo hubiera tocado. Él no era más que el instrumento. Como era judío al principio nadie se animaba a decir que era santo. Le decían el mesías. Pero después que curó al paralítico, que se fue caminando, ya todos decían que era santo.

Empezó a venir gente de afuera para que los curara, y eso fue lo que nos perdió. De no haber sido por eso hoy no estaría muerto. Los que no son de esta villa miseria nos quieren ver sufriendo, cuando estamos en la mala disfrutan, y si algo bueno nos pasa buscan la manera de jodernos. Eso es lo que ocurrió con los de la Villa 21 de Barracas. La verdad es que somos rivales. Un partido de fútbol entre ellos y la villa nuestra es como una final de Boca y River. Cuando supieron que teníamos un santón que curaba empezaron a enviar gente a ver si era cierto, y después se organizaron para robárnoslo. Ya sabe cómo fue, lo secuestraron. A los pocos días lo encontraron muerto. El Cholo dice que sabe quién lo mató. Se habrá negado a quedarse a vivir con ellos en la 21, o a lo mejor lo pusieron a curar y allá no pudo. Quizá sólo podía curar aquí, era un don que dios le había dado sólo para que sanara en la Villa 31.

El cura me preguntó si yo iba a colaborar para construir una capilla en la villa, que se va a llamar San Marcos, en honor a él. La gente quiere enterrarlo allí, para que se lo pueda adorar como se debe. Yo estoy de acuerdo y le dije que sí. Nos hace falta un santo nuestro. El cura me aseguró que Marcos había tenido una transformación profunda, un día hablaron de Cristo y le dijo que creía en él. No sé si será cierto, da lo mismo, ya nadie va a convencer a los de la Villa 31 que Marcos no es un representante de Cristo en la tierra.

Sergio, el padre de Marcos

Me mataron a mi hijo mayor. Para mí es el final de todo, ya la vida no tiene sentido. Fracasé como padre, no me lo voy a perdonar nunca. Me quedé viudo cuando mis hijos eran chicos, los crie lo mejor que pude. Marcos era un pibe tranquilo, tímido. Le gustaba mucho ir a la sinagoga conmigo. Yo nunca fui un individuo muy creyente, soy un judío liberal, pero siempre respeté mi religión y asistía a los servicios con mi familia. De joven era sionista. El rabino de mi sinagoga me aprecia. Tengo casi sesenta años. Mi generación fue muy rebelde, queríamos hacer la revolución. A los veinte años apoyé a los Montos, habían unido el nacionalismo al marxismo, pero después que murió Perón sufrimos una derrota terrible, fue una carnicería. Los dirigentes no habían entendido bien al pueblo argentino. Yo dejé la política, me metí en el negocio de mi viejo, soy un buen judío, ayudo a la comunidad.

Mi colectividad ha padecido lo indecible, entendemos el dolor humano. Yo no condeno a mi hijo. Me dicen que renegó del judaísmo, pero sé que no es cierto. Que le gustara Cristo no me extraña, ¿a quién no le gusta? Enseñaba el amor y la compasión, que es lo que todos necesitamos. Los judíos vivimos esperando que nos liberen. Para mí Cristo no era el verdadero mesías. Que ahora llamen mesías a mi hijo me resulta ridículo. La gente de la villa miseria es muy fantasiosa. Y que lo consideren un santo me parece una barbaridad. Aseguran que sanaba, no lo sé, ¿no estaremos retrocediendo y volviendo otra vez a la barbarie?

Este país es algo curioso, siempre nos debatimos entre la civilización y la barbarie. Yo elijo la civilización, por eso de joven era revolucionario. Marx sabía que la sociedad iba a seguir evolucionando. Un día todos seremos libres. En ese mundo, las luces, la razón, la historia, van a ser más importantes que la religión. María, la novia de Marcos, asegura que en la villa se hizo muy religioso. María es una mujer de oficio dudoso, no la considero honesta. ¿Qué hace viviendo en la villa miseria? Sus padres son ricos. Dicen que está escribiendo un libro sobre Marcos y que defiende la idea de que era un santo. Lo único que falta es que mi hijo, un judío que nunca renegó de su religión, resulte canonizado.

María se contagió de la barbarie de la Villa 31. Ella influyó en Marcos. Lo fueron cambiando. Sarmiento no decía civilización o barbarie, él decía civilización y barbarie, en este país conviven las dos cosas. Yo nunca lo acepté, yo apuesto por la civilización, como muchos argentinos. Mi hijo descreía de los valores de la sociedad moderna y se fue a vivir a la villa miseria. ¿No habrá sido la influencia del populismo peronista? Exaltan al pueblo de manera desmedida, y... ¿qué es el pueblo? ¿Yo no soy pueblo acaso?

En un principio yo le eché la culpa a la droga por todo lo que le pasaba a Marcos. Le pedí que se fuera de casa...no podía aceptar que mi hijo fuera un vago y un drogadicto. Siempre me robaba plata, compraba cosas con mis tarjetas de crédito falsificando mi firma. Se la pasaba encerrado en su cuarto. No quería trabajar. Le gustaba leer, eso sí, es herencia de familia. Siempre hemos sido buenos lectores, intelectuales, como gran parte de la comunidad judía. Para nosotros la educación es lo más importante. Por eso no puedo aceptar la barbarie de la villa miseria, que los peronistas fomentan.

Marcos se fue a vivir allí porque en el fondo me odiaba... Quiso castigarme porque lo eché de casa. ¿Pero... que iba a pasar con mi hijo menor si él no se iba? Hice lo que pude para que dejara la droga. Había sido un buen estudiante de letras. De chico quería ser escritor. Lo mandé a un sicólogo después que murió la mamá, pero me decía que no lo entendía. Lo cambié a otro psicólogo de la colectividad. Tampoco quiso seguir. Nunca encontró un analista que le viniera bien. El psicoanálisis lo hubiera salvado. Lo interné en una clínica para que lo desintoxicaran, pero se escapó y volvió a drogarse.

Cuando se fue de casa siempre temí que un día pudieran encontrarlo muerto. El mundo de la droga es un infierno. Y en la villa miseria se fue a juntar con María, también drogadicta, un alma gemela a la suya. Estudiante de antropología. Su familia es de la oligarquía de Barrio

Norte. La han negado completamente. Para ellos María está muerta. Lo de la droga podría pasar, pero saben que es puta, todo el mundo lo dice. Y vivir en la villa miseria es lo último que podía hacer.

Me dijeron que María odiaba a su madre. Ese es el origen del problema para mí. Yo creo que Marcos también me odiaba. No sé por qué, siempre hice todo lo que pude por mi familia. Se volvieron contra sus padres, como si fuéramos unos monstruos fascistas. Así somos los argentinos, nos rebelamos contra la autoridad, no importa cómo sea. Somos un país adolescente, pero... ¿por qué me tocó a mí pagar este precio? ¿Por qué a mí? Perder un hijo, es lo peor que podía pasarme. Que dios me perdone, pero no lo entiendo.

Indice

www.ingramcontent.com/pod-product-compliance
Lightning Source LLC
Chambersburg PA
CBHW031105260626
47172CB00001B/236